BALADA DE PERROS MUERTOS

BALADA DE PERROS MUERTOS

GREGORIO LEÓN

nowtilus

El 14 de octubre de 2008, el jurado presidido por la diputada Carlota Navarro e integrado por Ángel Basanta, Gregorio Morales, Fernando de Villena, Antonio Garrido y José Luis Torres concedió a la novela *Balada de Perros Muertos*, presentada con el seudónimo de Walter Arias, el Premio Alfons el Magnànim de Narrativa en Castellano 2008.

Una vez abierta la plica se identificó que el seudónimo antes mencionado correspondía a Gregorio Francisco León Armero, a quien el 26 de noviembre de 2008, y de acuerdo con la Cláusula Primera de las bases del Premio, la Institució Alfons el Magnànim de la Diputación de Valencia entregó la dotación económica de 30.000 (treinta mil) euros (impuestos incluidos), en la que se considera incluido el pago de los derechos de autor de la primera edición que, de acuerdo a la Cláusula Séptima de las bases, es publicada por Ediciones Nowtilus.

Colección: Narrativa Nowtilus
www.nowtilus.com

Título : Balada de Perros Muertos
Autor : © Gregorio León Armero

Novela ganadora del Premio Alfons el Magnànim de Narrativa en Castellano 2008 de la Diputación de Valencia.
Editado por Ediciones Nowtilus S.L. de acuerdo con la Institució Alfons el Magnànim.

Copyright de la presente edición:
© 2009 Ediciones Nowtilus S.L.
Doña Juana I de Castilla 44, 3º C, 28027 Madrid
www.nowtilus.com
© 2008 Diputación de Valencia - Institució Alfons el Magnànim
www.alfonselmagnanim.com

Editor: Santos Rodríguez

Diseño y realización de cubiertas: Opalworks
Diseño del interior de la colección: JLTV
Maquetación: Claudia R.

ISBN 13: 978-84-9763-720-6
Fecha de publicación: Junio 2009

Printed in Spain
Imprime: Graphycems
Depósito legal: NA-1359-09

A todas las muertas de Ciudad Juárez

ÍNDICE

El Chivo va caminando, feliz y contento, en una mano una soga de esparto, en la otra un ramo de rosas que lleva marchitándose todo el día. Anda ofreciéndole al desierto su sonrisa descacharrada. Al Chivo no le importa que las botas de piel de iguana se le claven en la arena. Ni el calor que lo abrasa. Cuarenta grados, por lo menos. Un calor del carajo, de esos que te dejan apachurrado.

Pero al Chivo nada parece molestarle, porque no para de reír. A su lado camina Grillo. Grillo es un chucho famélico que lo lleva acompañando desde ni se sabe el tiempo, quizá desde que el Chivo era un pinche escuincle nomás. Mueve la cola, fin, fun, izquierda, derecha, como si quisiera copiarle el estado de ánimo al Chivo. A él tampoco le importa demasiado que el sol le esté empapando todos los pelos ni que lleve todo el día sin probar bocado. Es un perro optimista. Flin, flun. La cola no para. Igual va para la izquierda que para la derecha. Pero no se queda quieta.

Sí. Hace mucho calor. Al Chivo le sudan las manos y se le resbala de los dedos la soga, como si fuera una culebra. Menos mal que ha tenido la prudencia de hacerle antes el doble nudo, para que no falle, porque ahora como tiene de churretosos los dedos, sería incapaz. Pero el Chivo es un tipo previsor. No deja nada a la improvisación. Por eso le ha hecho dos nudos a la soga. Para no equivocarse.

Y ahí está, sin dejar de reír, nadie sabe por qué, aunque es verdad que sus ojos ya divisan un huizache que rompe el paisaje pelado que le rodea. Grillo también lo ha avistado, porque se permite adelantarse unos metros, como si allí no le esperara solo un círculo de sombra bien fresquita, sino también ese hueso con el que lleva soñando todo el día.

Al Chivo unos goterones de sudor le recorren el rostro acuchillado de arrugas. Echa de menos el aire acondicionado del Hummer. Lo ha dejado arrancado a unos metros. Agarra con fuerza la soga. Doble nudo. Perfecto. La risa se le escapa, involuntaria, como un pedo que viene sin avisar. Así es el Chivo. Un hombre acompañado por un pinche perro, los dos en mitad del desierto, llevando una soga y un ramo de rosas.

Por fin han llegado al árbol. El Chivo examina defraudado el ramo de rosas, manchado por una capa de polvo. Lo deja en el suelo. Necesita las dos manos libres. El Chivo se lleva el dorso de la mano izquierda a la frente. Grillo lo ve resoplar. Pero solo un instante. No tiene tiempo que perder. Los pies le arden. Las botas de piel de iguana no son tan buenas como pensaba el Chivo y tienen un agujerito por el que parece que entra la arena. Y eso que costaron diez mil pesos, pero eso Grillo no lo puede saber, porque es un perro listo, pero no puede estar pendiente de en lo que se gasta el dinero su amo. Sabe que tiene unas botas de piel de iguana. Y con eso le basta. Las huele, ve cómo se estiran, apenas la puntera de cada bota rozando la arena, el Chivo tanteando varias ramas del huizache, hasta que por fin encuentra la adecuada, nada se puede dejar a la improvisación, y empieza a manipular nerviosamente la cuerda de esparto, cuidando que no se le deshaga el doble nudo. Sería una pena. Grillo mira a su amo. Anda muy atareado. Tanto que incluso ha dejado de reír.

Grillo solo vuelve a escuchar su sonrisa hecha de cacharros oxidados cuando mira a la rama y aprecia satisfecho el resultado de su trabajo.

—Todo está okay —dice, al chucho, al desierto, o al perro mundo en el que vive.

La vida puede ser un cuento de hadas. Pero a veces se pone cabrona. Por eso está ahí, en medio del desierto, con unas botas ya agujereadas, secándose el sudor en sus jeans gastados. Eso parece decirle a Grillo, agachado frente a él, pasándole la mano derecha por el lomo, jugueteando con su cuello, eres un buen perro, coño, estoy orgulloso de ti, ojalá Toti o Ladilla fueran como tú, y Grillo se debate entre cerrar los ojos, porque le encanta que el Chivo le acaricie el cuello, o poner en marcha su rabo, flin, flun, izquierda, derecha, izquierda, derecha, porque quizá no tenga un hueso con el que poner a trabajar sus dientes, pero sí un amo que daría envidia a cualquier perro, nada más y nada menos que el Chivo, el dueño de la ciudad, y por eso no tiene más remedio de decirle a su rabo que oscile, flin, flun, en un movimiento que únicamente interrumpe cuando el Chivo, rostro acuchillado de arrugas, sonrisa descacharrada, lo agarra del pescuezo y lo eleva, justo a la altura de la soga, todo eso en décimas de segundo, si es que un perro es capaz de entender que hay algo aún más pequeño o insignificante que un segundo, y Grillo ya no mueve el rabo, solo las patas, porque el doble nudo le aprieta demasiado el cuello, Grillo no para de moverlas desesperadamente, y aquello divierte mucho, muchísimo al Chivo, a juzgar por sus risotadas, que se hacen fuertes, el perro aquel meneando las patas, como si fuera un ciempiés, y el Chivo querría que el espectáculo durara eternamente, y por eso la risa desafinada se apaga en el desierto cuando aprecia que el único movimiento que queda es el balanceo, izquierda, derecha, de un cuerpo ya inanimado del que cuelga una lengua insólitamente morada.

Solo cuando el Chivo pierde toda esperanza de que Grillo haga aunque sea un imperceptible movimiento con una de sus patas, de despedida, o de lo que sea, solo en ese momento, el uu uu uu del viento meciendo esa cosa que ahora es Grillo, el Chivo recupera del suelo el ramo de rosas. Rosas rojas, rojísimas. No ha hecho falta que le diga al tipo chaparrito de la floristería que le prepare el mejor ramo. Siempre lo hace. El Chivo le da buenos pesitos a cambio de las rosas más frescas.

Las agarra con la misma fuerza con la que hace apenas unos minutos ha apretado el doble nudo de la soga en la que se ha quedado Grillo. Para siempre.

El cementerio está a tres kilómetros. No hay tiempo que perder, que enseguida se hace de noche. Y el Chivo aún tiene que llevarle ese ramo de rosas a una mujer que no sale de su pensamiento. El Chivo lo intenta. Pero ni modo. No puede botarla, la tiene bien entripada.

Se despide de Grillo con una mueca burlona y enrumba hacia el cementerio.

Por el agujero que tienen las botas se le cuela la arena del desierto.

EL POLICÍA Y LA TEIBOLERA

Con los pezones arrancados. A mordidas. Como si se hubiera peleado con un perro rabioso. Así había aparecido el cuerpo de la muchacha. O al menos, eso le había dicho Cangrejo. Claro, que aquel tipo igual se había dado por inventar. Tenía la cabeza llena de pájaros. Vivía en su pequeño mundo de fantasía, como si se hubiera quedado estancado en la adolescencia. Pensaba que esto de ser policía era como en los telefilmes norteamericanos.

De buena gana le hubiera dado una patada en el culo. Pero al comisario Padura no le habían dado atribuciones ni para eso.

Lo tenían allí recluido, en Perros Muertos, a modo de castigo.

Qué había hecho en el DF como para que lo pasaportaran a la frontera, allá donde solo hay desierto y olor a basura, nadie lo sabía. Porque Padura siempre había tenido la prudencia de no meterse en líos. De no enfrentarse a sus jefes, de hacer el trabajo con eficiencia. Pero un día Estrada le dijo que sobraba en el DF. Que le había elegido un destino que le vendría como anillo al dedo. Lo dijo así, saboreando la frase. El comisario Padura supo de inmediato que lo único que pretendía su jefe era perderlo de vista.

Y allí estaba, lidiando con toda esa chusma que le rodeaba, empezando por Cangrejo. Menos mal que al menos se había quitado de en medio a Ladilla. El tipo se había pasado de listo. Empezó siendo un buen policía. Luego lo perdió la ambición. Quería gastar lana, a manos llenas. Y eso es imposible si eres policía, y solo eso. Así que se pasó al otro bando, y empezó a trabajar para el Chivo.

Cangrejo había optado por ser fiel. No quería comprarse un auto nuevo. Solo encontrarse con Salma Hayek, con la que soñaba todas las noches. Y sobre todo ahora, porque alguien le había ido con la canción de que aparecería de un momento a otro por Perros Muertos. Por eso iba esa mañana repeinado. Pero no le sirvió de mucho. En vez de toparse con Salma Hayek, había encontrado un cuerpo destrozado. Como si se hubiera peleado con un perro rabioso, le había insistido esa noche, abriendo mucho los ojos. El cuerpo fue hallado en Lomas de Chapultepec, más allá de donde acaban los algodonales. Un hombre había llamado a la comisaría a dar parte de lo que había encontrado caminando a pie en dirección a su casa.

El comisario Padura no había podido atender la llamada. Había tenido que llevar a su mujer al médico. Le iba a decir qué era el bulto ese que le había salido en el pecho. Padura escuchó con indiferencia el diagnóstico del médico, un tipo que exageraba las eses para hacerse el importante: benigno, no hay peligro. Tanto escándalo para esto, pensó el comisario. La tarde perdida.

Fue Cangrejo el que examinó el cuerpo, aún medio escondido entre unos hierbajos. Los zopilotes andaban a la expectativa, pero de momento, no se habían interesado demasiado por ella. Aun no olía lo suficiente. Era una chava de apenas quince años, más o menos. O lo que quedaba de una chava que había sido linda. Quizá demasiado linda para vivir. Porque eso también se lo había dicho Cangrejo. Que era linda y que tenía las tetas muy grandes, solo que sin pezones. Cangrejo lo animó a que viera la mercancía antes de que Ortega, el forense, se ocupara de ella. Padura respondió con un gesto de desprecio a ese comentario que le pareció una grosería. Pero es que Cangrejo metía la pata cada vez que hablaba. Nunca le había oído una frase inteligente.

Esa noche, el comisario Padura debería haberse dado una vuelta por el Instituto Forense, a ver qué aspecto tenía la occisa. Pero no tenía ganas de verle la jeta al güey ese que siempre lo recibía con su batita blanca y el sudor denso que le chorreaba por todo el cuerpo. En vez de eso, de soportar su mirada científica, estaba pidiendo una cheve en la barra del Havanna. Su mujer le había pedido que se fueran los dos a cenar para celebrar que lo del bulto en el pecho había quedado en un mero susto.

El comisario la mandó al carajo.

Ha dejado su chamarra de cuero encima de la barra. La camarera le ha abierto con desgana la cerveza. Padura se pregunta si esa mujer habrá sonreído alguna vez en su vida. Lo duda. Siempre tiene cara como de tener cálculos en el riñón. Ahora está atendiendo a un tipo de calva brillante, sonrisa profidén y fuerte olor a perfume. Y es como si no quisiera pasar desapercibido, allá donde fuera. Si la camarera no fuera algo así como un animal de bellota, Padura le preguntaría quién era ese individuo. Igual Cora sabría algo de él. A ver si se acordaba y le preguntaba después.

El comisario le da el primer sorbo a la cerveza. Le sabe bien rica. Se vira. Por los altavoces sale una música lánguida e insinuante. Enseguida, una muchacha se encarama a la tarima central. Va cubierta por una especie de tul blanco que no consigue difuminar sus formas.

Todos los focos del Havanna se ponen a perseguirla.

En pocos segundos, el tul cae al suelo.

Un puñado de hombres la jalea.

Rugen como leones hambrientos.

La chica se estira con movimientos estudiadamente sensuales.

Es Cora, la chica con la que el comisario pasa una hora, todos los jueves. Padura la ve trepar por una barra metálica, enroscándose como si fuera una culebra, tan moldeable como la plastilina. Esa es la expresión que utilizó para describirla el fiscal Mendoza, cuando le habló por vez primera de ella: igualito que la plastilina. Y coge bien rico. Pero no se te ocurra quitármela, que es mía.

Aunque fuera para chingar al fiscal, lo siguiente que había hecho Padura nada más despedirse de él era ir a buscar a la chica.

Sí, debía coger bien. Pero él no lo había podido comprobar todavía.

Ni siquiera se le había parado la verga.

Y eso que la chava estaba de vicio.

Lo comprobaba una vez más, viendo sus evoluciones sobre la tarima, su culo perfecto solo tapado por un tanga minúsculo, los pechos rebrincándole en cada saltito. Por un momento pensó en lo que le había dicho Cangrejo por la tarde: la occisa tenía las tetas muy grandes.

Cangrejo le había regalado una teoría: acá en Perros Muertos las chavas son muy confianzudas, se dejan manosear en el Havanna y enseguida se meten en el auto de cualquiera, y luego pasa lo que pasa. ¿De verdad la muchacha que ahora estaba en el Instituto Forense habría bailado en el Havanna antes de que se la llevaran de excursión al desierto? ¿Podía sostenerse en pie la teoría de Cangrejo? Miró alrededor. Muchas chicas enlazaban con sus brazos el cuello de chavos de melena churretosa y bigotillo cantinflesco. Las veía calentarse. El chavo les estrujaba el culo, sin cortarse un pelo. Ellas se dejaban. Empezó a creer que igual la teoría de Cangrejo era acertada. Una cosa eran Cora y las otras, las bailarinas del Havanna, disponibles a cambio de cuatro pesos, pero sabiendo siempre el terreno que pisaban. A los hombres hay que sacarles el dinero antes de que te saquen las tripas. No, las teiboleras sabían perfectamente cuál era su trabajo, lo que decía y lo que no debían hacer. Pero luego estaban las otras, las bobas, las mensas, que se subían en la Suburban como si la hubieran comprado ellas, solo pensando en el ratico de gusto que les esperaba junto al tipo que a lo mejor conocían desde hacía solo una hora.

El comisario apuró la cheve.

Cora ya había acabado su número.

La música alegre de Los Tigres del Norte atronaba en los altavoces.

La camarera le preguntó a Padura si quería otra cerveza. Le dijo que no, que tenía otros planes. Y esos planes eran colarse en el camerino de Cora. Empujó la puerta. Ella lo recibió con un gesto de hastío.

—Los tienes a todos loquitos. Empezando por mí, claro.

No le respondió. Se limitó a quitarse los zapatos de tacón de aguja. Al acabar la operación, los arrojó bien lejos, como si los repudiara.

Al comisario siempre le pareció sorprendente la transformación de Cora. Cuando caminaba junto a ella, subida en esos tacones de diez centímetros, se sentía un poco cohibido, aunque fuera una puta que solo sabía bailar, coger y mentir. Luego cuando se los quitaba, cuando se desnudaba y se quedaba toda a su merced, apenas un metro y medio de mujer, el comisario se sentía de nuevo más fuerte, más macho. Y entonces, sí, le daban ganas de cogerla.

Pero nunca lo había conseguido.

Por mucho que ella lo intentaba, no había manera. Ese era su secreto. Y Cora jamás lo contaría a nadie. Si lo hacía, sabía que no trabajaría nunca más de teibolera ni de nada. Ya se lo había advertido el comisario, para que no hubiera dudas.

—Hoy no es jueves. ¿Cómo es que aparece por aquí? —le preguntó, pintándose los labios frente a un espejo.

—Me apetecía una cheve. Y verte, por supuesto. Eres una mujer bien chida.

—Y usted un policía.

—¿Qué significa eso?

—Que nunca llegaremos muy lejos.

—Con llegar a la cama, para mí es suficiente. ¿O eso es demasiado lejos?

Cora no le quiso responder. Comprobaba desalentada la aparición de una pata de gallo que alguien había puesto ahí. La noche era muy dura. Se estaba haciendo vieja antes de la cuenta. Muchas veces se preguntaba qué haría cuando se le cayeran las tetas y empezaran a silbarle al verla bailar en la tarima. Esperaba que, al menos, no la recogiera un policía mierdero como el que ahora la miraba con una mezcla de deseo y admiración.

—¿Cómo está su mujer?

Al comisario Padura le molestó la pregunta. Era como si Cora quisiera destruir cualquier espacio de intimidad que se pudiera crear entre los dos.

—Viendo telenovelas, fuerte como un roble —le contestó.

—Me alegro.

Pero el comisario Padura no supo si lo dijo en serio o no. Nunca podía asegurar si mentía o decía la verdad. Mis palabras son tan auténticas como mis orgasmos, le había avisado, con las piernas abiertas, la primera vez que se desnudó delante de él.

Padura sacó la conclusión de que perdía el tiempo allí dentro. Cora no estaba de humor.

—¿Qué te pasa hoy? —le preguntó—. Estás rara. ¿Quién tiene la culpa de que estés así? ¿La regla?

—La regla, no. Los hombres. Ojalá los hombres vinieran cada veintiocho días.

Efectivamente, no era el mejor día para visitar a Cora. No esperaba de ella palabras cariñosas, pero sí al menos un poquito de comprensión. De solidaridad. Su trabajo no era fácil, clavado a esta parte del río Bravo.

—Por cierto, hablando de hombres. ¿Quién es el calvo ese que lleva una pajarita en el cuello? Lo veo siempre aquí metido en el Havanna.

—Pues eso, un hombre que se pasa la vida metido en el Havanna.

—¿Y qué hace? —preguntó con creciente interés Padura.

—Beber y mirar. Nada más.

—Lleva cuidado esta noche —le dijo él, mientras se colocaba su chamarra de cuero.

—¿Y eso?

—Una mujer ha aparecido muerta en el desierto.

Cora giró bruscamente el cuello, dejando suspendido en el aire el pintalabios. No entendía qué quería decirle el comisario con aquella advertencia. Si era una fórmula para protegerla, o justamente lo contrario, una forma de decirle que ella valía poquito, muy poquito. Era mujer. Una mujer bonita. Y que por eso todavía valía menos.

—No se preocupe por mi futuro.

—Lo hago.

—¿De veras? No pierda el tiempo. Un policía y una teibolera no tienen futuro.

Y cerró con un golpe seco el pintalabios.

Al comisario Padura le hubiera gustado que le diera un beso, aunque fuera de mentira, pero solo le dijo hasta mañana, comisario, me alegro de que su mujer ya esté mejor.

Eran las dos de la mañana y Morgana no había pegado ojo. No paraba de dar vueltas en la cama, pero no había manera.

El calor era muy alto en la casa. El hombrecillo que se la había rentado le había asegurado que se sentiría como en el palacio de una princesa, pero se guardó que el verano convertía el pequeño departamento de apenas sesenta metros en un invernadero en el que corrían el riesgo de morirse las princesas o los mismísimos lagartos.

Pero ese no era el motivo por el que Morgana, apenas vestida por una camiseta que le llegaba a las rodillas, totalmente desvelada, hubiera decidido abandonar la cama y prender un cigarrillo. En los últimos días la estaba atormentando una imagen que había visto en la portada del *Excélsior*, mientras desayunaba en el Delicias, un bar que tenía a mano, a solo dos cuadras.

La foto era en color. El rostro tumefacto de una mujer miraba al objetivo. Estaba deformado, como si alguien se hubiera tomado muy en serio el trabajo de dejarlo irreconocible. Morgana ni siquiera se detuvo en el trozo de carne que se le desprendía de un pecho, como si fuera un cartílago, atrapada por el gesto de horror que el fotógrafo había captado en aquel rostro que igual fue bonito. Ahora solo era una máscara pavorosa. La información era escueta e imprecisa. El reportero contaba que el cuerpo de la mujer había aparecido en Lomas de Chapultepec. Un vocero de la policía federal afirmaba que estaban abiertas todas las líneas de investigación. Y poca cosa más. Como si bastara la foto para explicarlo todo.

Morgana ha encendido la luz del salón. Uno de los focos halógenos cae verticalmente sobre el lienzo que la muchacha subió al caballete hace una semana. Ha trabajado en él varios días. Jamás pensó cuando llegó a Perros Muertos que elegiría como motivo a la muerte, como tampoco imaginó que allí iba a tener que soportar ese calor calcinante, de día y de noche, daba igual.

Pero la imagen de la mujer tirada en el desierto le había obsesionado de tal manera, de forma tan instantánea e irresistible, que quiso ofrecer su particular visión del horror. Su idea, la idea que le había estallado en la mente una de esas madrugadas de insomnio y cigarrillos a deshoras, era reconstruir esos últimos segundos de vida de la pobre desgraciada, peleando con sus últimas fuerzas contra el agresor. Lo que de momento había llevado Morgana al lienzo estaba todavía lejos de esa máscara de rabia resignada con la que quería modificar la foto que encontró en el *Excélsior*. De momento, solo tenía un boceto, el cuerpo de la chica, estirado en un escorzo violento, pequeño, sin guardar proporción con la cara, porque Morgana quería que fuera el ocre pálido difuminando las facciones y un rojo intenso saliendo del pubis, solo eso, el ocre y el rojo bastaran para reflejar todo el horror que siente una mujer en el momento en el que es asesinada.

Es curioso. Por Internet había leído que en España mataban mujeres todos los días. La noticia le parecía increíble. Los maridos mataban a sus mujeres, sin más. Violencia doméstica, lo llamaban los periódicos digitales. Morgana siempre se había sentido atraída por la cultura española, y no solo porque Picasso había empezado a pintar allí, o porque Antonio

Banderas se le hubiera colado en algún sueño erótico. Morgana se preguntaba qué diablos tenía ese lugar llamado Málaga para dar a luz a los genios, de dos en dos. Se había prometido que algún día iría a Málaga, para ver si le encontraba explicación al prodigio.

Por eso la noticia de que en España cada día moría una mujer asesinada entraba en discordancia con las ideas que se había formado Morgana.

México era diferente. Los hombres se mataban entre sí. De dos en dos, o de cuatro en cuatro. Cuando hay balacera, nunca se sabe. Por eso había tantos periódicos de nota roja. El *Excélsior* se vendía como pan caliente. Morgana sabía donde estaba. Junto a la línea caliente, la que separa México de Estados Unidos. La pobreza de la opulencia. El tercer mundo del primero. Pero ni siquiera eso explicaba que una mujer apareciera cruelmente torturada en el desierto, a toda plana, su foto ocupando casi toda la portada.

Pero Morgana había cumplido ya treinta y cinco años, por mucho que su cutis, cuidado sin ayuda de cremas faciales, solo con agua bien fría, le diera el aspecto de una colegiala. Morgana había vivido, y de sobra conocía que la vida es muy cabrona y no te da explicaciones. ¿Acaso se la había dado a ella, cuando Arturo decidió buscarse una amante? Era una mujer escuálida, de aspecto enfermizo. Sus ojos eran inexpresivos, como desprovistos de vida. Y sin embargo, Arturo la había elegido para entretenerle las horas libres que le robaba a la relación con Morgana. Cuando los vio salir de la torre Latinoamericana, los dos dando saltitos joviales, felices como adolescentes, Morgana pensó que un abismo se estaba abriendo justo debajo de sus pies. La sangre se le detuvo de un frenazo en todas sus venas. Pero ellos no dejaron de juguetear, ni siquiera cuando la descubrieron, con una de esas gorras beisboleras a las que era tan aficionada. A Arturo no se le cayó de la boca la sonrisa que parecía venirle de serie, desde el mismo día que nació. Simplemente se limitó a preguntar ¿qué haces tú aquí, Morgana?, como si fuera tan extraño que alguien merodeara el Parque Alameda, y tuviera la idea de visitar alguna de las tiendas o entrar a cualquier cafetería del corazón de la ciudad. Pero ni eso le apeó a Arturo del rostro su sonrisa, que solo perdió Morgana de vista cuando la tipa que lo acompañaba le tiró del brazo y se lo llevó, agarrándolo muy fuerte, como el botín más preciado que se ha arrancando con violencia al enemigo.

Después ocurrió lo de Parque Hundido.

Y Morgana supo que poco le quedaba por hacer en el DF. Que esa ciudad de locos no era para ella. Que el tráfico o la contaminación le estaban envenenando, y que mejor se iba, antes de hacer otra locura. Y que nada la retenía allí, ni siquiera Arturo o la memoria.

De vez en cuando pensaba en él. Se preguntaba cómo los canallas atraen a las mujeres con la misma fuerza que el imán a las limaduras de hierro. Tampoco la cabrona vida le había explicado eso. ¿Seguiría Arturo trabajando en el bufete de Chapultepec? Sí, seguro. Los jefes confiaban en él, y a lo mejor hasta lo habían ascendido. Tengo madera de campeón, proclamaba ufano Arturo, mientras la invitaba a un jugo de naranja.

¿Cómo estaría viviendo la crisis institucional? Él siempre había maldecido al Peje. Le echaba la culpa del caos de la ciudad, de obligarle a él, ¡a él!, a tomar el metro para no llegar demasiado tarde a ningún sitio. Ahora el Peje se había apoderado no solo de la ciudad, sino del gobierno. Apoyado por la policía del DF, la misma que había controlado los ocho años que había sido alcalde de la ciudad, se había instalado en el Palacio Nacional, autoproclamándose presidente legítimo. La batalla electoral había sido durísima. El Peje había visto maniobras extrañas del PAN, maniobras que se había cansado de denunciar antes y después de las elecciones. Que si papeletas electorales del PRD habían acabado botadas en tiraderos de basura, que si el Instituto Federal Electoral se había plegado a las instrucciones panistas, negándose a realizar un nuevo conteo de votos, uno a uno. Luego llegaron las manifestaciones en la plaza del Zócalo, invadida por el amarillo peerredista. Y ahora, sin que Calderón pudiera hacer nada, el Peje anda pisando la moqueta del Palacio Nacional.

Los periódicos hablaban de fractura, incluso de guerra civil.

El DF hervía.

El calor era insoportable. De buena gana se habría bebido ahora un litro entero de jugo de naranja. Pero solo le quedaba en el frigorífico agua mineral.

A Morgana le llegaban las músicas festivas de la calle. Los Tigres del Norte contaban que los chicos tuvieron problemas con los federales, y que tuvieron que soltar la mercancía.

La gente baila, mientras las mujeres son ultimadas en el desierto. Así es la vida a este lado del Río Bravo, junto a la línea caliente.

Morgana echa un último vistazo al lienzo. Aprecia el rostro apenas bosquejado de la mujer que ha elegido como protagonista de su nueva obra. Se fija en sus rasgos, y se estremece. Cree haberla visto antes. Pero no en la fotografía del *Excelsior*, ni en Perros Muertos, sino en otro sitio.

Inevitablemente piensa en el DF y en una carretera mojada de Parque Hundido.

Aplasta con violencia el cigarrillo sobre el cenicero.

Los dedos le tiemblan.

Freddy Ramírez no tenía amigos. Solo mala baba. Apenas hablaba con sus compañeros de redacción. Simplemente se limitaba a navegar por Internet, abstraído del mundo, o a marcar números de los que estaba repleta su agenda telefónica, un librito de pastas gastadas, a punto de desmigajarse, en el que se escondían yacimientos de información.

Freddy era de los tipos que cuando ve un semáforo que acaba de ponerse en rojo, aprieta a fondo del acelerador. Eso le había costado algún disgusto. Un día, un par de güeyes le dieron una paliza que casi lo manda para el otro barrio. Estuvo de baja durante tres meses. Las ventas del *Excélsior* cayeron. El director rezó todas las noches para que Freddy se pusiera bueno. Y eso que le producía una mezcla de repugnancia y asco, pero no podía prescindir de él, por mucho que todos los días pensaba dos o tres veces en ponerlo de patitas en la calle. No podía soportarlo bamboleándose por la redacción, arrastrando sus muchos kilos. Pero sus informaciones, aunque llenas de erratas, valían miles de pesos. Y el primero que sabía eso era su director. Además, como no le interesaban las mujeres, tenía mucho tiempo libre para buscar noticias impactantes. Para Freddy Ramírez la palabra de amor más bonita era primicia. Y sus informaciones, siempre de impacto, siempre molestas, eran el desayuno diario de tanta gente en Perros Muertos, empezando por el comisario Padura, que lo odiaba con todas sus fuerzas, desde que aterrizó en la redacción del *Excélsior* con el único objetivo de tocarle los huevos.

Freddy se creía una pieza elemental en el engranaje de la ciudad. De un lado estaban los narcos y la policía, coludidos. Eran cómplices. Socios. De otro, él, defensor de esa masa anónima que asistía asombrada a los negocios que urdían policías y narcos.

Por eso, mientras todo el mundo dormía la siesta, aplastada por los cuarenta grados de las tres de la tarde, él se encontraba merodeando por Lomas de Chapultepec. En un papelito arrugado llevaba escrito un nombre. Le había costado dar con él una tarde entera y decenas de llamadas telefónicas. Pero al final, un funcionario de la Procuraduría General Judicial al que Freddy Ramírez le arrancaba de vez en cuando alguna confidencia a cambio de favores que solo ellos dos conocían, había aflojado. Esto no le iba a costar menos de cinco mil pesos. Pero merecía la pena. Ahí lo tenía. Un nombre de una mujer. De una madre a la que le habían matado a la hija.

Su auto, una carcacha vieja que le dejaba tirado cada dos por tres, se había calentado más de la cuenta. Así que decidió parar y seguir el camino a pie, antes de que el motor reventara. Podía ser un trasto viejo, pero no tenía otro.

Abrió el tapón de la botella de agua mineral que había sacado de la máquina expendedora que había junto a los baños, en el periódico. Se echó un trago. Caldo de pollo, dijo, antes de vomitarlo, con asco. Menos mal que ya divisaba un poblacho de chabolas. Confiaba en que, al menos, le dieran un trago de agua fresca.

El primero que lo recibió fue un perro. Con sus ladridos dio la señal de alerta de que alguien venía de visita. Ni siquiera al chucho le inspiraba confianza aquel tipo panzudo y de pelo churretoso que se había plantado allí. Como adivinó el concepto que el perro tenía de él, Freddy Ramírez le dio una patada. El perro aulló. Al minuto un hombre surgió de las sombras que creaba un trozo de Uralita.

—Buenas tardes —dijo Freddy, limpiándose el sudor que le salía de la frente.

—¿Qué desea?

—Estaba buscando a la señora Martha Rodríguez.

El hombre lo miró con desconfianza renovada. Se pasó una mano por su rostro surcado de arrugas. Miró al perro. Luego al visitante.

—Hace demasiado calor para pasear.

—¿Me daría un poco de agua? —preguntó Freddy, metiéndose en un bolsillo el pañuelo empapado de sudor.

El hombre no le respondió. Simplemente se perdió ante las chatarras que taponaban la entrada de su casa. Freddy se preguntó si allí llegaría el *Excélsior*. Si no era así, le sugeriría al director que hiciera algo porque aquella pobre gente también merecía saber la auténtica realidad de lo que pasaba en Perros Muertos.

Pasaron unos minutos.

Y cuando ya había perdido la esperanza de que le aliviaran la sed que le abrasaba la garganta, apareció el hombre sosteniendo en la mano derecha un vaso de agua.

Freddy Ramírez la bebió con avidez. No estaba fría, pero al menos no era caldo de pollo.

—Muchas gracias —le dijo, con una ligera inclinación de la cabeza.

El hombre no movía un músculo de la cara. Solo los ojillos, que asomaban cansados en medio de ese rostro lleno de arrugas.

—¿Qué deseaba, aparte de un poco de agua?

—Localizar a esa señora. Es importante.

—Al final del camino, a la derecha. No le moleste demasiado. La señora está mal. Todo el mundo la llama aquí mamá Lupita.

Freddy hizo un gesto como de hacerse cargo de la situación. Se despidió con un no se preocupe y un muchas gracias por el vasito de agua, y se puso en marcha, perseguido por los ladridos del perro, que sintió durante muchos minutos, hasta que por fin encontró la geografía quebrada de una chabola hecha de hierros y maderas carcomidas. A Freddy le llamó la atención una antena grande como un pajarraco que coronaba aquella casa. Una televisión a todo volumen interrumpía el silencio de la tarde. Freddy oyó llantos desespera-dos, frases dramáticas.

Era la hora de la novela.

Tocó con sus dedos churretosos un botón, sin mucha esperanza de que sirviera de algo. A los pocos segundos una verja metálica chirrió.

Una mujer, vestida totalmente de negro, se le quedó mirando, como si hubiera visto una aparición.

—Soy Freddy Ramírez. Venía a hacerle unas preguntas, si no es mucha molestia.

Con movimientos de autómata, la mujer le permitió el paso.

Freddy se internó por un pasillo que desembocaba direc-tamente en lo que debía ser el salón. Al periodista, siempre observador, le sorprendió el orden que presidía la estancia. Un bonito jarrón de rosas reposaba encima del aparato de televisión, el auténtico rey de aquella estancia. Al fondo ronroneaba un frigorífico. Freddy pensó en un vaso de agua bien fría, pero de momento se calló.

Un chiquillo apareció en el salón. Mordisqueaba algo. Se quedó mirando a Freddy, pero solo unos segundos. Le pare-cían más interesantes los rostros que se movían en la televi-sión. Una mujer, los labios pintados de un rojo agresivo, llamaba abusador a un hombre impecablemente peinado. Nada que ver con la mujer que le ha ofrecido al periodista asiento en el sofá. Tiene los pelos desordenados. Freddy se fija en sus ojos. Estaban recorridos por venillas rojas que parece quieren tejer una red.

—¿Es usted policía?

—No —respondió Freddy, haciendo con la mano dere-cha el gesto de espantar una mosca—. Soy periodista del *Excélsior*. ¿Lo conoce?

La mujer meneó la cabeza, negativamente. Freddy tuvo claro que debía proponerle a su director que los repartidores de periódicos llegaran hasta allí. Aquella gente tenía el mismo derecho que todos a saber lo que pasaba. Freddy dudó de que la mujer supiera leer, a pesar de que una Biblia enorme dormía en un pueblecito lleno de cachivaches.

—¿Qué es lo que le pasó a su hija?

La mujer se quedó con los ojos fijos en la televisión. Sin apenas parpadear. Se oyó el sonido agudo de un violín. Freddy lo sintió dentro, como una cuchillada. La mujer salió de su ensimismamiento.

—La mataron. A mí pobre Martha la mataron.

—¿A qué se dedicaba?

—A trabajar, nomás.

—¿Dónde exactamente?

—En la maquila que tiene Phillips pegadita a la ciudad. Trabajaba muchas horas. Ella me daba todo el dinero que ganaba en la maquila para que lo guardara en una hucha. Me decía, ya verás, mamacita, como la llenamos enseguida y así podremos comprar una casa con paredes pintadas de azul.

Freddy paseó la mirada por el salón. Las paredes estaban desconchadas. Pensó en el cuento de los tres cerditos.

—Disculpe la pregunta —Freddy chasqueó la lengua varias veces, como con miedo a elegir palabras que pudieran herir—. ¿Salía su hija por las noches?

La mujer apartó la vista de la televisión, violentamente. En sus ojos ya no había cansancio, sino una furia oscura y repentina.

—¿Quién ha dicho eso de mi hija?

—Era solo una pregunta —respondió Freddy, haciendo un gesto de disculpa.

—Mienten. Solo dicen mentiras. Calumnias, solo calumnias. Inventan todo. Hasta la altura de Martha.

—¿Cómo?

Pero la mujer no respondió. De nuevo sus ojos se habían quedado enganchados en las imágenes de la televisión. El galán de la novela le decía a la chava de los ojos pintados que no creyera todo lo que le decían de él, que siempre le había sido fiel. Freddy pensó que el tipo ese era un cabrón y un fresco.

La mujer se levantó repentinamente. El niño gateó por el suelo, queriendo seguirlo, pero a mitad de camino encontró una pelota de plástico, y prefirió dedicarle toda su atención.

A los pocos minutos la mujer reapareció en el salón. Llevaba un papel en la mano. Se lo entregó a Freddy. El periodista se fijó en el membrete oficial que encabezaba el documento. Lo leyó con mucha atención. Era el informe del forense. No encontró nada raro. La mujer había muerto estrangulada. Lo confirmaban las manchas pardas que habían quedado en su cuello, a modo de huellas. Freddy tenía claro que esas huellas no servirían de nada. Que la policía poco iba a hacer por el caso.

—Mi hija medía 1,70.

Lo había dicho con un hilo de voz. Freddy no entendió. Los diálogos de la novela se imponían a todo.

—1,70. Y ese reporte dice que la muerta no medía más de 1,60.

—¿Cómo?

—Me han entregado los huesos de otra muerta. Mi hija todavía no ha aparecido.

Y por primera vez desde que Freddy la hubiera descubierto, los ojos de la mujer chispearon de esperanza. Se habían inundado de vida, repentinamente. Agarró el control remoto. Le quitó todo el volumen a la televisión. Un pájaro chilleteó desde una esquina.

—Él sí lo sabe —dijo la mujer, girando la cabeza en dirección a la jaula—. Le pregunto al perico si sabe dónde está Martha, y él mueve la cabeza. ¿Está viva?, y él mueve la cabeza. Mi hija está viva. El perico no me engaña. Confío más en el perico que en la policía.

Oprimió un botón del control remoto. De nuevo el ruido de la televisión invadió todo. Pero la mujer ya no parecía interesada en la novela. Examinó a Freddy, que se mesaba los cabellos aplastados por el calor o la falta de higiene. Intentaba procesar lo que le acababa de decir. La mujer le leyó el pensamiento y se levantó para buscar algo. Abrió un cajón. Sacó un puñado de fotos. Pasó varias nerviosamente, hasta que dio con lo que buscaba.

—Esta es mi Martha. Mire el frigorífico y mírela a ella. Le saca una cabeza al aparato, porque ella siempre se aumentó muy bien, de chica siempre ha comido de todo, y me ha crecido mucho mucho. El frigorífico mide l'65. Pero mi hija se alimentó muy bien, y mide más que eso. No, los huesos que me dieron no son de mi hija, porque mi hija está viva.

La mujer miró a Freddy Ramírez, que resoplaba en ese momento con fuerza.

—¿Me ayudará a encontrarla?

Freddy asintió con la cabeza, sin creerse su respuesta. En lo único que pensaba era en lo que valía esa foto de la chica junto al frigorífico publicada en portada. Por un momento se le pasó por la cabeza pedírsela a la mujer, pero se frenó. Uno de sus secretos era cuidar a las fuentes. Y Freddy no había visto en esa mujer a una madre desesperada, destrozada porque su hija llevaba más de diez días desaparecida, sino un pozo de información. El asunto le iba a dar para muchas portadas.

—Le ayudaré —dijo, intentando que no se le notara que le faltaba convicción en lo que decía. Le hizo una carantoña al chamaco, se despidió de la mujer con un apretón de manos y se perdió por el pasillo.

Cuando salió a la calle, notó que le faltaba la respiración. El calor era aún más poderoso. No se atrevía a moverse, amilanado por los cuarenta grados. Durante unos minutos se quedó pendiente de los diálogos de la novela. La chica gritaba que todo era mentira, mentira.

Un puñado de expedientes se amontona sobre la mesa de madera del fiscal Mendoza. Pero no tiene el más mínimo interés de echarles ni un vistazo. Prefiere abrir libros de novela histórica a los que se ha aficionado sin remedio. Los compra a pares. Prefiere los de temática templaria, pero le basta con que hablen del Vaticano o que sean muy gordos. Ahora tiene entre manos un tocho que no baja de las mil páginas. Está tan abstraído que ni siquiera se da cuenta de la presencia del comisario Padura.

En la sala se oye un carraspeo. Pero no sirve nada. Padura chasquea los dedos para llamar la atención del fiscal.

—¿Quién te dio permiso para entrar?

—¿Dónde se mete tu secretaria?

El fiscal podría contarle que anda coqueteándole a un chavo que ha entrado hace poco de prácticas en la procuraduría, un tipo que ha venido de Zacatecas, y que aprovecha la mínima oportunidad para verlo. Mendoza tiene claro que lo mejor que puede hacer es ponerla de patitas en la calle.

Pero no tiene ganas de hacerle el cuento al comisario. Una vez más ha vuelto a interrumpirle, en lo más emocionante del relato, justo cuando el detective enviado por el Vaticano acaba de dar con la cartera que se le perdió al Himmler ese de la Gestapo alemana en la catedral de Montserrat, allá por España.

—Tenemos otra difuntita criando gusanos en el desierto.

El fiscal cierra el libro con un golpe seco. Luego responde con un gruñido de disgusto.

—No me mire así. Los muertos joden más que los vivos.

—¿Por qué dice eso?

—Porque la segunda occisa ha aparecido vestida con las ropas de la primera.

—¿Cómo dice?

—Que a la segunda muerta la han vestido con la misma camiseta con la que iba a todas partes la primera.

Como Mendoza puso cara de no entender nada, igual que cuando los autores de esos libros que leía le metían en laberintos llenos de trampas y mentiras, el comisario rebuscó en los bolsillos de su chamarra hasta que dio con una foto. Estaba arrugada. En ella se veía a una chica sonriendo al fotógrafo, un chavo agarrándole por la cintura, el nombre de una marca de bebida estampado en la camiseta.

—Esta es la primera muerta.

—¿Han identificado al tipo?

—Sí. Pensábamos que era su novio. Pero una amiga jura y perjura que no, que solo eran amigos.

—¿Se la cogía?

—Supongo que sí.

—¿Quién más se la cogía?

—¿A dónde quiere llegar?

—El chavo ese la pudo matar por celos. Así pasa siempre, mientras nosotros nos rompemos la cabeza pensando en bandas organizadas y boberías de esas. Aquí en la frontera, los celos matan más que la droga. Estoy cansado de repetirlo. Pero nadie me hace caso. Ni siquiera usted.

—Lo último que me han dicho es que el chavo ese es medio marica. Que ni le puso un dedo encima. Que no tenía razones para matarla, sino todo lo contrario. Era una especie de amigo protector, o algo así. Pero no entiendo qué hacía una camiseta XXL en el cuerpo de una muchacha que apenas llegaba al metro cincuenta.

El fiscal Mendoza arquea las dos cejas. Se pasa la mano por la barbilla.

—O sea, que al marica ese no le podemos cargar el muerto.

—No. Y además, esto de que la segunda muerta vistiera ropa de la primera solo puede significar una cosa.

—¿Qué?

—Que las dos muertas guardan relación. No es que un chavo matara a una, porque se le fue la mano, y a la segunda le pasara más o menos lo mismo, porque en la noche todo está permitido y no sabes qué te va a pasar. No son gamberradas provocadas por el alcohol. Estamos hablando del mismo tipo, y que además, juega a volvernos locos. Por eso se ha permitido guardarse las ropas de la primera muerta para ponérselas a la segunda.

—Híjole. No imaginaba que usted fuera capaz de pensar todo eso. ¿Le ayudó alguien?

El comisario Padura prefirió no responder a ese comentario mordaz del fiscal. Prefirió mirarlo con severidad, y lanzarle una nueva frase.

—Traigo un regalito para usted.

Mendoza aprecia cómo vuelve a extraer algo del bolsillo interior de la chamarra. Ahora no saca una foto. Es un recorte del *Excélsior*. No tiene los bordes gastados. Ni amarillea. Es una información reciente. El fiscal empieza a pensar que lo que dice ese recorte no le va a gustar nada. Y se teme quien está detrás de él.

—Lea usted mismo.

"¡Mienten! La PGJ hace desaparecer huesos".

—Pero ¿qué diablos significa esto?

Mendoza hace una bola con el recorte del periódico y lo arroja bien lejos, como si lo repudiara.

—Problemas. Eso es lo que significa. Problemas.

—…para el cabrón que lo ha publicado. Freddy Ramírez es una rata que asquea a las propias ratas —completa la frase Mendoza—. Me querellaré contra él por un delito de difamación. No puedo tolerar esa letanía de mensadas. ¡Decir que estamos guardando huesos! ¡Ni que fuéramos un perro! ¿Así nos consideran a nosotros, perros?

El comisario Padura, por una vez, está de acuerdo con Mendoza. Freddy Ramírez había encontrado carnaza con lo de las difuntitas. Era como un animal abierto en canal al que le iban a sacar hasta la última tripa. Por eso tenía un consejo para el fiscal.

—Lo mejor que podernos hacer es evitar que la bola crezca. La querella le daría a Freddy publicidad. Y eso es lo que quiere.

—No, te equivocas, comisario. Lo que quiere es poder. ¿Sabes que circula una leyenda por Matamoros?

—¿Cuál?

—Que el Chapo Méndez le pagaba las putas a Freddy Ramírez.

—Eso es imposible.

—¿Por qué? ¿Es que Freddy es joto?

—No, pero no me imagino al Chapo invitando a tragos y a putas a la bola de sebo de Freddy Ramírez. Eso es imposible. Una leyenda.

—¿No crees en las leyendas, comisario?

—Ni siquiera en Dios, fiscal.

Y no quiso decir más. Se marchó por donde había venido. Al comisario Padura no le gustaban las reuniones con Mendoza. Su despacho olía a detergente barato. Y el tipo, con su sonrisa pérfida, con sus aires de superioridad, le daba bastante asco. Por eso se sintió aliviado cuando se acomodó en el interior de su Mustang.

LA PINTORA

Nunca pensó que pudiera haber tantas chabolas juntas. Pero ahí estaban, delante de sus ojos. Eran como una especie de casetas armadas con chapas de hierro oxidado. Se quedó durante unos minutos apreciando el paisaje, sin llegar a bajar los vidrios de su auto.

No sabía si era una buena idea o no, pero el caso es que esa mañana se le había ocurrido darse una vuelta por Lomas de Chapultepec, el sitio en el que había aparecido la mujer muerta.

Y fue entonces cuando la vio. Tenía la primera marcha engranada, pero algo le obligó a seguir presionando el embrague. Llevaba un suéter azul de pico, las piernecillas desnudas, medio tapadas por una falda gris, calcetines blancos y andares alegres. Iba silbando una canción, ajena por completo a la pobreza que le rodeaba, o al cuatro por cuatro que la estaba espiando. Simplemente estaba pendiente de su canción. Morgana la identificó como una de las sintonías de la telenovela que echaban a las cuatro de la tarde.

Tendría dieciséis, quizá diecisiete años, aunque más parecía una niña que otra cosa. El pelo muy largo, insólitamente negro. Morgana se preguntó cuánto tiempo llevaba sin tararear una canción. La respuesta le vino enseguida a la cabeza: desde que había descubierto que Arturo se metía en la cama de otra. Le hubiera gustado ser igual de feliz que esa niña. La siguió con la mirada. Los tenis se le fueron llenando de polvo, hasta que llegó a una encrucijada de caminos. Se sentó en una piedra.

Morgana se dio cuenta enseguida qué esperaba. Envuelta en una nube de polvo, vio avanzar una camioneta. Muy pronto llegó al punto en el que esperaba sentada la niña. El rutero le abrió la puerta, y enseguida la niña desapareció para siempre de la vista de Morgana, que no llegó a pensar en ella hasta que, desayunando en el Delicias, se encontró con el titular, ocupando toda la portada del *Excélsior*: "Segunda mujer encontrada muerta en el desierto". Un hombre leyó distraído ese titular, y fue rápidamente en busca de las páginas deportivas. Como si la aparición de una mujer asesinada fuera la cosa más normal del mundo. Tampoco en las crónicas deportivas el hombre, enclenque, con barba de varios días, encontró nada que le llamara la atención. Así que cedió el periódico a Morgana. Las fuerzas de orden público han reportado la aparición, en Lomas de Chapultepec, del cuerpo mutilado de una mujer, con síntomas de haber sido forzada sexualmente. Junto a ella apareció desgarrado un trozo de tela de color verde".

Tela verde, pensó, mientras probaba el jugo de naranja que le había servido el camarero. Fue en ese momento cuando su mente se puso a hacer extrañas combinaciones. Tela verde, la misma que vestían las mujeres que se bajaron de la camioneta. Porque Morgana, comida por la curiosidad, en vez de volver a su estudio para ponerse a pintar, siguió a la camioneta, que terminó la ruta junto a la zona de las maquiladoras creadas por Estados Unidos, a esta parte de la frontera. La niña también bajó con ellas. La vio intercambiar alguna risa, sin abandonar sus andares despreocupados, como si en vez de ir a encerrarse doce horas en la fábrica a cambio de cinco dólares, fuera a una fiesta.

Le dio un nuevo sorbo al jugo de naranja. Nada que ver con el que probaba en el DF, invitado por Arturo. Sabía mal, pero la sed podía con ella. Su mirada se quedó fija en el titular. Por un instante pensó que aquello era un disparate. ¡Cómo si solo las maquiladoras fueran las únicas que usaban el color verde en sus batas de trabajo! No. Se reprochó caer en esas elucubraciones fantasiosas. El ambiente cargado de la cafetería, sudor acumulado, mugre por todas partes, le estaba afectando. El caso es que desde lo de Arturo desconfiaba de la realidad. Todo parecía perfecto. La amaba. Empapaban las sábanas de sudor. El mundo era redondo. Hasta que los descubrió. A él, relamiéndose como un gatito que ha terminado su cuenco de leche, y a ella, una tipa flaca como un fideo. No, la realidad no era exactamente como la pintaban. Debajo de ella había mucha mierda. Por eso no era conveniente fiarse, ni de la realidad, ni de los hombres.

El caso es que Morgana pagó apresuradamente el jugo de naranja y abandonó el bar. Quería saber información de la primera muerta. Si no le fallaba la memoria, la radio había dicho algo de ella, hará cosa de un mes. Incluso menos. Había escuchado la noticia mientras intentaba poner orden en su departamento, uno de esos días en los que notaba que tenía la muñeca muy fría. Un día perdido. El cuadro en el que llevaba varios meses atascada debía esperar.

Con el jugo de naranja empezando a hacer su efecto en el estómago, Morgana se dirigió a la biblioteca pública. También hoy notaba que no era un buen día para pintar. No creía en la inspiración, pero sí en la muñeca caliente.

Dejó atrás la avenida Cuauthémoc para adentrarse en una callejuela que desembocaba directamente en la biblioteca. Se felicitó por haber elegido aquel cuatro por cuatro que la llevaba a todos los sitios. Cuando llegó a Perros Muertos procedente del DF, lo primero que le dijeron era que se comprara un auto a prueba de socavones. Ahora entendía el consejo. Al fin pudo llegar.

Empujó una puerta que llevaba un hilo colgando. El cristal estaba pegado con fixo. Al llegar a la sala de lectura, varias cabezas se levantaron. Pero volvieron a lo suyo inmediatamente. Solo una se quedó alzada. La de un hombrecillo de mirada cansada. Morgana se acercó a él.

—¿Qué desea?

Sudaba como un fogonero. Enseguida lo entendió. El aire acondicionado parecía ser allí un lujo. O mucho peor. Nadie parecía saber exactamente qué cosa era eso.

—¿Podría consultar los periódicos de este último mes?

—¡Cómo no, señorita! Ahorita le ayudo.

El hombre se viró, con un movimiento brusco. Levantó el brazo derecho. Morgana comprobó cómo el sudor le goteaba por el sobaco.

—Aquí tiene.

Morgana forzó una sonrisa de agradecimiento y buscó una mesa libre. La encontró en una esquina. Hojeó con rapidez. Entre otras cosas, porque tampoco creía que fuera a aguantar mucho tiempo en ese invernadero.

Pero todo el esfuerzo no fue en balde. Dio con lo que buscaba, porque lo que buscaba también había merecido una portada. La noticia estaba fechada el 20 de junio. O sea, hace tres semanas. Informaba de que una mujer había sido abandonada en mitad del desierto. También con las ropas desgarradas, también con signos de haber sido víctima de algunas aberraciones sexuales. Pero no daba ningún detalle sobre las ropas. Solo decía que el sostén estaba manchado de sangre, seguramente procedente —y aquí el periodista sí que se recreaba en los detalles— del pecho izquierdo, que estaba totalmente destrozado, el pezón colgando, según reportó la policía.

No venía nada de tela verde. No hablaba de maquiladoras. Ni siquiera de mujeres. Solo de una occisa.

Pero la primera mujer presentaba los mismos signos violentos que la segunda. Pezón arrancado. Violencia sexual. Y todo había ocurrido en menos de un mes. En el desierto.

Morgana cerró violentamente el volumen de los periódicos atrasados.

Salió a toda velocidad de la biblioteca, sin ni siquiera despedirse del hombrecillo que la había ayudado.

Sintió el aire fresco de la calle. Pero eso no le sirvió para borrar la imagen de una muchacha recibiendo golpes, mordiscos..., al mismo tiempo que la violan.

Sin saber por qué, la imaginó con unos calcetines blancos y unos tenis muy sucios.

—Lo peor es que un muerto resucite.

¿Cuántas veces le había repetido aquella frase el fiscal Mendoza? Incontables. A los muertos se les entierra, y ya.

Quizá por eso Padura lo odiaba minuciosamente, como solo era capaz de odiar a su mujer. El fiscal era un hombre de poco tacto. Cuando se enteró de que el comisario había enterrado a una hija, se limitó a darle el pésame de manera breve, y enseguida cambió de tema, como si el dolor de los demás le importara un carajo, un engorro que no tenía por qué aguantar. ¡Bastante tenía él con meter en la cárcel a los vivos en esta ciudad de locos como para preocuparse por los muertos!

Lo peor es que un muerto resucite. Padura no creía en eso. Ni en Dios, ni en la resurrección, ni en todas esas pendejadas. A veces soñaba que su hija le decía papá, no corras, viajando en el Mustang, a su lado. Cuando eso ocurría, se despertaba con mucha sed. Se levantaba de la cama y acudía a la cocina para beberse medio litro de agua.

Ahora no tenía sed. Solo ganas de apartar de su vista la imagen que llenaba la portada del *Excélsior*. Aparecía una muchacha junto a un refrigerador. ¿Qué diablos es esto? La portada también traía unas declaraciones del entrenador de los Tigres, anunciando cambios en el sistema de juego para el siguiente partido. Pero el comisario no tuvo más remedio que leer antes la nota que acompañaba a la foto: "La madre de Lilia Rodríguez nos remite esta instantánea que demuestra que su hija mide 1'70, porque aparece junto a un frigorífico General Electric, modelo 7682, que mide 165 centímetros de alto, de acuerdo con datos confirmados por el fabricante. Sin embargo, el informe forense de los restos que le fueron entregados a la madre de la occisa concluye que su altura no excedía los 160 centímetros. La madre denuncia que los huesos que le dieron no son los huesos de su hija. ¿De dónde han salido entonces? Ropas de muertas que aparecen en otras muertas. Huesos que se intercambian, como si fueran cromos. ¿A qué extraño juego macabro se entregan las autoridades policiales?".

Y dejaba la pregunta abierta, afilada como una acusación. Al menos no mencionaba su nombre. Pero estaba seguro que faltaba una portada o dos para que ocurriera.

El comisario Padura tuvo claro lo que tenía que hacer de inmediato. Se levantó como impulsado por un resorte, y salió disparado de su despacho, sin ni siquiera agarrar la chamarra de cuero. Pronto la echaría de menos.

El cielo estaba tomado por una tropa de nubes. El viento venía frío. Y eso que era septiembre.

Algo raro estaba ocurriendo en la ciudad.

Enrumbó hacia el Instituto Médico Forense. En el camino comprobó que las cantinas estaban a rebosar. La gente se divertía, lo pasaba bien, mientras él se preocupaba por muertos regresados del más allá. Pensó en el fiscal Mendoza. Lo imaginó embebido en alguna de sus tramas vaticanas, ajeno por completo a todo.

Unos goterones se estrellaron en el limpiaparabrisas. Parecía que querían acribillarlo.

Hasta el tiempo se había puesto en su contra.

Llegó al laboratorio forense.

Olía a moco de viejo.

Preguntó por el licenciado Ortega.

—Enseguida sale —le respondió una muchacha, interrumpiendo el tamborileo sobre la mesa de un bolígrafo con el que mataba el tiempo.

Mientras esperaba, el comisario Padura escuchó el sonido agudo de una sierra en la tarea de seccionar un cuerpo. Se le revolvieron las tripas. Intentó pensar en los muslos de Cora. Mañana era jueves y pasaría con ella un rato. Cora tenía la piel como si fuera de seda. Nunca podría imaginarla a merced de un tipo como el que ahora le da la mano, después de limpiársela en la bata blanca que lleva puesta.

—Buenos días, comisario. Estoy a su disposición.

Lleva gafas de culo de vaso y no para de sudar. Padura no lo puede entender, y mucho menos cuando se internan por un pasillo en el que la temperatura baja varios grados.

—Usted dirá —le comenta al llegar junto a una estantería en la que el tipo parece guardar trozos de cuerpos, a modo de reliquias. Junto a la estantería hay una mesa metálica. Aquella habitación parece su despacho. El comisario le echa un vistazo, sin poder reprimir un poco de asco.

—Es curioso su trabajo, siempre rodeado de muertos.

—A mí me encanta. ¿Sabe por qué? Porque los muertos siempre tienen una historia interesante que contar.

—Pero no es necesario que el muerto le cuente su historia al mundo entero.

—¿Cómo dice?

—¿Quién le autorizó a entregar el informe forense de Martha Rodríguez?

El muchacho traga saliva. Así que el comisario no venía en son de paz, ni para felicitarlo por la diligencia con la que hacía su trabajo.

—La familia me lo pidió.

—¿Para quién trabaja usted, para la familia de las muertas o para la policía?

—Para usted.

—¿Y entonces?

Padura notó como empezaba a sudar, copiosamente, mientras rebuscaba las palabras adecuadas con que responderle.

Al fondo la sierra mecánica seguía a lo suyo. Abrir hígados, trocear tripas. El escarbatripas. Así llamaba el Chivo al licenciado Ortega, que está escuchando las palabras del comisario, intimidado.

—A partir de ahora los informes de las muertas me los dará a mí, y solo a mí. Esa es información confidencial, y es intolerable que acabe en la portada de un periódico. Es intolerable, y un hecho gravísimo, del que usted será responsable a partir de ahora. Y no se preocupe por los familiares. Bastante hacemos que les devolvemos los huesos. ¿Entendido?

El chico asintió con la cabeza. Padura se fijó en su pelo. La luz cruda de la sala le daba justo en la coronilla, y enseñaba ya algunos clareos. Pronto, vaticinó el comisario, empezaría la debacle. Docenas de pelos en la almohada, o enganchados a la barba al salir de la ducha. Y las risas de los compañeros, te estás quedando calvito, eh. Pensó eso, y sintió un poco de pena por él.

—¿Entendido? —insistió.

—Sí.

—Por cierto, una pregunta.

El otro volvió a tragar saliva.

—¿De dónde sacó los huesos de la occisa? De la primera, digo, esa que aparece fotografiada al lado del frigorífico.

—No los saqué de ningún sitio. Me los trajeron del desierto. Y solo los traté profesionalmente, hice mi trabajo forense, nomás.

A pesar de la contundencia de la respuesta, el comisario Padura dudó si podía confiar en él. Desconfiaba de los tipos que llevaban gafas de culo de vaso. Le parecían siempre científicos que vivían alejados de la realidad, encerrados en su mundo de ecuaciones y fórmulas químicas.

Padura se despidió, dejando al chico con la mano extendida en el aire.

Afuera lo recibió un viento cortante, muy helado.

Echó de nuevo su chamarra de menos.

Lo supo perfectamente. Cuando vio los vidrios polarizados de aquel auto, supo que tendría dificultades para acabar el cuadro en el que llevaba trabajando las últimas semanas. Pintar el horror no es fácil. Y menos para ella. Sobre todo cuando el horror se te escapa de las manos y te pega un bocado que te arranca las entrañas.

Las cuencas de los ojos le dolían. Es como si una broca de gran grosor, de esas que se utilizan para atravesar paredes, le taladrara las sienes. A conciencia. Llevaba demasiado tiempo frente al lienzo.

Una cajetilla de Marlboro le esperaba en la mesa. Se abalanzó sobre ella. Rebuscó entre sus bolsillos, con desesperación. Y al final pudo encontrar, cuando ya tenía perdida toda esperanza, la fosforera. Aplicó la llama al cigarro. Le dio la primera chupada. Umm qué rico. Pero tardó varios segundos en darle la segunda. Solo lo hizo cuando estuvo completamente segura de que aquel Nissan de color claro y vidrios polarizados estaba allí. De nuevo. Miró la placa. Efectivamente, la misma que el día anterior.

Dio una nueva chupada al cigarrillo. Pensó en el auto que había estacionado en su cuadra. Silencioso. Como una pantera. No se le escapaba ninguna música estridente, de esas que espantaban su inspiración, que no solo se oyen los viernes, o los sábados, sino cualquier día de la semana, las bocinas de los carros atronando. Irrumpían en su estudio desde la calle a cualquier hora, cualquier día. Para Morgana no había mejor música que el silencio. Pero tampoco en aquella ciudad lo iba a conseguir. Ni en el DF. Hay cosas que no se consiguen en ningún sitio. Morgana pensó en el desierto. ¿Qué sonido escucharían todas esas chicas que están apareciendo botadas allí?

El Nissan parecía deshabitado. O abandonado. Pero Morgana sabía que en el auto había alguien encerrado.

Espiándola.

Esperándola.

Morgana estaba en la mente de alguien.

Miró nuevamente el lienzo. Intentó olvidar, aunque fuera por unos segundos, que abajo alguien estaba pensando en ella. Ahí tenía el cuadro. Una mujer, como desperezándose, se desangra. Un hilo rojo, muy caudaloso, le brota del sexo. El rojo se mezcla con el color azafrán del horizonte. Su boca está torcida en un gesto de pavor. Las manos están crispadas, como si quisieran agarrarse a la vida, en un intento tan postrero como inútil, porque la tensión de esas falanges entra en pelea con el silencio con el que la sangre va huyendo de un cuerpo que aún sigue siendo bello. Muy bello.

Demasiado bello para vivir.

Son detalles del lienzo. Pero Morgana no los identifica, por mucho que sus ojos han estado enfocándolos durante un par de minutos, queriendo abolir esa sensación extraña que siente. Mira el cuadro, pero solo puede ver en él la placa de un carro de vidrios polarizados, y un tipo que apenas se mueve en su interior, queriendo demostrar el mismo sigilo que se le supone a los detectives del cine negro americano. Sombreros borsalinos, y sobre todo, humo, mucho humo que borronea las siluetas, humo que ahora empieza a llenar el estudio. A Morgana le encantaría que la espiara uno de esos detectives tocado con un sombrero oscuro, el cigarrillo colgado en el labio, para componer una mueca cínica. Pero sabe que quien maneja ese deportivo de vidrios polarizados no gasta sombrero de detective.

Prefiere un cuerno de chivo.

De esos que matan con más rapidez que un infarto.

La cafetera silba desde algún rincón de la casa. Los pitidos sobresaltan a Morgana. Se detiene unos segundos. Hasta que puede recordar que, en efecto, llevaba como una hora pidiendo a gritos una taza de café. Siente los dedos cansados, solo útiles para sostener su taza de porcelana, con el dibujito del Coyote persiguiendo al Correcaminos, una taza infantil, que hubiera sido la que habría utilizado su hija. Pero ella jamás tendría una hija, de la misma manera que el Coyote jamás alcanzaría al Correcaminos. Se acerca a los labios el café. Ese líquido está segura que le dará el empujón definitivo del día. Así ocurría siempre. Sí. Necesita una tregua. Pero ni siquiera hoy el café convertido en algo parecido a caramelo, siempre tres tazas de azúcar, ni una menos, y después una pizquita de sal, parece dársela. Aunque lo acaba con la avidez habitual, no deja de pensar en el carro oscuro que había estacionado en la cuadra.

Justamente en la suya.

Morgana nunca creyó en las casualidades. La presencia del carro americano justo al lado de su edificio tampoco era una de ellas. Si estaba allí era por algo. Nada es porque sí.

Lo de Parque Hundido ocurrió porque tenía que ocurrir.

Ocurrió porque era necesario.

Como devuelta a realidad, Morgana abandona el reposabrazos del sofá. Le gustaría tener los nervios en calma para poder tumbarse, dormir plácidamente varias horas, o no dormir, simplemente quedarse embobada mirando el techo, pensando en naderías. Pero siente el corazón demasiado acelerado como para intentar dormir, aunque sea un ratillo. Y la culpa no es del café.

Se dirige a la cocina. Con el desapasionamiento que imponemos a los actos cotidianos, se sirve más café. Rescata de una alacena un recipiente de azúcar y en pocos segundos aquel líquido tiene una consistencia de engrudo. Lo prueba. Le falta algo. La pizquita de sal que es la que le da el sabor que tanto le gusta a ella. Perfecto. El Coyote sigue a lo suyo. Perseguir implacablemente al Correcaminos, como si la palabra derrota no fuera con él. Qué bueno sería que la vida se redujera a una taza de café. Que se simplificara en unos pocos sorbos de un líquido negro y azucarado. Pero Morgana solo necesita entrar de nuevo en el salón para darse cuenta de que todo es mucho más complicado, más incluso que ayer, porque allí tiene otro enigma acosándola, retándola. Ahora no solo tiene ante sí el lienzo incompleto, exigiendo soluciones que Morgana está todavía lejos de alcanzar. También ese Nissan deportivo estacionado justo debajo de su terraza.

Morgana se echa un nuevo buche de café a la boca. No, la vida era más compleja que eso. Muchísimo más. Ahí tenía el lienzo para demostrárselo, porque es verdad que no le había resultado difícil encontrar el rojo agresivo que le salía de la vagina a la mujer. Solo se cuidó de que ese color no adquiriera un protagonismo excesivo, que atrapara de tal modo la mirada, que otros detalles quedaran como en un segundo plano. Pero igual no era suficiente menguar el caudal de sangre que serpentea por las piernas desnudas de la mujer. Morgana no quiere que el cuadro sea visto como un mero ejercicio de truculencias, la sangre mostrada obscenamente como único símbolo de la vida y de la muerte. No. Eso sería reducir sus propósitos a un muestreo impudoroso, sensacionalista. Hacer arte de nota roja, como ella llamaba a todas esas pinturas que parecían hechas por carniceros. Morgana no quiere fracasar, como siempre le pasaba con los hombres. Pero el arte era otra cosa. Y era en la boca de la víctima en la que debía trabajar. Concienzudamente. Esa era la clave. Todo el horror no se concentraba en una vagina de la que brota un manantial de sangre, sino en la mueca de estupor atónito que le descompone el rostro. Y Morgana lleva demasiados días intentando trazar la curva de esa boca como para no sentirse cerca, muy cerca de la frustración. De nuevo mira al Coyote. Sin rendirse. Preparando una nueva estrategia para darle alcance al Correcaminos. Aquel sí era un tipo con un par de narices. Jamás se rendía. Se le había metido una idea entre ceja y ceja, y allá que andaba, su mente puesta en el Correcaminos permanentemente.

Tampoco el café despierta sus sentidos esa tarde. Se siente como atontada. Cada vez entiende menos cosas. Morgana empieza a pensar que igual tiene que dejar el cuadro a medias, como otros muchos que ha tenido que bajar del caballete, y que guarda en el desván. Quizá no era tan buena como le decía su profesor de pintura, mientras le miraba de reojo las tetas. Bueno, aquel tipo era un pobre hombre, piensa hoy Morgana. Apenas le transmitió cuatro nociones básicas de pintura. Después fue ella la que tuvo que abrirse paso. Pero la cosa no salió como pensaba. No había logrado acabar muchos de los cuadros que había empezado a pintar. Su vida parece que consiste en dejar las cosas a medias, empezando por el amor. Se acuerda de Arturo. Nadie la hizo reír y llorar con más fuerza. El problema es que primero llegaron las risas, y después las lágrimas. Y las lágrimas duran más que las risas. Siempre es así. Porque la vida es eso, un permanente carnaval lleno de música y fanfarrias. Pero al final de la noche, se caen las máscaras y entonces lo que vemos no nos gusta tanto. Y la vida empieza a ser una mierda.

A Morgana se le entristece el rostro. Deja la taza junto al pincel, ese pincel que parece plenamente adaptado a su mano derecha, que es único por eso y por el tridente que lleva grabado, para recordarle que las mejores ideas las tiene el diablo, que siempre se sale con la suya. El arte es transgresión, y nadie transgrede tan bien como el diablo. A Morgana le cae bien aquel tipo, aunque sea porque tiene mala fama. Quizá por eso. No se fía de los angelitos que no paran de hacer promesas para luego irse con la primera tipeja que se ponga a mano. Mira a Arturo lo que te hizo… Te acuerdas cuando te llevaba al piso treinta y siete de la Torre Latinoamericana, allá en el DF, mirando al mundo por encima del mundo, como si nada importara, salvo vuestro amor, todas esas palabras lindas saliendo de su boca, el sol vive en pelo, y tú encendiéndote, prendidita, fregada, definitivamente fregada, deseando que te dedicara una frase más, sin importarte ese ligero carraspeo con el que siempre anunciaba que ya tenía más palabras preparadas exclusivamente para ti, me encantaría beber tu aliento. El mundo de color de rosa. Hasta que apareció la jija aquella. Y Arturo no te llevó más al piso treinta y siete de la Torre Latinoamericana. Ni a ningún sitio más. Porque la vida no nos da explicaciones. Las cosas suceden, y ya. Es verdad, la vida es una mierda.

Vuelve a mirar el cuadro. Opta por abrir la ventana. Enseguida unos gritos invaden el salón. Dos tipos se fajan. No paran de lanzarse insultos. Quieren matarse a chingadazos. Morgana no tiene ganas de ver ese espectáculo. Y ya sus manos han dejado de apoyarse en el alféizar de la ventana, cuando ve algo que ocurre en el Nissan. Ha intentado distraerse, aunque sea con esos gritos que crecen desde la calle. Pero de nuevo tiene que dirigir la mirada al auto. Se ha abierto la puerta delantera. Con mucha ceremonia. Como si hubiera sido una acción largamente estudiada. Los hombres siguen discutiendo. Amenazándose. Morgana sabe que acabarán rompiéndose la madre.

Lleva unos jeans como recién comprados. La barba rasurada. El mentón partido a lo Robert Mitchum. Lentes oscuros. Muy joven. Apenas un chamaco que quiere pasar por mayor. Y parece ajeno a todo, sin importarle que los dos tipos estén a punto de meterse cuatro tiros. De lo único que está pendiente es de encontrar los ojos de Morgana, que no tardan en aparecer. Ella le sostiene la mirada. Se encuentra con un gesto duro que parece no se atreve a llevarle la contraria a aquel mentón partido. Morgana quiere prolongar el momento, pero al final retira sus ojos, y cierra rápidamente las hojas de la ventana, como si de ese modo quisiera borrar lo que ha visto. Pero es imposible. De la calle le siguen llegando las palabras cada vez más fuertes de los dos tipos. Gritan como si estuvieran siendo acuchillados. Morgana enciende el equipo musical. Lo pone a todo volumen. Pero antes de darle la opción de elegir entre un cidi de Alejandro Sanz o Joaquín Sabina, el aparato aparca automáticamente la señal en Universal efeeme. La voz del locutor tiene un acento de alarma, de sobresalto.

—En Lomas de Chapultepec ha aparecido una nueva mujer muerta. La occisa ofrece síntomas que haber sido objeto de vejaciones sexuales...

Morgana se queda con el pensamiento detenido durante unos segundos, ensimismada, convertida en una estatua. Solo reacciona cuando oye un bramido. A Morgana no le hace falta asomarse a la ventana para saber que el Nissan de vidrios tintados ya no está parqueado abajo.

Solo oye el ruido de un auto quemando llanta.

Los zopilotes no creen en el diablo. Solo en la carroña. Por eso les importa un carajo que haya aparecido una difuntita más, la segunda, justo a quinientos metros de dónde la policía encontró a la otra. A las dos les han arrancado el pezón izquierdo, a mordidas. Como si se hubieran peleado con perros rabiosos.

A los zopilotes no les importa quién ha sido. Qué más da. Lo único que les interesa saber es que la finadita lleva demasiado tiempo abandonada en el desierto como para despreciar su carne. Tres difuntitas en un mes. El trabajo se les acumula.

También al inspector Padura. Ahora mismo debería estar acabando el arroz con leche que le sirven en la fonda en la que almuerza, espiado por las aspas de un ventilador lleno de cagadas de mosca. Pero lo han levantado de la mesa. Bip, bip. Su celular le ha hecho torcer el gesto mientras atacaba un trozo de bife sensiblemente mejorable. Pero en la cantina aquella no podía esperar ni platos exquisitos ni higiene. Solo algo que pudiera echarse a las tripas ayudado por un vinazo bronco que le hace soñar todos los días con el vino chileno que había bebido en otros momentos de su vida, cuando era más joven y tenía cerca una mujer linda a quien invitar. A la que decirle cosas bonitas. Bip, bip. El pinche celular insiste. Padura reconoce el número. Por eso tarda en responder. Además, tiene la boca llena de una carne que sabe a suela de zapato. Padura mira con rencor a la cocinera, doña Lita, que ha asomado su figura oronda un segundo. Quiere acercarse a Padura, cómo está hoy la carnecita, dejarse engañar un día más, riquísima, como siempre, pero esta vez Padura se ahorra la mentira, no le da opción y se para.

—Ha aparecido otra muchacha.

Doña Lita ya le tenía preparado el arroz con leche acompañado con una dosis extra de canela. Padura sabe que es lo único que le puede endulzar la vida, porque los Tigres volvieron a perder ayer. Parece que este año también la Liga se va a ir con otro.

La muy puta.

—Tiene un pezón arrancado a mordidas, como las otras.

El arroz con leche debía esperar. Igual que la Liga. Algún cabrón se dedicaba últimamente a tocarle los cojones. Era la tercera mujer en un mes. Tres comidas arruinadas. Acabaría enfermándose.

Padura prende el aire refrigerado de un Mustang. Nunca me fallará, es la frase que siempre repite, orgulloso de su auto, siempre y cuando lo cuide. Y de momento, necesita acercarlo a la gasolinera PEMEX en la que le llena el tanque habitualmente. Estaciona junto al surtidor y le silba al chico tímido que siempre le atiende. A Padura no le importa que sea tímido, o tartajoso. Cumple su trabajo y punto. Esta vez, también. En pocos minutos el Mustang se interna en un camino de tierra con la misma seguridad que hace cuando deja un rastro de goma quemada en el asfalto. Nunca me fallará...

Pero ni siquiera la certeza de que su Mustang le responderá en cualquier situación, le borra la cara de velorio con la que ha salido de la fonda, no sabe si porque el bip, bip le ha impedido meter una cucharadita, aunque solo fuera una, en el plato de arroz con leche, o porque el bip, bip le obliga a enfrentarse al rostro congestionado del fiscal Mendoza. Ahí está. Unos goterones de sudor le corren por la cara. Como cuando se le va la mano con el Sauza.

—Buenos días, inspector.

Pero ese día, insólitamente, parece que no ha tenido tiempo aún de abrir ninguna botella de ese líquido que es la única compañía de la que se fía de veras. A esa conclusión ha llegado después de dos matrimonios en los que nadie fue feliz ni comió perdices. Ahora de vez en cuando se conformaba con acostarse con alguna de las putas del Topacio. Pero poca cosa más. Hasta las putas le daban ya asco. Además, eran caras y aprensivas. El Sauza se ha convertido en su única compañía fiel. El inspector Padura solo se fía de su Mustang; el fiscal, del tequila. Nada de mujeres. Si acaso, para un rato nomás.

El hombre que se ha puesto a su lado tiene un aspecto derrotado. Es la tercera comida que le estropean en un mes. Y lo peor. Después de ver ese cuerpo que se retuerce en un escorzo último sobre la arena, duda mucho que mañana tenga ganas de cruzar la puerta de la fonda, apoyar los codos en el mantel de hule y enfrentarse a los platos que prepara con más entusiasmo que pericia doña Lita. El rostro que lo mira aún parece con vida, un gesto de rabia perdurándole en la boca, de la que Padura podría esperar que saliera un nombre. El que lleva buscando desde hace un mes. Pero ninguna de las muchachas es capaz de pronunciarlo, y solo le insultan su incompetencia.

—¿Qué piensa de los zopilotes?

Es lo que le pregunta el fiscal Mendoza.

Padura tarda todavía unos segundos en desviar la mirada, ropas desgarradas, pelo mugriento que fue liso, muy liso, sangre reseca que le tizna el rostro y sombras oscuras imponiendo su silueta siniestra, ejecutando una extraña danza que tienen muy ensayada.

—¿Qué piensa de los zopilotes? —repite el fiscal.

—Son animales prácticos.

—¿Por qué?

—Siempre dan con la carne muerta. Tienen un sentido de la orientación extraordinario. Cualquier policía querría tener su olfato. Yo el primero…

—¿Y usted cree que ahora ven carne muerta… o algo más?

Padura mira al fiscal con extrañeza. Como si le hubiera confesado que acaba de dejar la bebida. Para siempre. Al comisario no le gustaban los acertijos. Y mucho menos con el estómago vacío.

—No he comido, fiscal.

—Ellos tampoco —le indica Mendoza, apuntando con el dedo al cielo.

—¿Cuál es el juego?

—Solo saber cuán inteligentes son los zopilotes. ¿Serán capaces de trazar líneas rectas?

—Soy policía. Intento entender a los hombres, no a los animales.

—Yo creo que sí. Y ahora ven más que nosotros. Usted y yo vemos una pobre desgraciada medio desnuda, y ellos, no. Ven tres desgraciadas medio desnudas, tres puntos separados exactamente por quinientos metros, formando una figura geométrica.

—¿Una figura geométrica?

—Sí. La estrella del diablo.

Ahora sí, Padura mira al fiscal como si se hubiera vuelto completamente loco, y de buena gana le hubiera dado un par de chingadazos, como cuando el alcohol le ponía las neuronas a bailar charlestón y le hacía soltar incoherencias, si no fuera porque un tipo no paraba de tirar fotos a la difuntita.

—La estrella del diablo... —repitió enigmáticamente el fiscal Mendoza, ahuecando la voz.

La estrella del diablo, oye Padura. El comisario pudo sentir un escalofrío. O podía haber dado un paso atrás. Pero simplemente se ha echado a reír. Eso también era insólito, teniendo en cuenta que no le habían dado tiempo a acabar el menú de la cantina. Pero hacía tiempo que no escuchaba una pendejada tan grande... La estrella del diablo, jajaja... El fiscal Mendoza siempre con sus rollos esotéricos.

Los libros te llenan la cabeza de ideas tontas.

—Debería respetarla un poco más —le dijo el fiscal, señalando a la difuntita.

—A ella sí, pero a usted, no.

—Respéteme. He llegado aquí una hora antes que usted.

—¿Y qué ha ganado con eso, además de empaparse la camisa de sudor? ¿Está acaso más cerca del asesino?

—Me ha dado tiempo a pensar igual que lo hacen los zopilotes.

—Entonces deseará que aparezca una cuarta muchacha.

—Eso casi completaría la estrella del diablo.

Se lo dice así, muy serio, como cuando le decía que esa noche se iba a coger una puta, que le ardían todos los adentros. Al comisario Padura también. Dios sabe cuánto tiempo llevaría descongelada la carne que le había cocinado doña Lita. Le estaban entrando ganas de cagar. Si sigue escuchando estupideces, no le dará tiempo ni a buscar un rinconcito aislado de miradas curiosas.

—Hay algo peor que ver novelas —y Padura piensa en su mujer. Las ganas de cagar le aprietan—. Leer novelas... ¿cómo se llaman? Ah, sí, vaticanas. De esas llenas de misterios y davinchis. Y sobre todo, cuando se leen en vez de resolver expedientes.

—¿Usted qué lee? Tampoco los suyos están resueltos.

—Solo periódicos deportivos.

—No esperaba más de usted.

—Tampoco yo.

—¿Y no cree en el diablo?

—Ya me cuesta creer hasta en la Virgen de Guadalupe. No olvide que tengo cincuenta y tres años y una hija muerta.

—Pues le recordaré que las tres muchachas que han aparecido están separadas por quinientos metros lineales, ni uno más ni uno menos, quinientos metros, y las tres figuras forman un triángulo. Casi la estrella del diablo. Si aparecen dos muchachas más, el casi sobrará...

—¿De verdad cree en esas cosas?

—Absolutamente. Tenemos tres asesinatos por resolver y debemos creer en todo.

Padura no sabe qué decir.

—Además ¿cuál cree que es el número de esas bragas que todavía lleva puestas la pobrecita?

—Ni idea. Nunca me he puesto unas bragas.

—Pero sí las ha quitado. Y esta es de la talla 38. Demasiado pequeña para una chica con esa cintura. Porque los pantalones que tiene desgarrados son de la 44. Nadie que usa unos pantalones de esa talla es capaz de ponerse unas bragas del 38.

—¿A dónde me quiere llevar, fiscal?

—Las bragas que aparecieron junto a la primera muchacha muerta era también de la talla 38. ¿Qué hace esta muerta llevando las bragas de otra muerta?

Para Padura todo aquella era demasiado. Hay pocas cosas que estuviera en condiciones de hacer con el estómago vacío.

—Sabe lo que le digo... que esto solo puede ser cosa del diablo...

El comisario Padura quiere soltar una carcajada. Pero ni para eso tiene fuerzas. Se acuerda del plato que le ha preparado doña Lita.

Cosa del diablo. Qué estupidez, piensa Padura, que tiene en mente dos o tres nombres. Estaba claro que un chavo andaba detrás de todo aquello. ¿Quién podría ser? ¿Toti, con su aspecto de matachín perdonavidas que ni siquiera ha cumplido los dieciocho años? ¿Ladilla? Tampoco era descabellado. Freddy Ramírez había publicado no hacía mucho en el *Excélsior* que para trabajar con el Chivo había que superar la prueba de matar a sangre fría a alguien. Una especie de prácticas, antes de empezar a trabajar de verdad. Pero el comisario no tuvo más remedio que descartarlos a los dos. No, aquello era distinto. Las chicas aparecían con el pezón izquierdo arrancado. Ni Toti ni Ladilla se iban a entretener en esos detalles macabros. No. Eso era cosa de un loco.

El tipo que llevaba la cámara de fotos tose fuertemente. Es joven, pero no está preparado para algunas situaciones. Su objetivo no ha enfocado jamás un pezón arrancado a mordidas. Padura se ha dado cuenta de cómo se pasaba una manga de la camisa por la frente, y luego se ha tapado la nariz. Sí. El pezón llevaba demasiado tiempo arrancado del pecho. Los zopilotes no fallaban en su veredicto. Si están allí, es por algo. No quieren hacer una simple visita.

—Así que la estrella del diablo... —repite Padura, la sorna resbalándole por los labios.

El fiscal Mendoza prefiere no mirarla. También está entretenido haciendo apuestas sobre si el fotógrafo se desmayará finalmente o no. Ahora tose aún con más fuerza, como si quisiera arrancarse al alma a jalones.

—Ríase. Tres madres llevan mucho tiempo sin hacerlo.

Padura no tiene más remedio que ponerse serio. El fiscal Mendoza hablaba mucha mierda. Y aquello de la estrella del diablo era la mamada más grande que había oído desde que su hija vivía, por lo menos, allá cuando todavía andaba por el deefe. Pero le ha echado encima un dato que le podía gustar más o menos, pero que era inapelable. No había manera de discutirlo, ni de darle la vuelta.

Tres difuntitas en un mes.

Las tres con el pezón izquierdo arrancado a mordidas.

Y recordar eso parece descomponer del todo al comisario Padura, que ya no tiene el punto flojo, no, sino que directamente se caga encima. Así que sale huyendo de allí, solo con el tiempo suficiente para ocultarse detrás de su Mustang, nunca me fallará, se decía, y aliviar las entrañas.

Mientras que lo hace, no quita los ojos del cielo. Los zopilotes lo espían, seguramente deseando que se complete la estrella del diablo.

Morgana no tuvo ninguna duda de que la recibiría. De que le abriría de par en par la puerta de su despacho.

Cuando un policía mira a una mujer, o le inspira piedad o le inspira deseo.

Morgana había aprendido demasiadas cosas del comisario Padura en apenas diez segundos, un día en el que se lo encontró por la calle, limpiándose con las manos la salsa que se le escapaba del taco de arrachera que se estaba tomando en un puesto callejero.

—Adelante, señorita —le dijo, mientras que tropezaba en una silla metálica, como esas que se utilizan en los cines de verano.

Apenas fueron unos segundos. Al comisario Padura le hubiera encantado que aquello se hubiera prolongado, un minutos, dos, una hora entera. Pero Morgana llevaba prisa. Como siempre. Así que tuvo que conformarse con ver cómo se perdía enseguida su melena rubia. Y ahora la tenía justo delante de él. En su despacho. La vida es una caja de sorpresas, está claro, pensó.

Acomodó con dificultades su corpulencia e invitó a Morgana a imitarlo. Pensó en lo dulce que sería invitarla a un buen vino chileno en el mejor restaurante de la ciudad.

Ella tomó asiento en otra silla repleta de peladuras de escay, como si se sentara encima de un reptil que estuviera descamando. El asiento emitió un bufido asmático. Parecía que Morgana se había tirado un pedo. Pero no. Ni se tiraba pedos ni se limpiaba la salsa con el dorso de la mano cuando comía tacos de arrachera, que también le gustaban. En la atmósfera cerrada de aquel despacho se adensaba el humo de cigarros baratos, café venenoso de máquina y sudores antiguos. El comisario Padura se dio cuenta del efecto que le producía a Morgana aquel lugar.

—Parece usted una muñequita de porcelana aquí en medio.

Pero en vez de atenuar el asco que sin duda sentía Morgana, aquella frase lo acentuó. Morgana no solo estaba encerrada en un despacho que olía a letrina. Estaba además encerrada en un despacho con un salido que no se recataba en apreciar la porción exigua de muslos que la falda beige que llevaba ese día le permitía mostrar. Más le hubiera valido ponerse unos jeans.

—No importa. Este es el ambiente adecuado para leer informaciones como esta.

Morgana no le dio tiempo a reaccionar. Desdobló con agilidad de prestidigitador la hoja de un periódico que, en décimas de segundo, quedó desplegado en el buró del comisario. A ver si de esa forma dejaba de mirarle las piernas.

—Otra joven aparece muerta —leyó el comisario, con dicción torpe, de parvulario.

—Y ya son tres... —resumió Morgana.

El comisario Padura se desentendió inmediatamente de la página del periódico. Prefería mirar a Morgana. La habitación, parvamente iluminada por una lámpara que difundía una luz insuficiente, muestra el perfil de óvalo del rostro de Morgana, la manchita oscura de un lunar haciendo montañismo en el pómulo derecho, la nariz aguileña ideal para sujetar unos lentes como los que gastaba, de pretensiones modernistas. Sí, era una mujer muy linda, pensó el comisario Padura. Una muñequita de porcelana.

—Disculpe que tenga tanto trabajo que apenas me quede tiempo para consultar hemerotecas. A veces no tengo tiempo ni de echar un vistazo a los resultados deportivos. ¿De qué equipos es?

—No me gusta el fútbol. Pero siempre me cayó bien el Puebla. No sé por qué...

—¿Y cree que ganarán la Liga?

—Yo creo que no, que la ganarán los Pumas, como siempre. Pero esperemos que usted no tenga que abrir el periódico para enterarse. Con otras noticias le pasa igual, parece...

—Yo soy de los Tigres. Y me temo que tampoco ganaremos la Liga.

Sí. Era muy linda. Incluso armonizaban con su rostro de facciones suaves unos dientes un poco caballunos que ahora había insinuado, al dejar colgada de los labios esa frase que podía ser cualquier cosa menos un piropo. A sus músculos. O a su pelo. El comisario Padura se pasó los dedos por la cabeza. Se engancharon varios pelos moribundos. El cabello empezaba a ralearle. Era injusta esa acusación que le hacía en ese momento aquella joven de piel excesivamente blanca para vivir en el trópico, como trasplantada allí desde lejanas latitudes hechas de fiordos y noches eternas. Las muertitas le estaban arruinando las digestiones. No podía tolerar que una señorita, por mucho que luciera ostentosamente ese lunar capaz de poner nervioso al hombre más impasible, lo insultara en aquel despacho que era testigo de sus desvelos. De cómo iba perdiendo pelos día a día.

—Aunque no lo crea, estoy al corriente de todo lo que ocurre.

—Si es así, se hace el tonto muy bien.

—Usted lo ha dicho. Me lo hago.

El comisario Padura volvió a examinar la piel pálida de la mujer. Si hubiera tenido cierta inclinación hacia el arte y talento para las metáforas, hubiera dicho que parecía una virgen prerrafaelista, como oyó en un programa de televisión, una madrugada de esas en las que prefirió quedarse en el sofá jugando con el control remoto a escuchar los ronquidos de su mujer. Pero el comisario Padura nunca había abierto un libro de pintura. Ni ningún otro. Solo periódicos deportivos. Le encantaban porque estaban llenos de ganadores y perdedores. No son necesarias más clasificaciones en la vida, le dijo a la muchacha.

Morgana se removió inquieta en el asiento. Se sabía radiografiada por el comisario. Y por mucho que los hombres la miraran así desde que se le afianzaron sus formas de hembra, estaba muy lejos de acostumbrarse. Y mucho más de tolerar la mirada inquisitiva que le estaban lanzando dentro de aquel despacho de olores rancios.

—¿Nunca vio en su vida a una mujer? ¿Acaso no aparecen fotografías de muchachas en los periódicos esos de ganadores y perdedores? Las chicas también hacemos deporte... No crea que solo hacemos calceta, o comida para llenarle la panza a los hombres. Y siempre le quedará la posibilidad de comprar el Playboy...

¿De dónde había salido aquella especie? ¿Dónde había dejado los pechos opulentos que se le suponen a las mujeres rotundas? ¿Qué hacían juntas esas caderas anchas con unas tetas mínimas, casi inexistentes? Demasiadas preguntas para que el comisario se quedara callado.

—¿De dónde sale usted?

—¿No habíamos quedado en que de una colección de muñecas de porcelana?

—Podría ser.

—También podría ser que usted jamás pueda tener en sus dedos una muñeca de porcelana. Se le caería al suelo y se rompería.

—En mi casa tenía una de trapo.

—No es lo mismo.

—No, sobre todo porque han pasado muchos años.

Y el comisario Padura se volvió a pasar los dedos por la cabeza, con la esperanza de que no se engancharan más pelos. Dio dos pasadas rápidas. Y después demoró unos segundos en mirar los dedos. Ahí estaban. Seis pelos. Finísimos. Del grosor de una tela de araña. Compuso un gesto de desaliento. Sí. Había pasado mucho tiempo desde aquellos días en los que daba patadas a una muñeca de trapo pensando que era un balón de reglamento y que algún día jugaría en los Pumas, formando delantera con Hugo Sánchez. Ahora, esos seis pelos que se habían adherido a su mano derecha, le gritaban que él también estaba entre los perdedores.

—¿Qué desea? —preguntó Padura, como volviendo a la realidad.

—Que no me mire de ese modo, y que no haya más muertas que aparezcan en el desierto.

—Me pide demasiado.

—Le agradezco la franqueza.

Y ahora sí, por fin ella esbozó una sonrisa amistosa. O eso interpretó el comisario. El león nunca es tan fiero como lo pintan, era una de sus máximas de policía.

—Créalo que lo estoy intentando.

—¿Buscando perdedores en los periódicos deportivos?

—Los perdedores están en todas partes. En cualquier esquina del mundo.

El comisario se dio una tercera pasada por la cabeza, demorándose en la coronilla. Esta vez ni siquiera se atrevió a mirar la cosecha que los dedos habían hecho.

—¿Martha Rodríguez también era una perdedora?

Aquella pregunta lo pilló en fuera de juego. La chica no solo era condenadamente linda, sino una contrincante con la que no convenía bajar la guardia. A la mínima oportunidad, te tiraba al piso.

—No, no era una perdedora. Solo una ignorante.

—¿Por qué?

—Solo los ignorantes creen en los príncipes de los cuentos. Y tenga bien claro que en la vida no hay príncipes, solo ranas que no paran de joder con su croac croac toda la puta noche. ¿O usted cree en los príncipes?

—Yo quise ser bonita y estúpida. Pero me quedé a mitad de camino... Usted debiera saberlo, a juzgar por la forma en que me mira...

Padura se sintió incómodo, pero no tenía fuerzas para llevarle la contraria, igual que tampoco tendría fuerzas para decirle lo que le recorría por dentro viéndola allí, en su despacho.

—No, no hay príncipes —prosiguió, intentando recuperar el aplomo que jamás lograba con Morgana delante—. Por lo menos, a la manera que los imaginan todas esas muchachas. Ahora, en vez de llevar grandes pantalones bombachos, utilizan zapatos de piel de serpiente, cuernos de chivo y arrancan los pezones a mordidas. Eso dicen los periódicos.

—¿Qué dicen los expedientes?

—¿Qué dicen?

Pero el comisario Padura no respondió a la pregunta que él mismo había formulado. Al menos, no de la forma que Morgana esperaba. Se viró. Metió las manos en una gaveta en la que guardaba varios archivadores metálicos. Extrajo uno de ellos. Tan grueso que el comisario, nada más dejarlo sobre la mesa, como si se desembarazara de un lastre, soltó un resoplido. Cuando pareció recuperar el aliento, metió en el archivador los mismos dedos que le transmitían la información de que se estaba quedando calvo. Le acercó a Morgana un sobre color sepia, invitándola a abrirlo.

Estaban allí. Cuerpos descoyuntados. Rostros cargados de elocuencia, en los que se descubría la sorpresa del golpe inesperado o definitivo, la fatiga del forcejeo sostenido con la certeza de que todo está perdido, empezando por la vida. El fotógrafo disparaba el objetivo, deteniéndose en los detalles más morbosos, el vello púbico atizado por un brochazo que antes fue rojo y ahora es marrón y mañana será nada. Eran muchas fotos. El comisario Padura quiso comprobar el efecto que producían en la pintora. Morgana las miró. Largamente. Levantó la vista en dirección al policía. Volvió a mirarlas, ya sin interés, como decepcionada por lo que mostraban. Y cuando estaba a punto de devolvérselas al comisario, se fijó en un detalle que estuvo a punto de escapársele. En una de ellas aparecía, junto a la muchacha, un trozo de tela. De tela verde. Del mismo color de las batas que usan las maquiladoras. Rápidamente su mente se puso a trabajar. Comparó esas fotos con las que había visto en la portada del *Excélsior*. La chica era la misma. Pero las fotos no. En las de la policía, aparecía la tela verde. En la del periódico, no. ¿Qué significa aquello? Estuvo a punto de preguntarle al comisario Padura quién había quitado el trozo de tela verde, y con qué objetivo. Pero prefirió guardarse la observación. Quizá Freddy le fuera más útil. A fin de cuentas, a Lomas de Chapultepec no solo habían llegado la policía con una cámara de fotos, sino también un fotógrafo del Excelsior. Lo que no tenía claro Morgana es quién había hecho antes las fotos.

—¿Qué le parece? —preguntó Padura, notando que la muchacha llevaba demasiado tiempo callada.

—Yo soy pintora —dijo súbitamente Morgana.

—¿Y qué ve en esas fotos?

—Usted ve solo mujeres que ya no interesan porque están enterradas.

—¿Y usted?

—Un enigma.

—¿Me ayudará a resolverlo?

Morgana le arrojó las fotos, que se mezclaron anárquicamente. Quiso que el filo de una de esas fotos se le clavara en el pecho. Pero apenas le rozan la barba de lija. Morgana lo miró con ojos duros, casi minerales. Él se limitaba a cabecear, sin atreverse a enfrentar esa mirada que parecía concentrar todo el odio del mundo.

—¿Piensa hacer algo? —le preguntó ella.

—De momento, recoger las fotos.

—¿Qué coño está haciendo la policía por evitar las muertes de esas pobres chicas?

—Mire, señorita —Padura ordenaba ya las fotos que había recuperado del suelo—. Aquí no hacen falta policías, sino virtud.

Morgana no quería oír más explicaciones de aquel policía. Ya era demasiado. Se paró. De nuevo la silla emitió un silbido de asmático. Se colgó el bolso de piel en el hombro derecho, con la certeza de que el comisario Padura aprovecharía el momento para buscarle con los ojos el tirante de un ajustador que sus pechos exiguos no necesitaban. Se dio media vuelta y giró con alivio el picaporte de la puerta, sin saber si dentro de ese despacho dejaba a un perdedor, o a un hijo de puta.

Si Morgana no lo hubiera visitado de esa manera, si no se hubiera despedido de él con los ojos encendidos de odio, quizá el comisario Padura habría pasado de largo. Si no hubiera leído en los ojos de la pintora algo que se parecía demasiado al asco, el comisario habría seguido su marcha.

Pero en vez de eso, viró a la derecha, vio el bar Delicias abierto y estacionó su Mustang justamente detrás de un auto de rutilantes cromados, como acabado de sacar de la fábrica.

Ladilla no debía andar muy lejos.

Padura no tardó en distinguirlo, estribado en la barra, subido a un taburete, hincándole el diente al primer perrito caliente del día. Y es que a Ladilla le volvían locos los perritos. Sobre todo, con mucho ketchup. Por eso ahora tenía en las comisuras de los labios manchas de rojo.

—Buenos días.

—¿Qué onda, comisario? A usted no se le ve por aquí. ¿Cuánto tiempo, no?

Padura no quiso creer que ese saludo efusivo era sincero. De los labios de Ladilla no solo colgaba ketchup, sino también una sonrisa cínica que él había visto muchas veces en los pasillos de la comisaría, cuando era su jefe. De eso no hacía mucho tiempo. Hasta que Ladilla cambió de trabajo. Tenía las ideas muy claras. Por eso empezó a merodear al Chivo. Es curioso. Ladilla había empezado a trabajar con él, no porque le riera los chistes en la barra del Havanna, sino porque un día apareció por el rancho, así como el que para a preguntar por una dirección. Y se quedó.

El Chivo lo invitó a un tequila que Ladilla bebió con avidez.

Cuando acabó el segundo tequila, el Chivo se dio cuenta de que compartía con él más cosas de las que pensaba, entre ellas, el desprecio por el comisario Padura.

Con el tercero, Ladilla se arrancó a imitar voces, que es lo que hacía cuando se le iba la mano con el tequila. Imitó a López Obrador, poniendo mucho cuidado en arrastrar las sílabas, al manito Hugo Sánchez, y por supuesto, al comisario.

—Este es el hombre que buscaba —se dijo para sus adentros el Chivo.

Y lo que había en los adentros del Chivo era una idea que se le había ocurrido oyendo en la televisión los gritos de terror de una niña encerrada en un cuartucho. Nada es tan rentable como el miedo. Eso lo tenía bien claro desde que era un chamaco que tenía amenazada a la mitad del colegio, antes de que lo expulsaran. Un levantón sin rehén. Esa era la idea revolucionaria. Un secuestro, sin secuestrado. ¿Qué cómo se come eso? Pues muy sencillo. Se siguen los movimientos de alguien. Cuando se le vea salir de casa, se llama a uno de sus familiares y se le informa que ha sido secuestrado. Y para probarlo, porque la clave es darle mucha verosimilitud al asunto, se le pone al teléfono al familiar. Basta con un dales mamá lo que piden, o me matarán. Todo eso, en medio de alaridos histéricos y mucho llanto. Se pide un dinero por el rescate, bajo amenaza de ejecutar al rehén inmediatamente, y listo. El secuestro virtual.

Al Chivo le faltaba un detalle para que la idea fuera redonda: un tipo que imitara la voz del secuestrador después de oírla en el proceso de seguimiento que se le hacía antes de levantarlo. Cuando escuchó a Ladilla imitar las erres arrastradas de Freddy Ramírez y las frases entrecortadas del comisario Padura, le dio una palmadita en el hombro y le dijo:

—Me pareces buena onda. Tengo un jale para ti.

Ladilla lo miró, con una mezcla de miedo y curiosidad.

A los pocos días entró al despacho del comisario Padura, con una sonrisa de oreja a oreja.

—Quiero comprarme un carro con llantas cromadas y asientos de cuero.

—¿Y cuál es el problema? —le preguntó el comisario, sorprendido por tanta intriga.

—Que la lana no me alcanza. Chambeo duro, pero la lana no me llega. Así que me he buscado otra chamba —afirmó, enigmáticamente.

Y se marchó, silbando una canción de moda. A los pocos días ya iba enseñando a todo el mundo en Perros Muertos su flamante Honda que ahora tenía estacionado junto al bar en el que mordisqueaba un perrito lleno de ketchup, observado por el comisario Padura.

—¿Cómo te va con el Chivo?

—No me puedo quejar. Mire el auto que me he mercado. Está madrísimo.

Y señaló con el dedo el flamante carro, un Honda Accura de color azul metalizado. Una pareja se había detenido a su altura y lo miraba con ojos de codicia.

—¿Y tú? ¿Sigues con tu carcacha vieja?

—Y muy orgulloso —el comisario no quiso achantarse—. Todos esos bichos nuevos que compráis, llenos de tecnología y computadoras, te dejan tirado en lo que canta un gallo.

Ladilla sonrió, sin mucho convencimiento. Una sonrisa de desprecio. Desde que trabajaba con el Chivo, no solo había cambiado de carro. Ahora también iba de guapo por la vida. Ya no era un policía. Solo un narco, un narquillo más, de esos que jamás llegan a viejos. El comisario pensó eso y se sintió tranquilo.

—¿Le pido un perrito? Aquí saben a gloria.

—Prefiero un café.

El camarero, un tipo lleno de granos y pelo escaso, tomó nota del pedido.

Junto a Ladilla, un hombre leía con atención la edición del *Excélsior*. Padura temió que su foto apareciera ya vinculada a las difuntitas. Pero no. Alzando un poco la vista pudo descubrir que el hombre leía las páginas de información política. Ladilla también se dio cuenta.

—¡Vaya la que ha liado el Peje, eh!

—De política entiendo poco -respondió Padura, evasivo.

—El Peje nomás avienta mierda para todos lados. ¡Estos chilangos tienen lo que se merecen! En el Norte jamás hubiéramos permitido eso. El DF tiene veinte millones de mensos. Y además, las mujeres son muy feas. No como aquí, que son bien chidas...

Para puntualizar la frase, levantó la barbilla, señalándole al comisario una chamaca con trenzas. Tenía el rostro somnoliento, como si acabara de despertarse.

—Sí que es linda. Conviene que cuidemos a nuestras hembras. Ese también es nuestro patrimonio, nuestra propiedad, exactamente igual que un auto.

Ladilla se quedó durante unos segundos en silencio, concentrado en su perrito caliente, como si en vez de masticarlo, estuviera masticando la frase que acaba de lanzarle el comisario. Pero no sabía por dónde iba.

—¿Tú abandonarías una mujer muy linda en el desierto? Por ejemplo, una tan linda como esa que acaba de entrar.

La chica tenía delante un pastelito de chocolate. Lo miraba con desconfianza, quizá calculando el número de calorías que escondía. Lo empezó a desmigajar, antes de echárselo a la boca.

—¿A qué viene esa pregunta?

El comisario empezó a sentirse seguro. El café estaba en su punto, y se sentía más despejado. Ya no podía darle órdenes a Ladilla, pero si plantearle preguntas incómodas. Y aquella lo era, a juzgar por la cara de poker con que lo miraba. Ya se movían los carrillos. Un trozo de perrito caliente le abultaba la boca.

—Ayer tenía tres muertas tiradas en el desierto. Pero no sé si esta madrugada habrá aparecido la cuarta. Anoche hubo fiesta en el Havanna, y ya se sabe.

—Yo al Havanna apenas voy.

—No hace falta que te justifiques. Solo estaba imaginando que todas esas chicas se dan un último baile en el Havanna antes de que se las truenen, en el desierto.

Ladilla no supo cómo encajar el comentario del comisario. No sabía si lo estaba acusando de algo, o por el contrario, lo dejaba al margen del asunto de las difuntitas. Pero no le gustaban esas insinuaciones en la boca del policía. Y encima, el bote de ketchup se estaba acabando. Llamó al camarero con un grito.

—Lleva cuidado con las chicas. Una mujer bonita hace perder la cabeza.

—A mí no. Solo me las cojo, y ya.

—Eso espero.

—¿Y eso que usted ahora defiende a las hembras? Pero si ni siquiera soporta a su mujer.

—Mi mujer no es una hembra, es un monstruo.

Ladilla esbozó su primera sonrisa en muchos minutos. El camarero había colocado al lado un bote rebosante de ketchup, y otro perrito caliente. A Ladilla la boca se le hacía agua.

—No me chinguen con lo de las muertas, porque los chingo a ustedes.

A Ladilla le pareció irreal lo que acababa de oír. ¿El comisario amenazándolo? ¿Acaso se creía que todavía era su jefe? ¿No sabía acaso que solo le debía obediencia a un señor que estaba por encima del bien y del mal que se llamaba el Chivo?

—Yo ya no estoy a sus órdenes. Solo escucho al Chivo. Ese es mi patrón.

—Por eso se lo digo.

El comisario Padura le sostuvo la mirada a su ex empleado. Sí. Sabía que ya no estaba bajo su jurisdicción. Que era empleado del Chivo. Lo mismo hacía de guarura que de matón. Capaz de bajar a cualquiera, incluso a él. Pero por su mente pasó de nuevo la imagen de Morgana, esa despedida suya fría y desdeñosa, dudando de su capacidad profesional, diciéndole que era un policía de tercera, y eso le infundió valor para no echarse atrás. Y para preguntarle si era él el que estaba espiando a Morgana.

—¿Aparte de guarura, haces de espía? ¿El Chivo te encarga trabajitos especiales?

—Solo cuido de él. Ese es mi único trabajo especial. No tengo otra chamba.

—Anja.

El comisario no le creyó. ¿Quién estaba vigilando a Morgana? La pintora no había sido muy explícita al contarle lo que le había sucedido. Le hubiera sido muy útil que le ofreciera más detalles, pero, o bien desconfiaba de él, o es que simplemente no los tenía. Pero su primera obligación era que la dejaran en paz.

—¿Quién de vosotros está molestando a una pintora rubia?

—¿Pintora rubia? ¿De qué me habla? No sé, pregunte al Toti.

Sí, Toti podía ser otra posibilidad. El tipo también había crecido. De vender cidis piratas con doce o trece años, había pasado a ir con su auto por la ciudad, comerciando con todo, empezando por la vida de los demás. Tenía el mismo aspecto de chamaco de antes, pero ahora era un bicho peligroso. Por vez primera en todo el tiempo que llevaban hablando, Padura tuvo la certeza de que Ladilla le decía la verdad. Pero le quiso apretar más las tuercas.

—¿Qué sabes tú de las muertas?

—Lo que dicen los periódicos.

—No mames. Tú no has abierto un periódico en tu vida, ni siquiera para ver los horóscopos.

Ladilla soltó una carcajada. Pero no sonó auténtica. Ni siquiera el camarero se la creyó. Ladilla, en cualquier otra situación, hubiera pedido un tercer perrito caliente. Pero solo deseaba terminar el que tenía en sus manos. Se le estaba haciendo tarde.

—Una cosa es la droga. Cada uno se busca la chamba como puede. Y otra distinta, matar mujeres. Repito, las mujeres son nuestro patrimonio, el de los hombres, y no podemos regalárselo al desierto.

El hombre que leía el periódico lo cerró repentinamente, con un golpe seco. Parecía más interesado en la conversación que se producía a unos centímetros de él que en saber en qué se había transformado el DF tras el golpe de Estado del Peje.

El comisario se percató. Le dio un último sorbo a su taza de café.

—Dicen que en el fondo de las tazas se puede leer el futuro. ¿Tú crees?

—Eso son pendejadas —respondió sin titubear Ladilla.

—No me gustaría que te quedaras sin futuro.

El narquillo miró al comisario, enigmáticamente. Hablaba muy raro esa mañana Padura. Como si en vez de beber café, se le hubiera ido la mano con el tequila. ¿Futuro él? Claro que tenía. Como si no, con ese auto reluciente, poderoso, estacionado a unos metros. El que no tenía futuro era él. Pobre Padura. Moviéndose por Perros Muertos con esa carcacha que se caía a pedazos. Claro ¿qué esperaba? Se había quedado estancado. No como él, que era un chingón y por eso se había arrimado al árbol que más sombra daba. La sombra del Chivo.

—¿Futuro? Usted sí que lo ha gastado. Totalmente.

Y después de muchos minutos, afloró en la boca de Ladilla su característica sonrisa cínica. Los labios se curvaban, formando un gesto de desprecio. Ladilla tenía la rara habilidad de caer mal a todo el mundo.

El comisario Padura se quedó paralizado. Rebuscó en su mente de nuevo la imagen de Morgana. Pero lo único que encontró fue los ojos del Chivo, compadeciéndose de su suerte. Ladilla pareció darse cuenta, como si fuera capaz de leer las imágenes que cruzaban veloces por la mente de su ex jefe. Colocó encima de la mesa un billete de doscientos pesos, pisado por el bote de ketchup. Después se bajó del taburete, ceremoniosamente.

No le fueron necesarias ningunas palabras de despedida. Su despliegue teatral pensó que era suficiente para marcar la enorme distancia que le separaba del policía que examinaba sus movimientos, en silencio. Un silencio que se quebró, justo en el momento en el que Ladilla jalaba la puerta de salida.

—Tienes un carro bien chido. No lo manches con arena del desierto. Sería una pena.

Ladilla se quedó un instante con el pomo de la puerta en la mano, sin saber cómo acabar la escena. Apreció a través de las cristaleras del Delicias el brillo relampagueante de su auto, el cromo de las llantas de aleación. Hasta pudo percibir el olor a cuero nuevo que le embriagaba cada vez que se ponía al volante del cano.

Una carcajada atronó en todo el bar.

Esta vez sí sonó auténtica.

Ladilla empujó por fin la puerta, y ya no vio nada, el rostro petrificado del comisario Padura, los ojos de la chava que mordisqueaba desganada el pastelito de chocolate, migaja a migaja.

Padura sostuvo en el aire durante unos segundos su taza de café. La bebió con rapidez, de un sorbo. No quiso asomarse a ella, por si lo que encontraba en su fondo no le gustaba demasiado.

Entró en la recámara de su hija. Todo estaba en orden, justo como había quedado antes de que ella desapareciera. La colección de libros sobre el mundo submarino, todos los tomos, ordenados del uno al doce. La foto de Ricky Martin, extasiado a mitad de una canción, en cualquier concierto. Padura se vio obligado a esbozar una sonrisa amarga al recordar lo que le había dicho su hija: un día conoceré a Ricky Martin, bailaré delante de él, y desde ese momento ya no podrá dejar de pensar en mí. No tendría más de trece años, pero lo dijo con tal convicción, que no tuvo más remedio que darle la razón. A los hijos es mejor no llevarles la contraria, porque siempre se salen con la suya. ¿De veras Morgana también lo había conseguido? ¿Había hecho lo que había querido con su vida hasta el momento de aparecer ahogada en aquel riachuelo?

Esa pregunta lo iba a atormentar el resto de sus días.

Es curioso, pero viendo todos los objetos de su hija, perfectamente dispuestos, quiso quedarse allí para siempre, encerrado en la recámara, aguardando su llegada. Era ahí donde todo guardaba una relación armónica. La calle, con las difuntitas, con el Chivo, Cangrejo y toda la chusma, pertenecían al mundo de sus pesadillas. La vida estaba aquí, en la habitación de una muerta. Y los muertos eran los demás, los que pululaban por las calles, en pos de sus objetivos miserables, emborrachándose, utilizando el cuerno de chivo, o simplemente cogiendo, escondidos en un auto o en la habitación mugrosa de una posada.

Solo cuando su mujer prendió el televisor, las risas enlatadas de un concurso atronando con fuerza, solo en este instante se abortó el silencio cristalino, la paz que envolvía a Padura, y el comisario se dio cuenta de que no podía quedarse más tiempo allí en la habitación en la que durmió su hija antes de matarse, y de que a él también lo empujaban a mezclarse en la calle con esa tropa de muertos.

Tres chicas habían desaparecido en el desierto. Pero la ciudad seguía su vida normal de locura, delirio e histeria. Al fondo, los penachos de humo avisaban de que las maquilas no descansaban ni un minuto, sin parar de contaminar, las veinticuatro horas del día. Tres muchachas ya no iban a acudir a su turno de ocho horas, a cambio de cinco dólares. ¿O eran teiboleras? Mejor que fuera así, porque si no, el lío iba a ser mayor. Nada peor ante Estados Unidos que un problema asociado a las maquilas. Quizá, en efecto, pensó de manera optimista, eran teiboleras. El comisario se reprochó no tener ni siquiera eso claro, a estas alturas. Igual Morgana tenía razón y en efecto, estaba haciendo muy poco por esclarecer los crímenes.

¿Había perdido el olfato, o es que la verdad se dedicaba a jugar al ratón y al gato con él?

Abrumado por esa duda estaba, hojeando sin interés unos papeles oficiales, cuando el recepcionista entró en su despacho. Era un tipo de pocas palabras. Y por eso hacía su trabajo bien, eficientemente. Y una de sus tareas era acercarle el periódico al comisario. Padura le dio las gracias.

Dejó a un lado los documentos, abrió el *Excélsior* y buscó con ansiedad las páginas deportivas. El entrenador de los Tigres estaba a punto de caer. El equipo estaba en una cuesta abajo sin frenos. La destitución era inminente.

Pero el titular que se encontró lo desalentó. La directiva confirmaba a Maturana en su puesto.

—¡Pinche presidente, carajo! —se dijo, cerrando con violencia el periódico, con tanta que se desencuadernó. Sobre la mesa se quedó haciendo montaña la página de las esquelas. Padura siempre la esquivaba. Desde lo de su hija, toda esa parafernalia que rodeaba a la muerte le parecía ridícula. Ni las necrológicas, ni las misas ni los rezos servían de nada. Ese culto a la muerte tan mexicano era una mamada.

Martha Rodríguez. En cualquier otra situación, el comisario Padura hubiera hecho un gurruño con la página de las esquelas, igual que hacía con las crónicas de los partidos cuando su equipo perdía, y lo hubiera botado a la basura. Pero aquel nombre se le iba a quedar enganchado en la memoria. Los padres de la chica rogaban una oración por el alma de su hija, muerta a la edad de dieciséis años, en la ciudad de Perros Muertos, el día 13 de agosto de 2007. El comisario leyó de nuevo la fecha, creyendo que le engañaban los ojos. Últimamente no solo perdía pelo, sino también vista. De cerca veía mal. Le costaba leer. Se puso unos lentes que guardaba en su chamarra de cuero y verificó la fecha. Debía tratarse de una errata tipográfica. El periódico estaba lleno de ellas. El caso es que faltaban ocho días para la fecha que anunciaba el hecho luctuoso. Era como una esquela premonitoria. Alguien se había tomado la molestia de gastarse unos pesos para publicar una muerte que aún no había ocurrido. ¿Qué coño era aquello? ¿Qué clase de broma macabra se escondía en esa esquela? Padura se quitó los lentes y se frotó los ojos, frenéticamente. Pero nada cambió, salvo que empezaron a escocerle. La fecha seguía allí: 13 de agosto. No, no podía ser un error, y mucho menos teniendo en cuenta que aquella era la esquela más grande que había visto en su vida. Ocupaba dos páginas enteras. Muy importante tenía que ser la tal Martha Rodríguez, o muy rica su familia, o quien carajo hubiera puesto esa esquela ahí. Padura calculó la cantidad de pesos que costaría eso. Un chingo, sin duda. Un chingo.

Se levantó de la silla. Los huesos le crujieron. Dio una vuelta por el despacho. Barajaba varias posibilidades. Lo primero que se le ocurrió fue que tenía que visitar al encargado del departamento de publicidad del Excélsior. El tipo que había pagado esa esquela seguro que había pasado por allí, o al menos, alguna pista habría dejado. Llegar a esa conclusión le puso feliz, todo lo que pueda serlo un padre que ha enterrado a una hija.

Pero después pensó que hacer una visita al Excélsior le exponía a algunos riesgos. El principal era que debería soportar las preguntas de Freddy Ramírez, que llevaba varios días intentando localizarlo. De buena gana lo hubiera mandado a la chingada, por latoso. ¿Acaso era conveniente llegar a algún pacto con él? Darle migajas de información a cambio de que le soltara qué había detrás de aquella esquela macabra. Y por supuesto, con la condición de que su nombre estuviera bien alejado de los titulares. Por un momento creyó que era una buena idea. Pero duró eso, un momento. Luego pensó que no se podían hacer negocios con periodistas. Periodistas y mierda son la misma cosa, era una frase que no se había cansado de repetirle Estrada en el DF, antes de darle una patada en el culo.

Consultó el reloj.

Eran las once de la mañana. No llevaba nada en el estómago, ni siquiera un café. Pero no había tiempo de acercarse al Delicias. Así de paso evitaba encontrarse con Ladilla. Entre otras cosas, porque esta vez no iba a poder evitar madrearlo. Eso lo tenía bien claro. Ese pendejo que ahora iba perdonándole la vida merecía que le partieran el hocico.

Pero todo a su tiempo.

Lo primero era darse una vuelta por el *Excélsior*.

Prendió el motor del Mustang, que respondió con diligencia. ¿Una carcacha vieja, decía Ladilla? No, nunca me fallará. Definitivamente, le rompería la madre cuando lo viera, atracándose de perros calientes en el Delicias, o magreando alguna chava en la oscuridad del Havanna.

Padura entró silbando en la recepción del *Excélsior*.

Una chica de pechos opulentos que parecía iban a hacer estallar su blusa blanca lo recibió con unos buenos días prefabricado.

—Quisiera poner una esquela.

La chica se quedó mirando. Padura no entendió si porque la cara del hombre que le examinaba el escote le resultaba conocido, o porque le pareciera extraño que alguien que había perdido a un familiar silbara una canción.

—Un momentito.

—No hay prisa. Las vistas desde aquí son estupendas —respondió el comisario, los ojos precipitados sin remedio al abismo del escote.

Ella lo fulminó con una mirada mineral, y levantó el teléfono.

—Puede pasar. Es al final del pasillo, a la derecha.

El comisario le dedicó un último vistazo a aquellas tetas de campeonato antes de despedirse definitivamente de ellas. Pero en vez de obedecer a la chica, en vez de seguir hasta el fondo del pasillo, viró a la derecha. Quizá estuviera perdiendo vista. Pero solo de cerca. Astigmatismo decían que se llamaba eso. Así que no tuvo ningún problema para reconocerlo. El pelo churretoso pegado a la cabeza, como un casco. La barba de una semana. El arete en la oreja. Ahí estaba ese cabrón. Golpeando frenéticamente al mouse, los ojos pegados a la computadora. Allí estaba. La cucaracha de Freddy.

—Buenos días, cabrón.

El otro tardó en reaccionar, como si no hubiera relación entre lo que leía con atención minuciosa en la pantalla de la computadora y la voz que lo había saludado. Al fin respondió.

—Solo le pedí que atendiera mi llamada. No era necesario que viniera en persona.

—En verdad venía a verle las tetas a la recepcionista, pero como no me ha hecho caso, probaré contigo.

—Nunca me acuesto con alguien que tenga el mismo pecho que yo, y no quiero hacer ninguna excepción, y mucho menos con el comisario de la federal.

Y por entre los labios gordezuelos, casi mórbidos, escaparon unos dientes insólitamente blancos, una sonrisa conejil que Padura conocía muy bien.

El comisario apartó por un momento los ojos de la imagen churriosa de Freddy, y dirigió una mirada valorativa a la redacción. Viejas máquinas de escribir compitiendo con ordenadores mugrosos, archivadores metálicos llenos de óxido, papeles por todos los sitios. El policía sacó inmediatamente una conclusión: lo único que merece la pena del periódico es la recepcionista.

—¿Debe ser duro trabajar así, no?

Freddy lo enfocó con sus ojos, sin saber qué ha querido decirle Padura.

—Fíjate, podrías estar ahora en el DF, informando de lo que pasa allí, en primera línea de fuego, ofreciendo primicias, quizá entrevistando al Peje. Y sin embargo, mira dónde estás.

—Me gusta la nota roja. Y me gusta el norte. ¿A usted no?

A Freddy Ramírez se le insinuó la sonrisa en la boca. Estaba muy satisfecho de la frase que le ha lanzado al policía. De sobra sabe por qué está aquí, a este lado de la frontera. En el DF hay espacio para veinte millones de almas, pero no para la suya. Le dieron una buena patada en el culo.

Pero el comisario Padura no quería perder el tiempo en dar explicaciones. Metió la mano derecha en un bolsillo de su chamarra, y extrajo una bola de papel. La desplegó, con movimientos nerviosos. Planchó la página y se la entregó al periodista.

—No pensaba que teníamos el honor de contarle como lector, y de los buenos, de esos que se guardan el periódico de ayer. Hasta las esquelas veo que lee.

—Y hasta en las esquelas hay mentiras.

—La mentira es más divertida que la verdad.

—Esa esquela no debió publicarse hasta dentro de ocho días.

Freddy alzó la página con sus dedos morcillosos, y la examinó con detenimiento. Después asintió con la cabeza.

—Los periodistas también metemos la pata. Pero menos que los policías. Confundir los huesos de un muerto no está bien...

El comisario Padura se puso en guardia. Tarde o temprano Freddy le iba a salir con eso. La mejor defensa es un ataque. Esa es una estrategia que siempre da resultado. Pero nadie se lo había explicado a Maturana, que era un cagón. Encerraba a los Tigres atrás, todos ahí metidos en la cueva, y al final, claro, tanto va el cántaro a la fuente que acaba rompiéndose.

—Los forenses se equivocan —alegó Padura.

—Los periodistas, los policías, los forenses. ¿Todos se equivocan? Pues así no va a avanzar el país.

—Por eso el Peje ha tomado el DF y se ha convertido en presidente.

—Es verdad, olvidé a los políticos.

En una esquina, una radio dio las señales horarias de las doce. El boletín de noticias se abrió con una conexión de urgencia (eso dijo el locutor, voz engolada, dicción perfecta), con el Zócalo. La reportera empezó a contar que cientos de militares protegían a López Obrador, que iba a hacer su aparición en la plaza de un momento a otro. Seguiremos montando guardia informativa, cerró la conexión la reportera, su voz mezclándose con los gritos de aclamación al líder del PRD.

—¿Qué le parece lo del Peje? -le preguntó Freddy León.

El comisario se quedó durante unos segundos escuchando la señal de la radio, sin ganas de contestar. Freddy entendió que eso suponía que Padura aprobaba el paso que había dado López Obrador de asaltar el Palacio Presidencial.

—¿Cree que era mejor que siguiera el PAN? ¿Acaso no tuvimos bastante con Vicente Fox? Los del PAN, tarde o temprano, meten la mano en la caja.

Padura no le quiso responder. No le interesaba la política, ni las corruptelas. En todo caso, a Padura no le sorprendieron estas afirmaciones del gordo. Su periódico había tomado partido. En una viñeta habían ridiculizado a Felipe Calderón, llamándolo PANdejo. Por un momento se preguntó si esa apuesta por la izquierda que representaba López Obrador tenía que ver con que el candidato del PAN en Matamoros había asegurado que el Chapo Méndez se haría viejito en el penal, y que de ahí iría para el cementerio. El *Excélsior* publicaba mucha nota roja, pero siempre pasaba de puntillas por los excesos del Chapo, ahora encerrado en el reclusorio de Matamoros. Pero el comisario Padura no quiso entrar en esos vericuetos. Allá cada uno con su conciencia. En vez de eso, se puso a la tarea de apretarle las tuercas a Freddy Ramírez en lo de las muertas, que era el asunto que de verdad le preocupaba.

—Necesito el nombre de la persona que pagó esa esquela. Confío en que sea el de un familiar de esa pobre desgraciada.

—Lo tendrá mañana mismo, siempre y cuando me diga qué relación tiene usted con el Chivo.

Padura se revolvió, como un tigre. Freddy notó perfectamente como los ojos se le encendían de furia. Pero ni siquiera eso le dio miedo. Ojalá lo agarrara por el cuello y lo madreara. Eso le daría para, por lo menos, una portada. Pero nada ocurrió. En el aire quedó flotando el nombre del Chivo, tan ligero como una sospecha.

—No me confundas, guachito pendejo. Yo no soy Ladilla. No me he cambiado de bando. Por eso sigo manejando mi viejo Mustang.

—¡Vaya! Un policía íntegro —dijo Freddy, con sorna-. Ahora solo le hace falta ser eficaz. Y de momento, a las muertitas las botan en el desierto. Y los únicos que saben algo del asunto son los zopilotes.

—Mañana estaremos más cerca de la verdad, cuando me des el nombre del tipo que pagó la esquela.

Freddy se quedó callado, el semblante serio, como si no se atreviera a replicar con su sonrisa de conejo feliz. Después empezó a tamborilear con un lápiz que agarraba con dos dedos cortos, como si tuviera dos pulgares en la misma mano. Padura se dio cuenta que llevaba la punta comida.

—¿Y qué pasa si le digo mañana que la esquela la pagó el Chivo? ¿Lo va a detener?

—Empezaría por usted.

—¿Y eso?

—No me gusta su doble moral —el comisario Padura atrapó la imagen de Morgana mirándolo severamente, pidiéndole que actuara—. Llenan la portada de mentiras, insinuando que los narcos están detrás de las muertas, y luego publican en el interior nombres de putas vivas y de putas muertas. Y esos anuncios a doble página son caros para un tipo como yo, pero baratos para un narco.

El periodista valoró lo que acababa de oír. Sus pupilas brillaron.

—Me ha dado, sin quererlo, un par de titulares.

—¿Cuáles?

—El primero: las muertas son teiboleras. Y además, este titular, le conviene. Yo que pensaba que eran pobres maquiladoras. Pero si les adjudicamos el papel de putas, el asunto es menos grave, casi irrelevante ¿no?

—¿Y el segundo titular?

—El narcotráfico anuncia sus crímenes, ja ja ja. Lo siguiente que podrían hacer es mandar un fax, diciendo la hora y el lugar, para que los fotógrafos lleguen a tiempo, antes de que cerremos edición.

Padura no sabía si tomarse en serio o no el comentario del periodista. A fin de cuentas, aquel cabrón soltaba bilis venenosa al mismo tiempo que te obsequiaba con su sonrisa mefistofélica. Así que lo mejor que podía hacer era irse.

Encaminó sus pasos hacia la salida, sin ni siquiera despedirse de Freddy, que se quedó tamborileando con el lápiz.

—Mañana nos vemos —le dijo Padura a la recepcionista, con el mismo tono que se emplea al concertar una cita con una chica con la que queremos compartir fluidos y amaneceres.

Ella lo miró, atónita, con un gesto vacuno que hacía juego con sus tetas.

—Mañana es que vendré a recoger una cosita por aquí —aclaró el comisario, dirigiéndole una última mirada, que le sirvió para pensar que solo quería compartir con ella fluidos, y que los amaneceres fueran para su maridito, para su amante, o para su mamá, que no hay peor cosa que convertirse en personaje de un bolero.

A Morgana le sorprende que nadie le siga. Se ha internado en Revolución. El tráfico vehicular es denso. Se oyen pitadas. Morgana debe detener cada poco su cuatro por cuatro, pero eso le da tiempo a mirar tranquilamente por el espejo retrovisor, en busca de la sombra azulada de una barba a la que ya empieza a acostumbrarse. Pero hoy la fotocopia de Robert Mitchum parece que se ha tomado el día libre.

Quizá no sea mala idea acercarse al Delicias.

Tardará todavía quince minutos en llegar, pero al menos ha encontrado estacionamiento. Antes de bajarse del auto dirige una última mirada al espejo retrovisor. Ninguna novedad. Bueno, sí. Las ojeras que le rodean los ojos. Esta noche ha dormido mal. Las pesadillas no la han dejado en paz. En una de ellas aparecía la amante de Arturo, carcajeándose, convertida en un cadáver, menos que eso, apenas una calavera cubierta por harapos de carne.

Morgana se apartó enseguida del espejo retrovisor, disconforme con la imagen que le ofrecía. Tornando un café con leche igual vería las cosas un poco mejor.

Le costó empujar la puerta del Delicias. Se sentía muy débil. Sentía pinchazos en varios músculos del cuerpo. En la barra, el camarero de la cara llena de granos corría de un sitio para otro, azorado. El Delicias estaba atestado. Tanto que era imposible encontrar una mesa libre. Morgana echó un vistazo. Solo quedaba una silla disponible. Se la ofreció gentil un hombre de pelo churretoso y ojos anfibios. En efecto, Freddy Ramírez había tenido la misma idea que Morgana esa mañana. Era ya parte de la clientela habitual del Delicias, siempre ocupando la mesa más cercana a la barra, más pendiente de las conversaciones que de los croissants que engullía, con mucha parsimonia, como si estuviera participando en un concurso de lentitud.

Morgana examinó la situación. El hombre se le había quedado mirando fijamente, como si la conociera de algo. Era curioso lo de esta ciudad. Una pintora, nada más que eso, una pintora, parecía igual de popular que cualquiera de esos concursantes del Big Brother. Pero no se lo pensó más. Aceptó la invitación del tipo, aunque fuera para preguntarle qué diablos sabía de ella como para mirarla de esa forma.

Tomó asiento. Pero Freddy no se dio por enterado. Ahora estaba absorto, repasando el artículo que abría la portada del *Excélsior*. Soltó un gruñido. Una errata. Al final del texto. Cuando parecía que la página estaba limpia, encontró un "silvar", así, con uve. Pensó inmediatamente en su director, que estaría rabiando si la había descubierto, como él. Siempre le pasaba lo mismo. Sus informaciones eran buenas, pura dinamita, pero no se libraba de meter la pata con alguna falta ortográfica. Los piojos de la escritura, le gritaba su director, y tú estás lleno de piojos, añadía, levantando mucho la voz y alejándose unos centímetros del periodista, no fuera a contagiarle algo.

Al fin Freddy alzó los ojos. Lo de la errata ya no tenía remedio. Debes cuidar tu ortografía y tu dieta, le insistía, en un tono de admonición, su director. Pinche jefecillo. Él se jugaba el pescuezo, se metía en lodazales, mojándose hasta los huevos en busca de la mierda más valiosa, y aquel pendejo jamás le reconocía su trabajo. Siempre impoluto, luciendo su camisa con cuello de celuloide, en la mano un pañuelo con el que se limpiaba indistintamente el sudor de la frente o alguna mancha de saliva que se le enganchara en la comisura de los labios. ¡Pinche cabrón! Pero lo iba a dejar boquiabierto. Entre manos tenía una bomba. Una primicia mundial. Recordar eso y descubrir a su lado la melena rubia de Morgana lo puso de buen humor.

—Lo del Delicias es un misterio ¿eh? —dijo, para romper el hielo.

—¿Por qué?

—Es el sitio con peor servicio de la ciudad y sin embargo, aquí venimos todos, como insectos que van a meterse al mismo agujero. Aunque para mí siempre merece la pena.

Morgana entendió por qué. Le dio un bocado al croissant que tenía al lado. Miró sus dedos, cubiertos por la pátina brillosa del azúcar. Freddy se dio cuenta.

—No, yo no vengo aquí por los croissants —dijo, chupeteándose los dedos—, sino por los rumores. Esos sí son de primera. Calentitos, esponjosos. Con sabor a primicia. No hay nada tan rico como una primicia.

—Así que es usted periodista. ¿De primera o de tercera?

Freddy no le respondió. Simplemente le colocó delante, a modo de evidencia, la portada del *Excélsior*. "Las maquilas y las muertas", era el titular, a cuatro columnas. Y encima, un nombre, Freddy Ramírez, en negrita. Morgana comenzó a leer. "La aparición de mujeres muertas en el desierto puede tener relación con la implantación de nuevas maquiladoras en Perros Muertos, según los planes del gobierno federal, amparándose en el Tratado de Libre Comercio. Se tiene la sospecha de que una de las occisas desempeñaba su trabajo en la maquiladora. Su muerte puede inscribirse en otros actos de sabotaje destinados a desprestigiar a las empresas de capital estadounidense que contaminan. Una planta de General

Electric ardió hace dos madrugadas. Aún se desconoce el origen del fuego, pero se especula con la posibilidad de que el incendio fuera provocado. ¿Las manos que prendieron ese fuego son las mismas que apretaron el cuello de la pobre muchacha encontrada en Lomas de Chapultepec?"

—¿Qué opina?

Aquella pregunta, planteada a ella, en aquel contexto, no le pareció a Morgana casual. Miró a Freddy, con desconfianza. El otro le pegó un nuevo bocado al croissant. Pero no esperó a tragarlo para plantearle una nueva pregunta.

-—¿Qué le ha dicho el comisario?

Sí. Ya no tenía dudas. El tipo sabía de ella más cosas de las que debiera. ¿Acaso conocía también su episodio en el DF? ¿Por qué la había mirado con curiosidad acentuada cuando leyó lo del Tratado de Libre Comercio? ¿Y a qué venía sacar a colación el nombre del comisario Padura? Freddy la miró de nuevo. Leyó en su cara, no ya desprecio, sino preocupación.

—Mire, mi obligación no es vigilar mi ortografía —y le dedicó un pensamiento desdeñoso a su director—, sino a los agentes de esta ciudad. A los actos principales de esta tragicomedia. Uno de ellos es Padura. Debo saber qué amistades tiene. Y usted aparece en su lista.

—Se equivoca.

—¿Y por qué lo ha visitado en la comisaría? ¿Qué hace una pintora entrevistándose con un policía?

Vaya. O sea, que también sabía su oficio. Igual el tipo sabía hasta de qué color eran las bragas que llevaba puestas en ese momento. Aunque parecía poco interesado en esos detalles. Desde que se había sentado junto a él, no le había descubierto ni una sola mirada de deseo. Nada de buscar la sombra inexistente que creaba su escote. Nada de evaluar codiciosamente sus labios abultados de carne. Parecía solo interesado, en efecto, en rumores y croissants.

Era un personaje inquietante el tal Freddy Ramírez.

—A mí también me interesan las muertas —confesó ella.

—Celebro que tengamos algo en común. Aunque se me hace raro que una pintora ande preguntando por las muertas.

—No soy una mujer normal.

Cualquier otro hombre hubiera reaccionado con un es usted muy bonita, se sale de lo normal, o eso salta a la vista, no hay nada más que verle. Pero Freddy se limitó a guardar silencio.

—¿Cuántos amigos tiene el comisario?

Freddy también empezaba a ubicar a la pintora. A juzgar por el caso que le había hecho al café con leche, a estas alturas seguro sin duda frío, esa muchacha había entrado al Delicias buscando algo más que un buen desayuno.

—No muchos. Yo no lo soy.

—¿Y el Chivo?

Freddy soltó una carcajada. Abrió tanto la boca que Morgana pudo apreciar el amarillo de sus dientes. La carcajada fue tan sonora que se le congestionó el rostro.

—Es usted muy perspicaz —dijo, cuando se le pasó la risa.

Es curioso como el azar presenta a personajes totalmente opuestos, asimétricos. Y no solo los coloca, uno delante del otro, sino que les crea una zona de complicidad. Morgana y Freddy Ramírez, la bella y la bestia, sin ni siquiera saberlo ellos, o quizá sí, iban de la mano en el mismo camino, expuestos a los mismos peligros. Y hasta el destino igual les tenía reservado el mismo fin, feliz o desdichado, porque el destino es así de cabrón, y sabes por dónde va a salir.

Morgana se sintió más cómoda. Recolocó un mechón de pelo que le estorbaba y se lanzó a por Freddy. No quería pasar la oportunidad de hacerle algunas preguntas.

—Las muertas ¿son maquiladoras o teiboleras?

—¿Quién es el periodista, usted o yo, jaja? La policía sostiene que son solo teiboleras, mujeres de la noche. Eso le interesa. Una mujer vale poco. Pero una puta vale menos. Solo el valor que le quiera dar su chulo, o el cliente que se la lleva a cualquier posada a cambio de cien pesos.

Morgana asintió con la cabeza. No porque estuviera de acuerdo con el papel de la mujer en Perros Muertos, sino porque Freddy solo constataba una realidad. A fin de cuentas, ella había nacido en México y sabía cómo eran las cosas. Aquí las reglas las ponían los hombres.

—Y le voy a confesar algo. Una primicia. En las maquilas hay álbumes de fotos. Como books, donde están registradas todas las muchachas que entran a trabajar. Y han arrancado las fotos de dos chicas. Curiosamente, sus mamás han denunciado la desaparición de esas dos pobrecitas. Y la clave está dentro de este book.

Morgana sintió un helor recorrerle por todo el espinazo, como si ella también estuviera dentro de ese álbum macabro.

—¿Cómo ha podido checar eso?

—La información o el silencio se compran. Y cuando no se pueden comprar, se roban.

Y Freddy dejó aquellas palabras enigmáticas colgadas en el ambiente denso del Delicias.

Morgana se rascó la barbilla. Quería procesar con rapidez toda la información que le había proporcionado el periodista, pero sobre todo, buscarle significaciones, consecuencias. Por espacio de dos minutos se quedó apreciando como Freddy acababa el tercer croissant de la mañana, sin prisas, moviendo mucho la boca antes de tragárselo, como si también desconfiara de él.

—No me mire así, que voy a terminar pensando que quiere un romance conmigo —bromeó Freddy.

Pero Morgana no oyó la frase. Estaba tan reconcentrada en sus propios pensamientos que ni siquiera se dio cuenta de que, a unos pocos metros, dándole la espalda a la barra, le clavaba los ojos insolentes un tipo de aspecto desgalichado, la cara redonda como un pan, jubilosa, como si fuera el día de su cumpleaños.

Pero a Ladilla no le gustaban los cumpleaños.

Cuando Morgana pasó a su lado, después de despedirse de Freddy Ramírez, aspiró hondamente el aroma que salía de todo su cuerpo.

Le pareció delicioso.

Simplemente llegó y se sentó en un banco. No preguntó por nadie. No hizo el más leve gesto a ninguno de los policías que pasaban delante de ella. Se limitó a observar con sus ojos cansados. De una sala le llegaba el sonido de una máquina de escribir. Las teclas no llevaban ritmo. Alguien redactaba un informe usando solo dos dedos, ignorante por completo de la mecanografía. Oyó risotadas. Un hombre preparó un gargajo en la garganta y luego lo escupió. Sonoramente. Un reloj estaba parado en las tres y veinte. De vez en cuando llegaba una mosca, y se cagaba en él.

Cangrejo la vio. Entró a la estación con las manos metidas en los bolsillos. Como ocioso. La semana iba demasiado tranquila. Así jamás acabaría firmando autógrafos. El asesino de las muchachas aún no había aparecido. Pero él ya estaba siguiendo la pista adecuada.

Si, la semana iba tranquila. Lo único que empezaba a alterarla fue la presencia de aquella mancha oscura que ocupaba el banco de madera que había a la entrada, justo a la derecha. Avanzó hacia ella. Se le quedó mirando. Ella alzó los ojos. Está muy vieja, se dijo Cangrejo. Las ojeras eran tan marcadas que ya jamás desaparecerían de ese rostro maltratado. Parecían el anuncio de la muerte.

—¿Qué desea usted?

Mamá Lupita lo miró con suspicacia. Desde que había entrado en la Jefatura de policía había sentido un malestar difuso, agravado ahora por el examen de esos ojos intimidatorios.

—Quería hablar con el comisario Padura.

Cangrejo lo dijo sin sacarse las manos de los bolsillos. Le gustaba mirar a la gente así, desde esa posición elevada. Si esa mancha oscura se hubiera movido, alzándose, la hubiera mandado sentarse de nuevo en el banco de madera. Había que dejar bien claritas las reglas.

—¿Y cuál es el motivo? Porque no creo que usted sea familia del comisario.

—Mi hija ha desaparecido.

Era un tono quedo, el hilo de la voz quebrándose. A mamá Lupita le hubiera gustado que toda la comisaría se hubiera enterado. Pero ni modo. Su voz no era otra cosa ya que un susurro desalentado. A mamá Lupita no le quedaban fuerzas para elevar la voz o para gritarle a Cangrejo que era un maleducado. No, no estaba con ganas de nada. Así que ahí estaba bien, derrengada sobre ese banco de madera, pidiendo en un susurro ver al comisario Padura.

—Está muy ocupado. Siempre está ocupado.

No esperaba otra respuesta. Desde que cruzó la puerta de la entrada y respiró el aire viciado que le recibió dentro, sabía que todo iba a resultar cualquier cosa menos fácil. Pero estaba allí. Sin fuerzas, pero armada de paciencia. Había sufrido mucho en la vida como para importarle la dureza de un banco de madera, por mucho que se le clavara hasta en el alma. Su hija había desaparecido. Y no se iría de allí hasta que el comisario Padura lo supiera.

Está muy vieja, insistió Cangrejo. Sí. Estaba muy vieja. Hacía unos años quizá hubiera dado un empujón a la puerta del despacho en el que el comisario moría un poco más. Pero hace varios años nadie hubiera imaginado que su hija iba a desaparecer. Así, sin más. Sin avisar. Sin decir dónde iba. Era demasiado chiquita y se pasaba los días yendo desnuda de un sitio para otro, solo con ganas de jugar con la muñeca que mamá le había comprado esa mañana con los últimos pesos que le quedaban. Después llegó la maquila. Quería ganar plata. Su plata. No quería que mamá pasara trabajo ni para comprarle muñecas ni ninguna otra cosa. Y por eso se buscó una chamba. La maquila. Quizá, si no le hubiera hecho caso y le siguiera regalando muñecas, su hija no habría desaparecido, y ella no estaría respirando ese aire gastado de la comisaría. Pero su hija no compró más muñecas. Ni siquiera peluches. Prefería los vestidos, demasiado escotados, le reprendía mamá Lupita.

Cangrejo no quiere ver más esos ojos abrumados de cansancio. Ese mapa prolijo de arrugas. Esa mirada que se mueve entre la desconfianza y el desprecio. Solo tiene ganas de que sean las siete de la tarde para invitar a una cerveza a su novia. Mamá Lupita lo ve entrar en el despacho del comisario Padura. Desenterrar las manos, que salen de los bolsillos para estirarse la camisa. Lo abandona diez minutos más tarde. De nuevo se cruzan sus ojos. Ella sigue allí, comprueba defraudado Cangrejo. Hay algo peor que una vieja. Una vieja cabezota. Y aquella mula sigue empeñada en colarse en el despacho de Padura.

Mamá Lupita cuenta hasta siete personas que empujan la puerta de cristal esmerilado del despacho antes de que la penumbra se cuele por los vidrios de las ventanas. Se ha hecho de noche. El reloj persiste en dar las tres y veinte.

Todo ha cesado. Incluso el ritmo perezoso de las teclas de la máquina de escribir. Se ha hecho el silencio. El mismo en el que lo deja abandonada su hija cuando se va para la calle.

Demasiado escotado, ese vestido es demasiado escotado. Por mucho que intente convencerla su hija con palabras dulces, a mamá Lupita no le parece otra cosa. Su hija es demasiado linda como para recordarle que la noche va a ser muy larga, que ella deberá compartir ese aroma intenso con los chavos que se le acercarán, acércate ¿no quieres bailar conmigo? Y las horas irán cayendo con una lentitud que supera la pereza del tiempo estancado de la comisaría donde parece escondérsele el comisario Padura.

Unos goznes han chirriado. Mamá Lupita levanta los ojos. Un hombre se recorta en la puerta. Espalda ligeramente arqueada, movimientos cansados. Está de espaldas, checando que todo está en orden. Cuando creía que, en efecto, todo estaba okay, descubre esa mancha oscura. Moviéndose. Mamá Lupita ya no se conforma con quedarse sentada. Se ha parado.

—Anduve muy ocupado toda la tarde. Perros Muertos me da el trabajo que tres ciudades juntas. Lo siento —se disculpa el comisario Padura.

—¿A usted nunca se le perdió una hija?

Al comisario Padura aquella pregunta no debió sentarle bien. Eso pensó mamá Lupita, que notó como sus facciones recuperaban tensión. Ya no era un policía que salía de su despacho después de diez horas de trabajo. Era un policía al que le habían escarbado por dentro.

—Mi hija apareció muerta. Llena de fango. Comida por los peces —dijo, dando un portazo. Los cristales de las ventanas vibraron.

Padura se puso bravo. Miró el bulto negro. ¿Qué coño sabía aquella mujer de su vida, o qué quería saber? ¿Qué cojones hacía preguntándole por Yamilé? No tenía derecho esa vieja a preguntarle nada. Ni a permanecer ni un minuto más allí.

—Le ruego abandone esta comisaría. Es muy tarde.

—Mi hija ha desaparecido. Se llama Martha Rodríguez. Lleva dos días sin saber de ella.

—No se preocupe. Estará con el novio.

—Mi hijita no tenía novio.

—Pues andará con una amiga, las dos buscándose novio. Se regresará prontito.

El comisario Padura huele a tabaco. Mamá Lupita nota ese olor fuerte, desagradable. Pero lo prefiere al perfume que aún perdura en su casa, el perfume que dejó su hijita al marcharse y que se ha quedado ahí empantanado para engañarla, para hacerle creer que Laly está en el baño dándose el visto bueno frente al espejo, antes de salir a bailar, y no por allí, Dios sabe dónde, quizá muerta, porque en la ciudad ya han aparecido tres muchachitas estranguladas.

—¿Cómo dice que se llama su hija?

—Martha Rodríguez.

Padura hojea unos expedientes, con cara de hastío. Al final encuentra lo que buscaba.

—Su hija fue encontrada en el desierto. Aquí está su ficha. Hace varios días que le entregamos sus restos mortales.

—Esos huesos no eran los de mi hija.

El comisario empezó a tenerlo claro. Esta era la madre con la que había hablado Freddy Ramírez para sacar aquella información del *Excélsior* que tanto daño le había hecho él. La miró con desprecio.

—¿Tampoco usted va a hacer nada? —le pregunta mamá Lupita.

Padura se pasa el dorso de la mano por la barba. Él ya debería estar fuera de la comisaría. Pero aquella vieja se lo impide. Y encima ahora lo está acusando de quedarse de brazos cruzados ante esas mujeres que han aparecido abandonadas en el desierto. No se puede quedar callado.

—Mire usted. Le voy a contar una historia, de esas que no salen en los periódicos, porque a los periódicos solo le interesan las historias de sangre, de estrangulamiento, de violaciones... Ellos también tienen culpa de lo que está pasando... Hace poco nos llegó una chica a la comisaría, llorando. Se sentó ahí mismo donde ahora está usted. Me dijo que dos hombres barbudos la habían secuestrado. Que la tuvieron encerrada en una habitación. Que la violaron. Nos pusimos a investigar. Hablamos con su familia. Incluso estuvimos observando a la muchacha, ver qué hacía con su vida. En una semana tuvimos todo claro: ella inventó el rapto para que no fuera golpeada ni regañada por su padrastro. Y es que, en vez de estar encerrada en una habitación con dos hombres, solo se encerró con uno. Con la diferencia de que apenas le había salido la barba. Tenía trece años y era su novio.

Mamá Lupita inicia un gesto de protesta que no sabe terminar.

—Váyase a casa e intente descansar. Yo haré lo mismo —le recomienda el comisario Padura.

Pero mamá Lupita ya no puede soportar ese perfume que siempre le pareció tan rico. La ahoga. Laly no está en el baño, el espejo gritándole que esa noche está muy linda, más linda que nunca. Mamá Lupita ya no puede buscar en el baño. Algo le dice, viendo el rostro despreocupado del comisario Padura, la forma en que la empuja hacia fuera, los dedos crispados, que deberá buscarla en el desierto, que es donde han aparecido las otras muchachitas.

—Lo siento. Llevo demasiada prisa. Me esperan —dice Padura, soltando por fin aquella mancha oscura, ya bajo el marco de la puerta de entrada.

¿Quién te espera, Padura? ¿De verdad que llevas prisa? ¿Quién te extraña? ¿Tu mujer, los ojos fijos en la televisión, tragándose por igual melodramas lacrimógenos o estúpidos concursos en los que la gente no para de reír o la novela, a la que es tan aficionada, llorando con absurdas historias de amor? ¿Tu mujer, que ni siquiera te dice buenas noches cuando te nota entrando en el salón, un tintineo de llaves que acaba en la púa que tienes clavada detrás de la puerta? Te gustaría tener razón, que esa vieja te creyera, llevas mucha prisa, porque Morgana te espera en su estudio, dividiendo ya en trocitos una pizza que encargó por teléfono, porque es una artista y no puede distraerse en la cocina, preparando platos que le entretengan la inspiración, le gustaría ahorita mismo agarrar una botella de vino chileno, que seguro que le va a encantar, pero lo único que agarra es un bolsa en la que guarda un sándwich vegetal que ha comprado en el Oxxo. No, la vieja esa no te ha creído. Tú no puedes llevar prisa para eso. Morgana no ha pedido una cuatro estaciones, que es la que más te gusta, y te diriges al estacionamiento de autos, sin que te siga nadie, porque la vieja ha preferido apoyar su osamenta derrotada recortándose en la pared sucia de la comisaría.

JOYAS, MUJERES Y ORO

Los lunes tienen cara de perro apaleado. Sobre todo cuando tu equipo ha perdido el fin de semana, por goleada. El comisario Padura no se lo explicaba. Era la mejor plantilla de la historia del club, y sin embargo, el equipo hacía el ridículo, partido tras partido. La culpa la tenía el Maturana ese, un entrenador que había venido a llevarse la lana, y ya.

Quintos por la cola, a solo dos puntos del descenso a Segunda.

El comisario Padura estaba pensando que, en efecto, tenía razón el refrán (¿o era un bolero?), cualquier tiempo pasado fue mejor, cuando vio la figura mayestática del Chivo irrumpiendo en su despacho. Traía mala cara.

—Trae mala cara —le dijo Padura, levantando los ojos del periódico.

El Chivo llevaba el pelo mojado. Unas gafas muy oscuras le cubrían los ojos. El comisario entendió enseguida por qué.

—Anoche monté una fiesta para los chicos. Bebida y cogida para todos. Pero se les fue la mano con la blanquita y hubo alboroto con las chavas. Son chusma, puritita chusma.

El comisario preparó un gesto como de hacerse cargo de la situación. Ser tan millonario como el Chivo podía a veces ser complicado. Padura se sintió feliz por un momento, solo por un momento, con su Mustang de diez años y su despacho mugroso.

—¿Y sabe quién es el peor de todos?

Machuca no tenía ni idea.

—Ladilla. Ladilla es el peor. De buena gana se lo devolvería. Pero estése tranquilo. No voy a hacerlo. Es mejor quebrarlo. No quiero devolverle un producto defectuoso. Entre otras cosas, porque perdí el ticket de compra.

El Chivo lo ha dicho así. No se sabe si es una broma, o lo dice absolutamente en serio. Pero Padura empieza a compadecer a Ladilla. Era un güey despabilado. Siempre andaba en la calle, husmeando con su nariz de perro perdiguero. Nada le gustaba más que patrullar. Hacía bien su papel. Nadie se negaba a pagarle la mordida. Pero llegó un día en el que no se conformó con eso. Quería más. Ser federal ya no le servía. Quería un buen auto, mucha lana para cogerse a las chavas que quisiera. Siempre tengo los huevos llenos de leche, y es una pena botarla al piso, Dios me va a castigar por eso, le decía al comisario Padura, masajeándose por encima del pantalón.

Así que cambió de bando. De federal a narco. Tan fácil como abrir y cerrar los ojos.

Ahora el Chivo lo tenía en el punto de mira. Al Ladilla. Al cabrón del Ladilla.

—El caso es que —el Chivo empezó a dar una vuelta por el despacho, como si no quisiera encarar los ojos del policía, como si temiera que le descubriera las ojeras que le había dejado como obsequio la ultima noche— mientras mis chicos dormían la mona, yo desayunaba arrocito y tacos de carnita, acompañándolos con los periódicos del día. ¿Sabe usted que los Tigres perdieron?

—Por 3-0. Dos goles en el primer tiempo, y uno en el segundo. En propia puerta.

—¿Qué ocurre? ¿También el Peje tiene la culpa de eso?

—El entrenador, solo el entrenador. Pero la directiva ya está pensando en darle una buena patada en el culo.

—Le veo muy puestecito. Se nota que se empapa las páginas deportivas. Pero creo que las de local se las salta, ¿a que sí?

Pero el Chivo no le da tiempo a responder.

—Yo no. Y un pinche periodista me ha sacado en los papeles.

—¿Y eso? ¿Por qué?

—Por las difuntitas.

Rápidamente, Padura recupera el periódico. Pero en vez de abrirlo por el final, lo hizo por el principio. Lo hojeó nerviosamente. Pero no acabó de dar con lo que buscaba.

—Me encuentra en la portada, abajito del todo.

Padura achicó los ojos. Allí estaba. Eran apenas cuatro líneas, pero habían sido suficientes para amargarle el desayuno al hombre que tenía delante: "Las averiguaciones hechas por este redactor indican que la banda del Chivo podría estar detrás de la muerte y desaparición de varias muchachas que han sido encontradas en el desierto. Así lo asegura una fuente próxima a la investigación".

El Chivo lo tenía bien claro. Veía la mano negra del Chapo Méndez detrás de todo aquello. Desde la cárcel el viejo Méndez estaba jodiendo. Ni siquiera desde allí lo dejaba en paz. No le perdonaba que hubiera acabado comprándose un rancho más grande que él, un Hummer más potente y se cogiera putas más caras. Pero ese pensamiento se lo calló al comisario Padura.

—¿Qué le parece?

El comisario pudo imaginar los ojos del Chivo, centelleando de rabia. Detrás de esas gafas se debía esconder mucha rabia. Se alegró de que las llevara puestas.

—Ya ve. No solo usted lee cosas que no le gustan. También yo. Solo espero que arreglar eso sea más fácil que solucionar la crisis de los Tigres.

Padura se quedó callado durante unos segundos, intentando descifrar lo que acababa de decirle el Chivo. ¿Qué era más fácil? ¿Qué no aparecieran más muertas en el desierto, o que su equipo empezar a ganar partidos? Enseguida tuvo la respuesta.

—Mi equipo no tiene remedio.

—Pero usted sí.

Y ahora fue cuando al comisario Padura le entró en el cuerpo algo que no había sentido en mucho tiempo. No le intimidaba la figura de mastodonte del Chivo. Ni su Rolex de oro. Ni su tropa de guaruras, siempre pendientes de él. A fin de cuentas, su filosofía desde que lo mandaron a Perros Muertos era muy clara: vive y deja vivir. Tan sencillo como sumar dos y dos. Ni siquiera se había metido con el Chivo cuando le dijo, estribado en la barra del Havanna, ya medio borracho, qué rápido le están creciendo las tetas a su hija. Y celebró su propia frase con una risa que resonó con fuerza en todo el garito. No. Ni siquiera ahí fue capaz de pararle los pies. Lo único que hizo fue llevarse a la boca la botellita de cerveza y echarse un trago bien largo.

Así era el Chivo. Un completo hijo de puta.

Se quedó mirando el afiche de Marilyn.

—Estaba buena la cabrona ¿eh? ¿Cómo va de chicas?

—Nada nuevo bajo el sol.

—¿Seguro que no me engaña?

—Se lo juro por la Virgen de Guadalupe.

El Chivo cabeceó, sin mucho convencimiento. Hizo unos sonidos guturales con la boca. Después se echó a reír. Con energía. Como cuando le sacó el tema de las tetas de su hija al comisario Padura, los dos perdiendo el tiempo en el Havanna.

—No pensaba que a usted le gustaran las rubias. O la rubia, mejor dicho. Y no me refiero a la del afiche.

—No sé qué quiere decir.

—Sí lo sabe. La pintora.

El comisario Padura empezó a sudar. Y eso que ni siquiera eran las diez de la mañana. Ya llegaría la siesta, con sus cuarenta grados que achicharraban hasta a las lagartijas.

—Se llama Morgana ¿no?

Escuchar el nombre de la chica salir de los labios mórbidos del Chivo le produjo el mismo asco que cuando le habló de lo rápido que estaba creciendo su hija.

—¿Cómo sabe su nombre?

—Dicen que es linda ¿no?

—Eso parece.

—Lo que pasa es que tiene un defectito.

—¿Cuál?

—Que anda de metiche por la vida. Y eso no es buen negocio. Tampoco para usted.

—¿Por qué?

—No sea menso. Aquí en Perros Muertos el calor es suficientemente cabrón como para encima vivir complicándose la vida. Búsquese otra chava. En mis fiestas hay de todos los colores. Como en una cajita de esas de galletas surtidas. Mis chicos no han parado de coger, toda la noche. Eso me ha costado estas ojeras —y se quita por primera y única vez las gafas oscuras—, pero al menos esos chicos no se meten en problemas. Las mujeres primero dan placer, y luego, problemas. La chava más linda del planeta está para cogérsela una vez, o dos, si acaso, y luego chao chao.

—Gracias por la clase teórica.

El comisario Padura dijo la frase en un tono neutro. Pero al Chivo le sonó a broma. Y esa mañana, entre las pocas horas dormidas y lo que traía el periódico, estaba para pocas bromas.

—Ríase, ríase. Pero no me gustaría que su rubia acabara en manos del escarbatripas. Y no olvide que el poder está en que hasta los perros te huyan. ¿A usted le huyen?

El comisario sintió como le latían las sienes. Con mucha fuerza. Pom, pom, pom. Dios, el diablo, o quien fuera, ya le había quitado a una mujer. A su hija. Ahora no quería perder a otra que se estaba colando lentamente en su vida miserable de pobre fracasado.

—Y una cosa. No enfade a la Virgen de Guadalupe. A la Guadalupana no le gusta que la engañen.

El Chivo se caló de nuevo las gafas. Se dio una pasada por su melena frondosa. Luego le tendió una mano de dedos churretosos a Padura.

—Comisario, no se haga el pendejo. Y no se le ocurra poner las muertas a mi lado, ¿okay?

El policía asintió con la cabeza.

Tan pronto como oyó perder el ronroneo de los ocho cilindros del Hummer del Chivo, acudió al lavabo.

Se echó en las manos todo el gel que quedaba en un pomito de plástico.

Luego abrió el grifo, a tope.

Durante todo el día se sintió sucio.

El Chivo llevaba todo el día sin contar un chiste. Se le habían quitado las ganas. Las cuatro líneas que se había atrevido a publicar Freddy Ramírez en la portada del *Excélsior* se le habían metido en las paredes del cráneo y no paraban de rebotar dentro de ellas. Y lo peor es que no veía al comisario Padura preparado para poner freno a ese loco de Freddy. El Chivo estuvo dándole vueltas a la cabeza, pero todos los caminos le llevaban al mismo nombre: el Chapo Méndez. El viejo movía sus hilos desde la cárcel para chingarlo.

Sabía que el fiscal Mendoza no podía hacer cosa por evitarlo, pero se sintió en la necesidad de citarlo para contárselo, los dos sentados frente a frente, el despacho del Chivo en una penumbra propicia para las confidencias.

—Seguro que el que está detrás de todo esto es el Chapo Méndez, que no me perdona que esté arriba de la bola. La envidia mata más que un cuerno de chivo.

—No veo al Chapo hablando de negocios con Freddy.

—Yo sí. No hay cosa que se pueda comprar con más facilidad que a un periodista. Lo sé por experiencia. Al *Excélsior* le metía yo la lana. Lo que no sabía es que me estaban engañando. Agarraban mi dinero, pero también el del Chapo. Y parece que el de ese cabrón valía más que el mío. Por eso ahora van a por mí.

Al fiscal aquel razonamiento del Chivo le pareció cargado de lógica. En efecto, el Chapo Méndez había llevado muy mal la ascensión del que había empezado siendo el chico de los recados. Cuando uno de sus clientes se quejó de que no había recibido los cinco kilos de clorhidrato de cocaína que había pagado, sino cuatro, el Chapo Méndez tuvo claro que el Chivo se estaba pasando de listo. El tipo se quedaba con una parte del material. Debió darle plomo y dejarlo tirado en cualquier esquina. Pero no lo hizo. Y bien que se arrepentía todos los días de no haberlo hecho. Ahora el asunto era más complicado. No imposible, pero sí más complicado. Junto a él siempre había algún guarura cuidándole la espalda.

Así que el Chapo Méndez parecía que, dadas las circunstancias, había elegido a Freddy Ramírez para echarle mierda al Chivo. No había cosa que lo encabronara más que salir en los papeles. El fiscal lo podía comprobar en ese momento. Al Chivo se le había hinchado la misma vena del cuello que se le ponía gorda cuando le anunciaban que algo iba mal.

—Los gringos están deseando que les cuenten una historia para buscarme las cosquillas. Y lo de las muertas es una buena historia.

El fiscal se quedó cavilando unos segundos. No tenía ninguna razón para llevarle la contraria al Chivo. Era cierto, la DEA ya no se conformaba con seguirle la pista a cualquier alijo. Ahora no tenían el menor reparo en meter en el saco un delito, por pequeño que fuera, para poder procesar a cualquier capo de la droga. Y el Chivo lo era mucho más de lo que el Chapo Méndez pudo pensar cuando entró en su despacho pidiendo una oportunidad.

—Conmigo también se metió Freddy Ramírez. Hace unas semanas. Decía que mentían los informes que estábamos emitiendo. Últimamente me ha dejado en paz, pero está claro que algo hay que hacer con él. Déjelo de mi cuenta. Eso de ir matando periodistas no es buen negocio, con la que está cayendo —le dijo, dejando atrás el despacho y enfilando el camino que conducía ya hacia el jardín para buscar la salida.

El Chivo no pareció muy convencido. Le costaba trabajo compartir ese punto de vista del fiscal. Y no se fiaba de la capacidad intimidatoria de Mendoza. Para Freddy Ramírez, igual que para medio Perros Muertos, no era otra cosa que un borracho. Por eso sentía que se le estaba haciendo tarde. Pero antes de subirse al Hummer le dijo:

—No, yo arreglaré lo de Freddy. Sin plomo. Con mucha delicadeza.

El fiscal no supo si el Chivo hablaba en serio, o solo ironizaba. ¿Delicadeza? Después de unos segundos, se inclinó por la segunda posibilidad.

Si el comisario Padura hubiera conseguido convencer a Morgana para que cenara con él, no habría tenido que atender ninguna llamada como aquella. Pero Morgana le dijo lo que le dijo, y ahora en vez de apreciar cómo se ordenaba la melena en un gesto de fingida coquetería, soportaba la respiración desacompasada de su mujer, casi al borde de los ronquidos, que ni siquiera cesaron cuando unos timbrazos rasgaron el silencio que trae la noche. Su mujer siempre dormía como un tronco.

—¿Bueno?

El comisario Padura la observó. Los labios contraídos en una mueca ridícula. Saliva reseca estancada en las comisuras. Viéndolas así, le pareció aún más increíble que hubiera un tiempo en el que habría dado los diez dedos de las manos para tener esos labios junto a los suyos. También hubo un tiempo en el que Marilyn estaba viva. Ahora no daría ni una uña.

¿De verdad había pensando alguna vez canjear todos sus dedos por los besos de esos labios? ¿O era solo una trampa que le tendía la nostalgia? Al comisario Padura le llegaba al auricular, no la voz de acento fatalista que siempre asociamos a una llamada hecha a las dos de la mañana, cuando todas las músicas han cesado. No. Era una voz cansada, como gangosa, la voz turbia de los borrachos, construyendo frases rutinarias que no lograban apartar al comisario de los pensamientos que lo invaden viendo la boca desencajada por el sueño de su mujer. ¡Qué fácil seria colocar encima la almohada... y apretar! ¡Apretar, apretar! Algún día Morgana también sería vieja, pensó súbitamente. También la piel se le surcaría de arrugas.

Las carnes se le aflojarían. Y hasta ese pelo que ahora debería estar mirando embobado empezaría a descomponerse, a perder brillo, a ser pelo de vieja.

—Jefe, he encontrado algo en medio del desierto —la voz de Cangrejo sonó alarmada.

Pudo poner cara de fastidio. Pero en vez de eso, Padura agarró con decisión sus pantalones de algodón, se echó por encima la chamarra de cuero que siempre lo acompañaba y se calzó unos zapatos de hebilla que su mujer le había regalado en un cumpleaños, cuando todavía se hacían regalos y se decían te quiero. Ni siquiera ese recuerdo, un regalo hecho hacía dos, tres, cuatro años ¿qué más da? le hizo girar la vista. Su mujer roncaba como un búfalo. El comisario Padura agradeció aquella llamada.

Hizo tintinear las llaves de su auto cuando llegó al vestíbulo. Y por fin respiró aliviado al cerrar la puerta de su departamento. Le costaba creer que ese sitio hubiera sido alguna vez un nido de amor. Ahora no era otra cosa que una cárcel. Padura pensó que algo malo había hecho. Que por eso él también merecía esa pena. Dormir junto a un búfalo.

A esa hora todavía algunos bares mostraban el brillo mellado de sus neones. Frente al Havanna, un par de tipos discutían, observados de cerca por una chava que no se atreve a intervenir. Oyó un "déjala en paz o te rompo la madre", pero ni siquiera se le pasó por la cabeza frenar. Esas discusiones eran tan habituales, tan propias de la ciudad como el tequila o hasta las muertas que no sabía a quien endosar. Nada le aburría tanto como la rutina. Quizá por eso su pensamiento volvió a irse a la melena de Morgana. Un borracho, un vulgar teporocho, estaba doblado al lado de su carro. Por los berridos que se oían, debía estar botando el hígado por la boca. Padura quiso borrar todo eso. Encendió la radio. Por un momento le cruzó el presentimiento de que los noticieros darían ya la información, que había llegado algún periodista antes incluso que él. Pero no. De la radio solo salían canciones de letras estúpidas, músicas para adolescentes rebeldes. No pareees, no pareees, no pareees nunca de soñar... Músicas bobas para bobos que nunca dejarán de serlo. Pero las prefería. Desde hacía unos meses, desde que empezaron a aparecer aquellas muertas, escuchar la radio le descomponía las entrañas. ¿Qué se creían aquellos periodistas de tercera? ¿Qué un crimen se resuelve en un santiamén? Aquellos cabrones no paraban de inventar. Y sobre todo, la rata de Freddy Ramírez. Como inventaron cuando se corrió la voz de que había aparecido el cuerpo de Marilyn. Sin vida. Atracado de barbitúricos. No, a Marilyn la mataron. Es a ellos, a esas ratas de alcantarilla, a los que hay que sacarles las entrañas, ahogarlos metiéndole en sus bocas repletas de dientes los calzoncillos llenos de mierda. Freddy Ramírez se había atrevido a pedir su dimisión. Con hormigas en la boca. Así aparecería una mañana de estas ese gordo.

Le dio volumen a la radio. Comerciales anunciando boberías. Y más música. Todavía escuchó varias canciones hasta llegar a aquel paraje situado junto a un vertedero de autos.

La brasa del cigarrillo se movió en la oscuridad como una luciérnaga. Cuando el comisario Padura apagó el motor del auto, lo único que sintió, acompañando aquella lucecita oscilante, fue el cri cri de los grillos en dura competencia con el croac de las ranas de algún pantano cercano. Incluso en el desierto hay ranas, carajo, se dijo el comisario, al mismo tiempo que daba un portazo que no hizo callar el concierto de todos esos animalejos desvelados.

De pronto, un chorro de luz lo acribilló, mostrando sus facciones abotargadas o viejas. Tenía cara de madrugón.

—Buenas noches, Cangrejo.

Cangrejo siguió deslumbrándolo con la linterna, hasta que la luz empezó a picarle a Padura en la cara.

—No gastes las pilas en mí, Cangrejo.

Y enseguida Cangrejo orientó la luz hacia la entrada de la caseta. Las paredes eran de ladrillo. Estaban enlucidas. Las botas de Cangrejo arrancaban un sonido pedregoso a la grava que iba aplastando. Proyectó la mirada hacia el interior. Unos ojos amarillos relampaguearon. Cangrejo pensó que era solo una visión, un engaño de su vista. Hasta que irrumpieron unos ladridos poderosos. Dio un paso atrás. Con la linterna buscaba ahora sin tino al animal que les había dado esa bienvenida. Allí no solo había grillos y ranas. Durante unos segundos solo oyeron el quejido metálico de una cadena arrastrándose por la grava. Eso los tranquilizó. Aquel animal ladraba como lo haría el mismísimo Cancerbero ese del infierno, del que había oído hablar Padura en una de esas madrugadas en las que incluso un estúpido documental de la televisión era mejor compañía que los ronquidos de su mujer. El comisario escuchó la respiración acelerada de Cangrejo. Una noche de cervezas y tequila le había confesado que era capaz de enfrentarse a cualquier cosa, menos a las tormentas y a los perros. Ahora estará temblando, se le está enchinando el cuero, imaginó el comisario. El perro respiraba con tanta ansiedad como Cangrejo. Ladraba. Pero sus ladridos no sonaban tan cerca, tan inminentes, como para que Cangrejo le arrojara a la cabeza la linterna y saliera de allí echando.

—¿Qué coño guarda este pinche perro?

La respuesta llegó en uno de los movimientos locos de linterna que dictaba el nerviosismo de Cangrejo. Un fogonazo iluminó el techo. Estaba pintado. El foco primero reveló la silueta de un cuerpo humano. Con las caderas anchas. Pechos no demasiado grandes. La silueta se descoyuntaba sobre la tabla, como si el dibujante la hubiera trazado después de beberse una botella entera de tequila. O como si su autora fuera el fiscal Mendoza en uno de esos días en los que olvidaba que lo importante de esta vida es la medida. Cangrejo movió la linterna. Nuevos fogonazos fueron impactando en tres cuerpos más, entregados a posiciones inverosímiles de contorsionista. Los cuerpos no estaban solos. Cada uno tenía dibujada al lado una hoja de marihuana, de un verde desvaído, atravesada por el signo del dólar, y un as de espadas.

—Puta. ¿Qué carajo es esto? —preguntó el comisario Padura.

Cangrejo tardó unos segundos en responder.

—Lo que hace que yo no esté ahora dándole calor a mi morra.

A Padura la frase le había parecido cualquier cosa menos ingeniosa.

El perro ladró. Parecía un rugido. Cangrejo agarró con fuerza la linterna. El perro volvió a ladrar. No estaba muy cómodo con aquella visita.

—¿Qué coño significa esto? —y Padura lo dijo en un tono quedo, tan extraño, que Cangrejo no supo si se lo preguntaba a él, a sí mismo, o quizás al perro, que seguro tendría todas las respuestas. Y se las daría. Solo tenían que acercarse a él para comprobar la salud de su dentadura.

—Una tabla de madera con cuatro mujeres desnudas...

Padura oyó la frase de Cangrejo y se preguntó si aquello, realmente, justificaba que su subordinado no estuviera ahora restregándose con su novia. Aquello no eran sino unas pinturitas insignificantes, hechas sin mucha destreza, por cierto, puntuó el comisario, que recordaba haber abierto algún libro de arte en su lejana etapa de estudiante. Parecían como pinturas rupestres, de esas que hacían los hombres prehistóricos que se escondían en las cuevas.

—Unas pinturas de mierda —dijo en voz alta.

El perro no parecía estar conforme con ese dictamen. Y ladró con más fuerza. A Padura, en otro tiempo, le hubiera faltado tiempo para meterle dos tiros. Chao chao. A ladrarle a tu puta madre, pinche perro. Pero ahora se limitó a chistarle. No quería que nadie le molestara. Y mucho menos cuando Cangrejo dejó la linterna fija en un detalle.

—¿Ha visto, jefe?

Sí. El comisario había visto lo mismo que Cangrejo.

—Tiene el pezón izquierdo arrancado.

Arrancado a mordidas, quiso completar el comisario. Pero se calló. Cangrejo aplicó la linterna durante un minuto sobre aquel pezón tronzado, hasta que, quizá cansado por esa visión, la retiró, dejando que la luz resbalara ahora por otro cuerpo. Pero lo que vio no lo tranquilizó. También la muchacha dibujada tenía el pezón arrancado. A mordidas. Igual que las otras dos. Cuatro mujeres dibujadas en la posición caprichosa que ocuparían sus huesos en un osario, pero coincidiendo en un detalle: todas tenían el pezón arrancado a mordidas.

Padura dio un paso atrás, como queriendo ganar perspectiva para entender, o intentar entender, qué significaba aquello. Le dolía un poco el cuello, de tanto mirar para arriba. Pero no podía apartar la vista del techo. Y en vez de encontrar una solución, se topó con otro problema. El dibujante no solo se había entretenido a colocar junto a las pobres desgraciadas una hoja de marihuana y un as de espadas. También había querido grabar unos numeritos. Allí estaban. En el margen izquierdo de la tabla, una combinación de números que el comisario memorizó.

El comisario Padura notó como Cangrejo le daba una fuerte chupada a su cigarrillo. Después lo arrojó en dirección al perro, que reaccionó con un concierto desesperado de ladridos.

—¿No cree que es momento de volver a casa? Mi morra me espera.

Al comisario Padura le hubiera encantado que también a él lo esperara una morra. Bien chida. Por la mente cruzó fugazmente la melena rubia de Morgana. Pero no. Ahora debería meterse en la cama con su mujer, y sus ronquidos lo mantendrían despierto hasta poco antes de que el alba lo sorprendiera con la primera tarea del día: llamar al fiscal Mendoza para anunciarle que algún pintor cabrón también le arrancaba los pezones a las mujeres.

A mordidas.

El muy hijo de puta.

Ya estaba subido en el auto cuando abrió violentamente la puerta y se dirigió de nuevo a la caseta. Como si se hubiera olvidado algo dentro. Sí, era verdad. Se había olvidado del perro.

Aunque no se veía un carajo, descargó todas las balas que guardaba en su Beretta. No paró de disparar hasta que el perro se calló.

—Eso mismo había que hacer con Freddy —le dijo a Cangrejo, arrancando el auto y dándole un apretón al acelerador.

La presencia del Loco Vargas en Perros Muertos preocupó más al Chivo que al comisario Padura. Lo vieron entrar, con aire taciturno, camiseta color celeste, jeans gastados, pelo cortado al cepillo, por el Havanna, a esa hora en la que la clientela escasea y las teiboleras espacian sus espectáculos en la tarima. Es como si no quisiera hacer ruido.

Pero Ladilla lo descubrió, comprobando su aspecto delante del espejo del baño. De las bocinas llegaba la melodía apagada de Valentín Elizalde cantando "A mis enemigos".

No le dijo nada. Simplemente le dedicó una mirada de odio que el otro no quiso devolverle. Pero no le debió gustar encontrarse a Ladilla, y menos en el baño del Havanna, porque abandonó el garito en cosa de cinco minutos.

—Así que tenemos al Loco Vargas de visita. Vaya, vaya.

El Chivo cabeceaba, queriendo buscarle significados a una aparición tan inesperada. Ladilla no le había escondido ningún detalle, ni siquiera que dentro de su auto lo esperaba un tipo al que no pudo verle la jeta.

Anduvo el Chivo cavilando durante muchos segundos, hasta casi completar un minuto. Para él, la cosa estaba más o menos clara: si el Loco Vargas había aparecido por Perros Muertos, era para cobrarse alguna deuda pendiente. Desde siempre, el Chapo Méndez le había encargado los trabajos más sucios. Se decía que nadie era capaz de ensañarse más con las víctimas. Que no le importaba calarse hasta los huevos con su sangre, porque eso era precisamente lo que más placer le producía. The Butcher* lo llamaban. El brazo ejecutor del Chapo. No importaba que su patrón estuviera guardado en el penal de Matamoros. Desde ahí era capaz de matar con la misma eficacia que cuando estaba en la calle. Y para eso tenía al Loco Vargas. Que se lo preguntaran al albañil que había construido en su mansión un escondite, por si las cosas se ponían feas y a los federales les daba por hacer un cateo. Fue lo que ocurrió. Tenían pruebas de que el Chapo Méndez seguía pasando grandes cantidades de cocaína a los Estados Unidos, aunque la frontera se había vuelto gruesa. No lo encontraron en un primer examen. Ni rastro del Chapo. Alguien había dado el pitazo. Pero no se dieron por vencidos. Volvieron una segunda vez, con ganas de poner la mansión patas arriba. Dio resultados. Lo encontraron en su escondite, enroscado como una serpiente y oliendo a basura por la falta de higiene. La culpa de que lo cazaran en el segundo cateo

---

* En castellano significa: el carnicero.

fue el rastro de un cable telefónico que la policía detectó, por casualidad, saliendo de la casa, y que conectaba con el sótano oculto desde el que el narco hacía sus llamadas para que el negocio no decayera. Pero el Chapo Méndez lo tenía claro. El que había ido de bocón, el pendejo que le había dicho a los federales el secreto del escondite era el albañil. Así que no dudó de lo que tenía que hacer. Bastó una llamada. El Loco Vargas no tardó ni dos días en hacer su trabajo. The Butcher es así se eficaz. El cuerpo del albañil apareció sepultado por un montón de sacos de cemento. La policía buscó durante mucho tiempo la cabeza. Pero todavía no la ha encontrado.

Y ahora el Loco Vargas estaba por Perros Muertos, mandado por el Chapo Méndez, sin duda. Lo que no podía determinar todavía el Chivo era si el Loco Vargas había venido directamente a ejecutar un plan, o a reconocer primero el terreno para ponerlo en marcha. Por si acaso, previsor como era, le pidió a Toti que abandonara el seguimiento a la rubia y estuviera pendiente durante unos días del nuevo visitante que tenían por la ciudad. Y es que el Chivo sabía cómo se las gastaba el Chapo Méndez, entre otras cosas porque muchas de sus técnicas las había aprendido con él. Y el Loco Vargas era su hombre más valioso. No le gustaba la ostentación. Ni grandes carros, ni gruesas cadenas de oro, ni hembras que perturbaran su trabajo. The Butcher era discreto y eficaz. Al Chivo le hubiera encantado ficharlo, pero el Loco Vargas le debía una obediencia perruna al Chapo Méndez, que lo sacó del arroyo y estaba convencido de que lo seguiría al fin del mundo, y que haría todo por complacerlo, aunque el Chapo estuviera dentro de la cárcel, como era el caso.

El comisario Padura no conocía tantos detalles de la biografía del Loco Vargas, pero cuando lo vio repostando en la gasolinera PEMEX, pensó lo mismo que el Chivo: había un problema en la ciudad. Lo último que le faltaba al comisario en estos momentos era una guerra entre bandas. Y eso es lo que le anunció proféticamente el Chivo, sin decidirse a pegarle un bocado a un taco de carne que le desmadejaba en la mano derecha:

—Si ese tipo no se regresa por donde vino, habrá pleito.

El policía se encogió de hombros. El Chivo apreció su reacción y se vio en la necesidad de explicarle.

—El Chapo Méndez lleva mucho tiempo queriendo meter las narices donde no le llaman. Le gusta meterse en casa ajena. Y quiere entrar en la mía. Hicimos un pacto. Él operaba en Matamoros, y yo en Perros Muertos. Incluso nos repartimos un par de tipos que eran capaces de pilotar aviones sin que fueran cazados por ningún radar. Hoy los dos trabajan para mí, y no hay policía o juez que pueda dar con ellos. De este acuerdo hace un par de años, cuando se dio cuenta que yo había crecido tanto como para interesarle conmigo un arreglo antes que una balacera. Pero la línea en la frontera se puso gruesa en Matamoros, tanto que al Chapo el negocio se le hizo chiquito, limitándose a la venta local. Y lo peor es que yo empecé a quitarle hasta a los proveedores colombianos. Los tipos no eran tontos y se daban cuenta que la frontera de Perros Muertos era más delgadita, y la droga pasaba por allí con más facilidad. Y tenían bien claro con quien debían entenderse. Viendo la lana que perdía, el Chapo Méndez apretó las tuercas y quiso pasar más cocaína por la frontera de la que le permitían las circunstancias. Los controles eran duros, y lo cazaron. Por eso está en el reclusorio, sin parar de darle a la cabecita. Él siempre me ha discutido la autoridad en Perros Muertos. Odia el monopolio. Mi monopolio. No el suyo, claro. No se va a hacer el pendejo.

Padura preferiría taparse los oídos para no escuchar todo ese razonamiento. Vive y deja vivir, había sido siempre su lema desde que llegó a Perros Muertos. Y que los narcos resolvieran sus diferencias de acuerdo a su entendimiento, fuera ese el que fuera. Que el Chivo le hiciera confidencias como las que le contaba esa mañana en el despacho de su rancho, no le hacía ninguna gracia. Era una forma de comprometerlo. Y si el Chivo le contaba todo eso, sin omitir ningún detalle, sería a cambio de algo.

—¿Y qué pinta exactamente en esta historia el Loco Vargas?

—Viene a avisarme que el Chapo Méndez no me ha olvidado. Que sigue moviendo todos los hilos desde su celda, donde seguro que tendrá tele de plasma, y por supuesto, un teléfono. Con un celular se puede mover el mundo.

—¿Usted cree?

—Sí. Dar la orden de ultimar a alguien es más fácil que respirar.

Padura negó con la cabeza. El Chivo no sabía si decía no a la posibilidad de que desde la cárcel se pudieran hacer tantas cosas, o de que a él lo mataran, que es lo que había entendido el policía.

—No se preocupe por mí. Tengo mi piel blindada. El plan del Loco Vargas es otro: involucrarme en un escándalo. Y lo de las difuntitas le viene como anillo al dedo. Para complicarme, no necesita meterme un balazo. Con echarme las muertas encima, es suficiente. Solo le hace falta un buen altavoz que vocee el asunto: el *Excélsior*. A fin de cuentas, es lo único que le queda al Chapo Méndez en Perros Muertos. Todo lo demás lo controlo yo.

A Padura le disgustó que lo metiera a él también en el saco con esa frase. Pero la realidad era que estaba allí, en su despacho, aceptando una copa de tequila. Si Morgana se enteraba algún día de eso, se lanzaría a su yugular.

—¿Sabe quién está matando a las muchachas? —le preguntó el Chivo, levantándose del asiento. El comisario lo invitó con un gesto a que se respondiera a su propia pregunta.

—El Loco Vargas. Eso es lo que pintaba exactamente en esta historia. Nada hay que le guste más que la sangre. No olvide, lo llaman The Butcher. Las mata él, pero me las echa encima a mí. El panfleto ese del *Excélsior* las lanza a los cuatro vientos, para que huelan bien fuerte, tanto como para llegar la peste de lo podrido a Estados Unidos. Y los gringos me ponen a la sombra. A continuación, el Chapo Méndez ya puede operar libremente en Perros Muertos, recuperado todo el poder. ¿A que el policía parezco yo?

El comisario no pudo objetar nada a esa exposición tan llena de lógica. Al menos, en principio. Porque repasándola mentalmente, el Chivo realizando la operación de rellenar su vaso de tequila, le encontró un fallo. Y eso es lo que quería analizar, sin pérdida de tiempo.

Por eso se despidió con un gesto sumario del Chivo, sin probar el tequila. Le deseó buena suerte.

El otro simplemente le pegó un bocado fuerte al taco de carne.

El chico tenía la radio prendida. Hablaban de fútbol. Guardado se recuperaba de su lesión y podría jugar el decisivo partido que tenía la selección frente a los Estados Unidos. Padura le pagó un sándwich vegetal y luego le pidió que le llenara el tanque.

—Cómo no, señor.

El comisario no había conocido en su vida a un tipo tan diligente. Y con tanta cabeza. Era capaz de memorizar cualquier número, fuera de matrícula, o de teléfono, o de lo que sea. Si no fuera porque el negocio de la policía estaba como estaba, lo animaría a estudiar. Le encantaría tenerlo a su lado. Bueno, al menos se había convertido en su amigo, y de vez en cuando le contaba alguna cosa en medio de sus silencios.

El chico desenroscó el tapón del depósito y le enchufó la manguera. Enseguida se oyó mi glub club. El Mustang tragaba.

—¿Cómo por aquí las cosas?

—Igual de siempre.

De buena gana el chico hubiera completado la frase con un "y cómo le van a usted, qué hay de las muertas". Pero era muy reservado y se limitaba a leer lo que publicaba Freddy Ramírez en el *Excélsior*.

—Te voy a pedir un favor.

El muchacho se puso en guardia.

—No te asustes, la cosa es sencilla.

El comisario rebuscó en el bolsillo de su pantalón. Extrajo una tarjetita.

—¿Te suena este número?

El muchacho miró largamente, primero a la tarjeta. RRZ-4921. Luego a Padura. Giró la cabeza, a izquierda y derecha. Dos o tres veces. Un camión hizo amago de entrar, pero siguió de largo, después de gritar con su bocina. No había problema. Estaban solos en la gasolinera. Asintió con la cabeza, con la misma timidez con la que hacía todo.

—¿Desde cuándo estás viendo esa placa?

El chico se rascó la cabeza. Por un momento pensó en responderle al policía que no recordaba exactamente. Pero por alguna razón, le daba lástima aquel hombre. Sabía dónde había sido encontrada su hija: muerta y llena de barro. Miró sus ojos cansados. El joven lo atribuyó al caso de las muertas de las que hablaba el periódico. Y no dudó sobre lo que tenía que hacer.

—Cosa de mes y medio.

—¿Estás seguro?

La pregunta era retórica. Sobraba. El chico era de pocas palabras, pero su cabeza funcionaba mejor que una computadora. El comisario había tenido muchas ocasiones para comprobarlo. Y los datos que le había dado siempre habían sido absolutamente fiables.

—Completamente. Ese auto repostó aquí a primeros del mes pasado.

Retiró la manguera de combustible. El tanque del Mustang estaba ya lleno. Padura le dio las gracias y tres mil pesos. El joven se perdió hacia la caseta de la gasolinera, satisfecho. Una vez más había cumplido con su deber.

Bien, chico, le dijo con un alargar la mano con el que se despidió de él, antes de volver a la carretera.

Colocó en el salpicadero la tarjeta que había descifrado el muchacho. Vaya, así que igual el Chivo tiene razón. Resulta que el Loco Vargas lleva aquí desde principios del mes pasado. Y fue el día 16, si no me equivoco, cuando apareció la primera muerta. ¿Era el Chapo Méndez el que estaba tramando los crímenes, escondido en su celda con televisión de plasma del reclusorio de Matamoros? Eso respondería a la pregunta de quién pagó la esquela de la primera muchacha, una semana antes de que la mataran. El problema venía porque era muy difícil de demostrar que el Chapo Méndez tenía conexiones con el *Excélsior*. ¿Acaso se había cogido a la recepcionista de las tetas de película porno que lo había atendido con descortesía?, se preguntó.

Pero el comisario huyó rápidamente de reflexiones frívolas. La recepcionista que se lo montara con quien quisiera, y afortunado del que podía mamar aquellas tetas grandes como odres. Yo tengo tres muertas, y un sospechoso.

Y mucho trabajo por delante, añadió.

Al Chivo le habían contado que Freddy Ramírez tenía más vidas que un gato. Cuando se lo dijeron, no pudo reprimir una carcajada. Pero había pasado el tiempo y nadie había podido quitar de en medio a ese cabrón. Es verdad que la última vez estuvo dos meses en el hospital. Pero cuando los médicos lo daban por desahuciado, las lesiones en el intestino delgado graves como para darle chance, el periodista se recuperó de forma milagrosa, y en pocos días estuvo aporreando el teclado de la máquina de escribir.

Tiene un pacto con la Santa Muerte, le dijeron, como para explicar que Freddy siguiera en el reino de los vivos. El Chivo se echó a reír, con más fuerza incluso que otras veces. Sí, él también le rezaba a la Santita, pero de momento no se había inventado nada más fuerte que el AK-47. Solo había que saberlo manejar. Y el problema era ese. Un buen disparo es suficiente. Freddy se lo había ganado, con tantas portadas, con tantas mentiras, pero nadie había sido capaz de dárselo.

En todas esas reflexiones estaba entretenido el Chivo, mientras esperaba al periodista, dando vueltas a la alberca de su rancho. Lo había citado él, personalmente. Le dejó una nota en su casa. Tenía su celular, pero el Chivo ya no hablaba por teléfono con nadie después de que le interceptaran una conversación. No había sido el comisario Padura, claro, que no tenía ni idea de cómo funcionaba una grabadora. Fue una unidad especial de lucha contra el narcotráfico. Se dio una vuelta por Perros Muertos, a ver cómo andaban las cosas. Había llamado a un amigo colombiano. Un cuate suyo. Aquella conversación le había costado al Chivo un puñado de pesos y comprarle al fiscal Mendoza un auto nuevo. Menos mal que aquel tipo entendía, y echó tierra rápidamente sobre el asunto. No había en Perros Muertos alguien tan corruptible como Mendoza. Y estaba seguro que al tonto de Freddy Ramírez se le convencía con facilidad.

El Chivo echó un vistazo a su reloj de oro. Gruñó. El cabrón se estaba retrasando. Faltaba cuarto para las seis. El Chivo pensó que al güey ese le había tolerado demasiado. Era momento de ponerse serio con él.

Freddy apareció en la alberca cuando el Chivo había ya inventado mil formas de eliminar al periodista. Entró dando saltitos joviales sobre las losetas que rodeaban toda la alberca, como si practicara un juego infantil sobre ellas.

Enseguida se encontró con las facciones apretadas del Chivo.

—El tráfico es un desastre.

El Chivo se lo quedó mirando, sin mover un músculo de la cara, su mirada penetrante clavada en el rostro de Freddy. Lo estudió largamente. Al periodista le caían gotas de sudor por la frente.

—Hace demasiado calor —dijo, excusándose de nuevo.

Freddy esperaba que el Chivo le trajera alguna bebida fría. Al entrar se había fijado en un par de botellas que se congelaban en una cubitera. Pero en vez de eso, el Chivo guardó silencio. El periodista empezó a ponerse nervioso.

La escena, una foto fija en la que todo se había quedado detenido, se rompió por la aparición de una sirvienta arrastrando un carrito de bebidas. Murmuró un buenas tardes apenas audible, y se marchó, dejando a los dos hombres evaluando sus formas de hembra codiciable.

—Uno de mis hombres se la quiere coger, el muy cabrón. Pero yo no puedo permitir eso.

—¿Por qué?

—Porque si se la coge, y le gusta, ya no podría fiarme de los tragos de tequila que me sirve. ¿Nunca te explicaron eso de que dónde esté la olla no metas la...?

El Chivo estalló en una carcajada sonora. Freddy lo imitó. Quería quitarse el miedo que se le había pegado al culo nada más ver la figura estatuaria del Chivo examinándolo con la misma aprensión que a un insecto.

Para confirmar que el momento de tensión había pasado, lo invitó a tomar asiento en un sillón de enea situado estratégicamente bajo un toldo rayado con los colores de los Pumas.

—¿Qué crees que va a pasar con la Liga? —le preguntó el Chivo, nada más tomar asiento.

—No me interesa el fútbol.

El Chivo lo estudió durante unos segundos con atención renovada. Pero cuando Freddy empezaba a buscar la fórmula de romper el silencio embarazoso que se había interpuesto entre ambos, el Chivo preguntó:

—¿Y las mujeres?

—Tampoco.

—¿No serás joto?

—Noooo —y Freddy soltó un manotazo violento, como para espantar la sospecha que acababa de dejarle revoloteando su interlocutor.

—Curioso personaje. No te interesa ni el fútbol ni las mujeres. Pareces un extraterrestre.

—Ummm.

—¿Por qué no te vienes a una de mis fiestas? Las chavas se quedan todas encueras y se meten en la alberca, esperando que le caiga encima el macho.

¿También Ladilla?, se preguntó Freddy, dibujando en su mente la imagen del tipo cogiendo a una chava muy joven, oculto en la penumbra de la noche. Le producía infinita repugnancia desde los tiempos en los que Ladilla solo era un policía, y aprovechaba cualquier ocasión para burlarse de él. Morsa, lo llamaba, mofándose de los muchos kilos que le sobraban. Después había empezado a trabajar con el Chivo, y la cosa fue peor aun. Cuando se lo encontraba en el Delicias, le ponía delante la portada del *Excélsior*, y le decía enigmática mente, cuidado con las muertitas, que las muertitas atraen a los gusanos. ¿Dónde estaría ahora el güey ese? ¿Con cruda, después de la fiesta de anoche? ¿O preparando un nuevo crimen de niñas? Porque estaba convencido que algo, sea lo que fuere, tenía que ver con las muertas.

—¿No te gusta mi oferta? —insistió el Chivo, suspicaz.

Freddy se llevó a los labios el vaso de licor. De un trago lo dejó terciado.

—Sí, claro.

—¿Entonces?

El tequila empezó a hacer un efecto inmediato en la sangre de Freddy, que se sintió mareado, pero también envalentonado como si delante no tuviera al tipo que controlaba todos los negocios ilegales de la ciudad.

—No he entendido totalmente la oferta. Es mejor que la repita.

—Tu periódico está publicando últimamente mucha mierda. Pase. Pero una cosa es que te toquen los huevos, y otra que te los aprieten. No puedo tolerar que saque mentiras. Parece mentira que muerda la mano que le da comer. ¿O de dónde salió la lana para comprar el ordenador con el que escribes?

—Yo uso máquina de escribir.

—Hasta esa máquina la pagué yo. ¿De dónde iba a salir? ¿De la publicidad?

Freddy Ramírez no le quiso responder. Los negocios que hace un par de años se llevó su director con el Chivo bien merecerían una buena investigación, igual que sus contactos recientes con el Chapo Méndez. Pero Freddy no iba a ser tan tonto como para iniciarla. Tenía que comer. Y un gordo no se conformaba con un arroz con frijoles. Curiosa la evolución que había seguido el Excélsior. Antes era un periódico más atento a la crónica social, a la información rosa, que a lo que de verdad pasaba en la calle. El Chivo ya operaba en Perros Muertos, pero sus negocios tenían más bien un color local. Un día las cosas empezaron a cambiar. Sustituyó su viejo Ford por un Hummer blindado, y se construyó un rancho grande como un estadio de fútbol. Estaba claro. El Chivo ya no se dedicaba al narcomenudeo. Ni a pasar pequeñas cantidades de droga a la otra parte de la frontera. Ahora el negocio era a gran escala. Y eso no podía pasar desapercibido en el DF. Allí lo vieron en las páginas del *Excélsior*, el rotativo al que le había dado un impulso con una inyección de pesos a cambio de informaciones amables, de las que hacen tanto daño como una infusión de manzanilla. El Chivo era algo así como su benefactor. Aparte de comprar nuevas computadoras para la redacción, compró el silencio de los periodistas. Hasta que uno cometió el error de sacarlo en las páginas centrales. Aparecía con una rubia despampanante y tetas recauchutadas colgada del cuello, los dos bajándose de una limusina. Ummm, dijeron en el DF. Así que el Chivo se lo montaba a lo grande. Pero el problema para el Chivo no eran los chismorreos de la capital. Los chilangos no le iban a perdonar que se hubiera convertido en un pez gordo. No. Lo tenía mucho más cerca. A unos pocos kilómetros. Al otro lado de la frontera. Se había convertido en un elemento peligroso para los Estados Unidos. Y los gringos le habían pedido cuentas al gobierno mexicano.

El caso es que empezaron a aparecer en la ciudad más cadáveres de la cuenta, y el *Excélsior* no tuvo más remedio que cambiar los romances y las fanfarrias de las fiestas de sociedad por la nota roja. Entre otras cosas, porque el Chivo había cerrado el grifo. No quería que el *Excélsior* ni ningún otro periódico sacara una línea de él, y como había descartado dinamitar la redacción, optó por no darle ni un peso más al periódico que había cometido el error de publicar una foto suya. Y entonces apareció en escena Freddy Ramírez. Más o menos por el tiempo en el que el Chapo Méndez entraba en la cárcel, condenado a seis años por delitos contra la salud pública y por delincuencia organizada. Freddy llegó en el momento justo. Con ganas de triunfar. De tocarle las narices a todos esos narquillos que se movían por Perros Muertos perdonándole la vida a todo el mundo. Sin miedo a nada. Quería ser más famoso que el Chivo, y estaba a punto de conseguirlo. En este momento, cuando menos, compartía con él el mismo sol que jugaba con el agua de la alberca a formar dibujos caprichosos.

—No sé quién compró mi máquina de escribir, pero sí sé de dónde viene mi información. Y es buena. Lo último que sé es que Ladilla está haciendo tonterías. La última, comprar pintura y pinceles en un tienda de arte. ¿Para qué querrá eso? Pero si es medio analfabeto.

El tequila le estaba dando a Freddy un espejismo de lucidez y valor. Se sentía seguro, capaz de tratar de tú a tú a cualquiera.

—No sé quién te habrá contado esa mamada. Quizá el comisario Padura. Últimamente es capaz de inventar cualquier cosa. Y todo, para complicarse la vida. Así que, óyeme. A Ladilla lo conozco como si fuera mi hijo. Y te aseguro que no le gusta la pintura. Nadie ha podido verlo comprando pinceles.

—Una persona me ha dicho que sí. Y no era el comisario

—Sí. Ya lo sé. Una mujer. ¿No me habías dicho que no te gustaban las mujeres?

Freddy se disponía a beber de un trago el tequila que le quedaba, pero al oír aquello dejó suspendido el vaso en el aire, sin atreverse a nada, ni siquiera a parpadear. La alusión a Morgana le parecía cualquier cosa menos inocente. Estaba claro que el asunto de la tabla era más gordo de lo que él podría siquiera imaginar.

—No se deje engañar por las mujeres. Están para cogerlas, no para escucharlas.

El periodista asintió con la cabeza. Forzó a su mente a funcionar con rapidez. En esas frases de doble sentido que le estaba regalando el Chivo se escondían datos cruciales de la investigación. Lamentó que en el vaso que sostenía en la mano derecha solo quedaran unos restos de tequila. Dos o tres ideas le daban vueltas en la cabeza, pero no lograba encontrarles relación. Pero aquello era gordo, a juzgar por la seriedad con que lo miraba el Chivo.

—Mira, yo creo que tú eres un tipo inteligente. Que detrás de esa bola de sebo hay algo —el Chivo se dio varios golpecitos en la sien derecha con el dedo índice—. Allá el pendejo de Padura con sus ideas. Se ha dejado engatusar por la pintora. Lo está engañando como a un niño. Pero tú eres otra cosa. Confío en ti.

Durante unos segundos Freddy se quedó analizando las palabras que acababa de escuchar, pero no pudo determinar si eran un elogio, o lo contrario. Sí que el Chivo lo había colocado por encima del comisario Padura, pero también lo había llamado bola de sebo. Seguro que Ladilla estaba detrás de ese apodo. De nuevo le dedicó un pensamiento de rencor a ese cabrón.

El alcohol le concedió una tregua a Freddy. Sus pensamientos avanzaban a trompicones. Y uno de ellos fue que aquella oportunidad jamás se repetiría. Que no podría hacerle al Chivo preguntas que le quemaban en la lengua. Freddy sabía que uno de los secretos para hacer una buena entrevista es confiar al invitado. Convertirlo en tu socio. Que no te vea como a un enemigo, sino como al cuate al que es necesario hacerle la confidencia que le envenena el alma. Y Freddy consideró que el Chivo estaba suficientemente reblandecido como para formularle una pregunta que le llevaba rondando desde el mismo momento en que le dijeron que el Chivo lo buscaba.

—¿Qué negocio hay en matar a una mujer?

El Chivo resopló con fuerza. En contra de las imaginaciones de Freddy, fomentadas por el alcohol, no había dejado de pensar que el periodista era pura mierda que había que botar a la basura. En ningún momento había bajado la guardia, ni había cambiado el concepto que tenía sobre la bola de sebo que lo miraba con ojos divertidos, no sabía exactamente por qué.

—¿Y qué negocio hay en publicar la muerte de una mujer? Se lo diré: ninguno. No cometa el error de olvidarlo.

El Chivo por fin se decidió a probar el vaso de tequila que tenía a su lado. Se sentía satisfecho por la frase enigmática que ahora descifraba Freddy Ramírez, buscándole significados en las ondulaciones espejeantes que hacía el agua en la alberca. Como no se los encontró, miró de nuevo al Chivo, que no le quiso dar opción y le disparó otra pregunta:

—¿Qué sabemos del Chapo Méndez? ¿Sigue pudriéndose en la cárcel, o le queda ya poco para que lo suelten a la calle?

—¿A qué viene esa pregunta?

—Tú eres periodista ¿no? Un periodista de primera. ¿No eres acaso eso? Los periodistas sabéis todo, las verdades y las mentiras. Así que seguro sabrás qué se dice en Matamoros del Chapo Méndez. ¿Qué te cuentan?

—Que lo tratan bien en el penal.

—Ves como tenía razón. Tú tienes las mejores primicias. Tampoco me extraña. Siempre has querido más al Chapo que a mí.

Freddy Ramírez inició un gesto de protesta, pero el Chivo no dejó que terminara.

—Pero hay que llevar cuidado con los cariños y los amores. Lo mismo que vienen, se van.

El periodista no encontró ninguna respuesta con la que atacar ese razonamiento. O a lo mejor es que no quería dársela. La reunión ya no le gustaba tanto.

—¿Sabes lo que me han dicho de ti? Que tienes más vidas que un gato. ¿Es eso cierto?

El periodista se encogió de hombros. Odiaba a los gatos. Así que no sabía a qué venía aquel comentario.

—Dicen que tienes un pacto con la Santa Muerte. Respétala, no vaya a ser que no te cumpla.

Freddy tuvo claro lo que tenía que hacer. Las palabras del Chivo tenían la misma consistencia de una amenaza. Le había avisado de que no debía escribir ni una línea sobre la tabla de madera, y que, si lo hacía, ni la Santa Muerte le libraría de un castigo con sabor a plomo. Se levantó. Sus huesos crujieron. Alargó una mano de dedos churretosos que no quiso recoger el Chivo.

Se despidió con un hasta luego, bonita, de la sirvienta. Pero la chica parecía haberse aliado con el dueño de la casa y solo le devolvió un gesto displicente.

Cuando subió al auto, se quedó pensando en que si sería verdad eso de que los gatos tenían siete vidas.

Cangrejo le puso una cara muy rara cuando Padura le pidió que le prestara su auto. Sabía mejor que nadie que su jefe tenía una fe ciega en su Mustang, que viajaba con él a todos los sitios. Pero no tuvo más remedio que darle las llaves de su carro, un viejo Fiat Uno, cómodo como una caja de cerillas al que Cangrejo todavía no le había encontrado sustituto. Estaba ahorrando lana para casarse con su novia, y salvo que se hiciera famoso porque lo llamaran para el Big Brother o porque Salma Hayek se enamorara perdidamente de él nada más verlo, debería seguir con su Fiat unos cuantos años más.

El comisario Padura se caló unos lentes oscuros. Llevaba barba de varios días y el pelo sucio. Viéndolo allí, a bordo de aquel auto y con ese aspecto, cualquiera diría que era el Jefe de la Comisaría de Policía de Perros Muertos. Pero eso era justamente lo que pretendía. Voy de camuflaje, le había anunciado enigmáticamente a Cangrejo, antes de darle un apretón al acelerador y perderlo de vista. No quería darle más explicaciones a un menso como Cangrejo.

Ahora andaba espiando al Loco Vargas. Había entrado a un Oxxo, y salió de él diez minutos más tarde con una pantera rosa en la mano. Ni siquiera esperó a llegar a su auto para abrir el pastelito. El comisario Padura sabía muchas cosas de él, unas serían verdad, la mayor parte de ellas leyenda. Pero lo que desconocía era que fuera tan goloso. Porque a las dos horas, después de tener a Padura dando vueltas absurdas por Perros Muertos, volvió al Oxxo a por otra pantera rosa.

Eso es lo único que el comisario había sacado en claro el primer día de seguimiento: que al Loco Vargas le privaba el azúcar.

El segundo iba transcurriendo sin incidentes, salvo las molestias que le planteaba a Padura el Fiat de Cangrejo. Las marchas entraban con dificultad. La palanca de cambios obedecía a ratos. El comisario le dedicó un pensamiento cariñoso a su Mustang. Doscientos mil kilómetros y ni un problema. Cambiarle el aceite, los filtros, y poca cosa más en cada revisión.

El Loco Vargas iba a lo suyo: perder el tiempo. Parecía que no tuviera otra ocupación en Perros Muertos. De vez en cuando entraba en una cantina, a refrescarse. También en un cibercafé, en el que entró para chatear o para ver páginas pornográficas, eso Padura no lo podía saber. Pero era culo de mal asiento y cambiaba de sitio. Hubo un par de momentos en los que el comisario se pensó descubierto, pero afortunadamente fueron falsas alarmas. El Loco Vargas parecía más preocupado por pick ups de vidrios polarizados que por un humilde utilitario que pasaba desapercibido en el paisaje caótico de Perros Muertos.

Por la tarde entró de nuevo en el Oxxo. Ya era un cliente habitual. Pero esta vez no salió de allí con la consabida

BALADA DE PERROS MUERTOS

pantera rosa. Con la mano derecha agarraba una bolsa de papas fritas y una Sol. Se metió en su auto, y allí estuvo un buen rato, dando cuenta de tan rico manjar. Luego se echó una siesta. Cuando el sol bajó, el comisario lo vio bostezar largamente y arrancar el motor de su carro. Le pegó dos fuertes acelerones y emprendió rumbo desconocido.

Después de saltarse tres semáforos, tomó dirección a la calle de los garitos. La calle de las putas, como decía todo el mundo en la ciudad. Padura deseó que entrara en el Havanna. Ahí dentro tenía a Cora y la chava era suficientemente viva como para arrancarle algo al narco. Pero el Loco Vargas pasó de largo, ignorando los neones fosforescentes del Havanna, una sirena estirándose de manera provocativa. No parecía que quisiera fiesta. O esa fiesta. Pasó por delante de la maquila de Phillips. Había cambio de turno. Un montón de chicas salían de la fábrica, riendo despreocupadas. El Loco Vargas las miró con curiosidad. El comisario creyó ver que le hacía una seña a una de ellas. Pero solo lo creyó. Llevaba todo el día sin probar apenas bocado, ni siquiera la comida de doña Lita, y los sentidos o las ganas de que pasara algo, empezaban a engañarle.

Pero no pasó nada. Las maquiladoras se perdieron, y con él, el interés del Loco Vargas, que fue eligiendo carreteras secundarias para abandonar la ciudad. El comisario lo seguía a distancia, no por precaución, sino porque la carcacha de Cangrejo no daba para más.

Cuando lo vio tomar el camino que desembocaba en el desierto, a Padura el pulso empezó a latirle a toda velocidad.

—Coño, que el Chivo va a tener razón. Este es el cabrón que se está bajando a las muchachas. Y encima no son teiboleras, sino maquiladoras.

El comisario alargó la mano y abrió la guantera. Hasta que no agarró su Beretta, el corazón no dejó de hacerse el loco en su pecho.

Lo siguió durante un par de kilómetros. Perros Muertos empezó a quedar atrás. La oscuridad se había abalanzado sobre la ciudad, súbitamente, como las alas de un murciélago. El comisario tenía auténticas dificultades para manejar con las luces apagadas. El Loco Vargas llevaba las suyas encendidas desde hacía un rato. Padura, de momento, pasaba desapercibido, el Fiat color tierra de Cangrejo confundiéndose con el desierto. Eso pensó el policía. Porque el Loco Vargas dio un giro brusco y volvió sobre sus pasos, como si hubiera olvidado algo en la ciudad.

—Puta madre —gritó el comisario—. Me ha descubierto.

Le dio un puñetazo violento al volante del Fiat. Todo el salpicadero se quejó. Luego vio pasar a unos metros, volando sobre la arena del desierto, el auto del Loco Vargas. Padura dejó que se perdiera por el camino. Por hoy, todo el trabajo estaba hecho. Lo único que había conseguido era alimentar las sospechas que tenía sobre él. En efecto, quizá el Chapo Méndez quería chingar al Chivo, y le había encargado a su fiel Loco Vargas que dejara algunas muertitas en el desierto. Lo demás ya vendría solo. La alarma social y los gringos haciendo preguntas.

En esas cavilaciones estaba Padura, haciendo trabajar la palanca de cambios del Fiat, cuando descubrió de nuevo el auto del empleado del Chapo Méndez, ahora que lo creía perdido para siempre. Lo más sorprendente era el sitio en el que estaba estacionado. El comisario lo reconoció inmediatamente, un escalofrío sacudiéndole todo el cuerpo, como cada vez que se aproximaba a esa zona. Era allí donde habían encontrado hace dos años el cuerpo de su hija, los pulmones llenos de agua, el cuerpo cubierto de légamo.

El comisario no supo qué hacer cuando descubrió al Loco Vargas. Estaba justo ante el riachuelo de aguas negras de la que habían sacado ahogada a su hija. Tiraba fotos con una cámara digital. Como si quisiera investigar algo. Padura no pudo aguantarse y se saltó todas las precauciones que imponía su trabajo ese día. Abandonó el Fiat y fue en busca del Loco Vargas.

—¿Qué coño haces aquí, carajo? ¿Qué quieres fotografiar?

Los gritos alertaron al narco, que suspendió inmediatamente su tarea y se subió al auto sin perder ni un segundo. Lo siguiente que hizo fue apretar a fondo el acelerador. Pie tabla. El comisario lo imitó. Pero no le sirvió de nada. Maldijo varias veces al Fiat de Cangrejo, lento como una tortuga con artrosis, mientras veía perderse la silueta del carro en el que el Loco Vargas huía como alma que lleva el diablo.

El comisario Padura se quedó unos segundos, más confundido que desalentado. Había perdido la pista del Loco Vargas. Menos mal que aún le quedaba una rayita de batería en su celular. Le marcó a Cangrejo. Le dijo primero que su auto era una mierda y segundo que montara un control en la carretera que unía Perros Muertos con Matamoros. El otro protestó vagamente, pero al final acabó obedeciendo sus órdenes.

Del Loco Vargas no se volvió a saber. O quizá sí. A eso de las diez de la noche un auto no quiso hacer caso a los reflectores del retén policial montado por Cangrejo y acabó dándose a la fuga.

Esa noche no apareció ninguna muerta en el desierto, pero cuando al día siguiente el comisario Padura acudió al parking a recoger el Fiat con el fin de devolvérselo a Cangrejo, se dio cuenta de que no se lo iba a dejar en las mismas condiciones en las que se lo había entregado dos días antes.

El auto estaba acribillado a balazos.

Con más agujeros que un colador.

Al comisario Padura la carnecita que había comido donde doña Lita le había sentado como un tiro. El estómago le ardía. Repasó mentalmente las tareas que tenía por delante. Eran demasiadas. Y todo ¿para qué?, se preguntó. ¿Para morirse y ya está? ¿Qué mierda de vida era esta en la que los padres entierran a sus hijos? Pensó en Morgana. ¿Cómo habría sido su infancia? Quizá si su hija hubiera crecido, sería hoy como la pintora, una mujer fajadora, enfrentada al mundo. Tenía algo de quijotesco ese empeño suyo en encontrar al asesino de las muertas, pero ella seguía, obstinada, sin dar su brazo a torcer. Apreciaba su tenacidad, tan diferente a la indolencia que acompañaba siempre a Padura. En ese momento se sintió muy lejos de ella, no porque los separaran unos cuantos años, sino porque los dos tenían un modo muy diferente de mirarle la jeta a la vida.

En todo esto andaba enredada su mente, haciendo la digestión con mucho esfuerzo, cuando acertó a ver desde su auto el flamante Honda Accura de Ladilla. Estaba estacionado en un descampado, no muy lejos de la gasolinera en la que el comisario le cargaba el tanque al Mustang. La pintura plateada del Honda escupía relumbres metálicos, como lanzándole al comisario una señal de aviso.

El comisario se puso a su altura. Bajó el vidrio de la puerta derecha. El auto parecía completamente abandonado. Optó por bajarse, porque aquello era muy raro. Era como si hubiera sufrido alguna avería, y eso resultaba aún más sorprendente, porque el Honda hacía apenas unas semanas que había salido del concesionario.

Cuando se acercó al auto empezó a entenderlo todo. Todos los vidrios estaban velados por una capa de vaho. Padura entendió. A Ladilla le habían apretado las ganas y se estaba cogiendo a alguna de sus putas en el interior del auto. El asunto empezó a gustarle. Interrumpir a ese cabrón en plena faena era lo mejor que podría hacer en este día perdido. Así que no dudó. Tenía ganas de verle al tipo el colgajo minúsculo que seguro tendría entre las piernas.

Dio dos goles en la ventanilla del conductor. Pero no con los nudillos, sino con la palma de las manos, descargándolas con toda la violencia que había ido acumulando desde el día que empezó a tocarle los huevos.

Descargó los golpes con tanta energía que saltó la alarma del carro.

Estuvo sonando más de un minuto. Hasta que, por uno de los vidrios, asomó la cara somnolienta de Ladilla, como de recién despertado. Le costó enfocar con los ojos al comisario Padura.

—Coño, comisario ¿qué hace aquí?

La voz le salía desmayada.

El comisario se asomó al interior. Tenía ganas de ver con quién se divertía Ladilla cuando le daba un apretón. Pero no encontró ninguna forma femenina. Y el caso es que olía a semen de una manera poderosa, penetrante, con más intensidad que el policía había sentido jamás. Enseguida tuvo la explicación. La encontró en las manos de Ladilla. Estaban manchadas por una sustancia viscosa que le chorreaba por los dedos.

El cabrón se había pajeado a gusto.

Ladilla, venciendo el sopor que le quedaba siempre después de correrse, le adivinó el pensamiento a su ex jefe. Se sintió avergonzado, pero no porque lo hubieran agarrado haciendo cosas raras en aquel descampado, sino porque descubriera que él también se masturbaba, que no siempre tenía a mano la hembra que quería para vaciarse. Creyó encontrar una sonrisa burlona en el rostro de Padura. Rápidamente se subió los pantalones, ocultando un pingajo muerto, como un gusano estrangulado. Algo se le escurrió por debajo del culo, en medio de un ruido de cuero rajándose.

Era una foto.

De una mujer.

De una niña.

El comisario Padura la creyó reconocer, pero tampoco estaba muy seguro. Debería examinarla con más atención para identificarla. Pero eso no iba a ser fácil. Porque Ladilla se dio cuenta de que el comisario se había quedado con la copla. Aquel cabrón se pajeaba pensando en niñas.

Agarró la foto con violencia, y la hubiera estrujado si Padura no lo madrea con todo el odio que le tenía al tipejo.

En otra situación, Ladilla habría reaccionado. Tenía movimientos ágiles de felino. Pero así como estaba, recuperándose de una de las pajas más ricas que se había dado, no tenía fuerzas ni para levantarse los pantalones. Se quedó hecho un ovillo, la cabeza tirada en el asiento del acompañante, botando sangre por la nariz como un boxeador al que acabaran de noquear. Padura accionó un botón que hizo saltar el cierre de seguridad del auto. Abrió la puerta y agarró la foto de la niña. El comisario descubrió un aparato oscuro junto a la guantera. Una voz granulosa habló a través de la radio Nextel. Pedía a Ladilla que reportara dónde estaba. Pero el narquillo no estaba para nadie. Se limitaba a emitir un lamento quejumbroso. Coño, le he roto la madre bien, se dijo el comisario Padura, felicitándose de su arrojo. De nuevo se le fue la mente a Morgana. Ojalá pudiera verlo ahora, actuando con la determinación que le había faltado tantas veces. El deseo ¿o era también amor, o quizá incluso obsesión?, lo estaba transformando, ya cruzada la frontera de los cincuenta años, donde ya nada cambia, salvo el número de arrugas, sobre todo las del corazón. Apreció de nuevo la figura de muñeco desarticulado de Ladilla. Ahora no tenía tantos huevos como cuando iba con su AK-47, diciéndole a todo el mundo que ya no era un tira, que ya no tenía un sueldo mierdero de policía, que ahora su patrón era el Chivo, y que manejaba los mejores autos y se cogía a las hembras más sabrosas.

Por supuesto que en ese momento el comisario Padura no pensó en la venganza de Ladilla, ni en la reacción del Chivo cuando supiera que habían atacado a uno de los suyos, porque el Chivo se acabaría enterando de lo ocurrido, se lo contara o no Ladilla.

En lo único que pensó fue en la cara que pondría Morgana cuando le contara todo el episodio. Seguro que le arrancaría una sonrisa, el narquillo ese amodorrado dentro de un auto después de botarse una paja, y a lo mejor le dedicaba por fin una mirada indulgente, apreciando el interés del comisario en llegar al fondo, a saber quién era el criminal que estaba ultimando a esas pobres muchachas. Sí, la cosa podía ser incluso divertida si no hubiera una niña de por medio. Y aún le quedaba algo por hacer. Urgentemente.

Cuando comparó la foto que le había robado a Ladilla con la misma que había encontrado en la portada del *Excélsior* hacía solo unos días, un helor frío le recorrió la espalda.

Era la misma boca, el mismo pelo. Los mismos ojos que un día estallaron de vida, y que ya ni siquiera interesaban a los zopilotes.

Durante una semana el comisario Padura no supo nada del fiscal Mendoza. Como si las muertas no estuvieran ahí, jodiéndolos. A los dos. Porque ese era el único vínculo que los unía. Cuatro muertas. Eso, y el miedo. Padura le quitaba la lengüeta a una lata de cerveza cuando sonó el teléfono. No quiso responder antes de echarse a la boca el primer trago. Sabía a meados de gato. El refrigerador cada vez congelaba menos.

—Tengo noticias.

El comisario Padura tardó varios segundos en responder. Hacía tantos días que no hablaba con el fiscal Mendoza, que tardó en reconocer su voz, poseída en ese momento por un timbre nuevo, optimista. Se echó a la boca otro buche de cerveza. Más meados de gato para el cuerpo. No entendía nada. Estaba ardiendo. El fiscal le hablaba en un tono festivo. No, no entendía nada esa mañana.

—Su amiguita se llama Morgana ¿no?

—Así es.

—Morgana era el nombre de una hechicera que aparece en el cuarto libro de las aventuras de Mampato, una secuela de *La Corte del Rey Arturo*. Pero además, he averiguado más cosas. Me dijo que los apellidos eran León Murcia ¿no?

—Eso pone en su denuncia.

—Pues, o hay otra mujer con ese nombre, o su amiguita ha tenido una vida de lo más interesante.

—No me la ha contado.

—Pero se la cuento yo.

El comisario Padura pegó la oreja al auricular. Se olvidó de la cerveza. Demasiado caliente. Debía empezar a ahorrar para comprar un nuevo refrigerador. O acostumbrarse a los meados de gato.

—Su amiguita fue detenida hace unos años en una manifestación contra el Tratado de Libre Comercio. Es una ¿cómo se diría?... antiglobalizadora. Se opone totalmente a la implantación de las maquilas. No solo los zapatistas están en contra del Tratado. ¿Y sabe lo peor?

—¿Qué sorpresa me tiene preparada ahora?

—Órale. Ahí va. Su amiguita... y los demás... no se conformaron con hacer una manifestación. Hubo actos vandálicos. Los camiones de dos empresas estadounidenses que empezar a transportar leche por la ciudad fueron incendiados, al igual que el almacén del que salían las botellas. En definitiva, un acto de terrorismo económico. Y le diré más... ¿Recuerda la fecha exacta de la aparición del cuerpo de la primera muchacha?

—Si no me falla la memoria, fue el trece de septiembre.

—Exacto. Pero el forense determinó que el cuerpo llevaba descomponiéndose cuarenta y ocho horas. Utilice la calculadora. Trece menos dos igual a once. La fecha exacta en la que la muchacha fue ultimada fue el... once de septiembre. Una fecha que el mundo no puede olvidar, y sobre todo, Estados Unidos.

—¿Qué me quiere decir, fiscal?

—Que hay un nexo de unión entre los opositores al Tratado de Libre Comercio y esas muchachas botadas en el desierto.

—No se ande con mamadas.

—Usted, como policía, debería estar pendiente de todas las líneas de investigación, en vez de calificar así, de... mamada... una pista muy interesante. Después llegarán las pruebas. De momento solo tenemos una pista que hace que todas las piezas puedan encajar. Las muertas son un desprestigio para las maquilas. Lo que pasa no es una acción de unos pandilleros. Obedece a un plan. Un plan preparado minuciosamente. Las muertas se diseñan. Se pintan en una tabla. Con la tabla alguien programa la forma de matar a las muertas, y al mismo tiempo, nos ofrece una pista falsa, haciéndonos creer que son cosas de un loco, de un Hannibal Lecter que no para de decir chingar y güey. Es más fácil que todo eso: es una campaña de desprestigio contra las maquilas, que no paran de verter a los ríos sustancias que no hacen más fresca ni más saludable el agua. Lo que llaman estos dinamitadores del Tratado... residuos tóxicos, agresión contra las empresas mexicanas, incapaces de pelear en igualdad de condiciones con las nuevas empresas estadounidenses, mucho más competentes y preparadas. Y su amiguita no es ajena a eso. Ella pinta. Mujeres muertas...

—En la ciudad habrá quinientas personas que se creen Diego Rivera y pinten.

—Sí, pero muy pocas mujeres. Y esa tabla la pintó una mujer.

—Eso es solo una teoría. No es una prueba, ni siquiera una pista. Una teoría bastante disparatada, porque a esa chica no deja de seguirla a todas partes un auto deportivo y parece muy empeñada en que resolvamos los crímenes. ¿Qué coño hace ella implicada en la muerte de las muchachitas?

—¿Usted jugó al fútbol, no?

—Tanto que llegue a pensar que algún día podría jugar con los Tigres.

—¿Y nunca le dijeron que la mejor defensa es un buen ataque?

—¿Qué me quiere decir?

—El asesino nunca quiere que se investigue su crimen. Por eso acaban cazándolo. Pero el asesino que se empeña en que se investigue... cree que no lo van a cazar. Pero solo lo cree. Las mujeres están más preparadas para matar que los hombres. Y su amiguita no es ajena a las muertes. No sé en qué medida, pero no es ajena. Además, en segundo de leyes me enseñaron lo que es un autor intelectual... El que prepara un crimen para que otro lo cometa...

—Eso es solo una mamada.

—Aunque usted crea que es un disparate, yo sigo investigando, y ya me ocuparé de que se convierta en una prueba. En esta vida todo es cuestión de tiempo. Y además, entiendo de arte más de lo que usted cree. ¿Sabía que Frida Kahlo tuvo un lío con Trotsky?

—No.

—Ya ve. Desconoce demasiadas cosas.

—Tienes el cerebro como una maraca llena de tornillos oxidados —le dijo Padura, pero no fue lo suficientemente rápido para preparar la frase. El fiscal no le dio tiempo. No la oyó. Ya había colgado. Otras veces Padura había sentido una especie de alivio. Esta vez no. Sentía rabia. Se quedó durante unos segundos con la mirada prendida en el teléfono. ¿Qué extraños hilos unían el lienzo que tenía subido Morgana en su caballete y aquellas cuatro mujeres dibujadas en la tabla que puso a temblar a Cangrejo? ¿Podría existir alguna relación, o era solo una maraña que quería crear Mendoza para enredarlo a él también? Padura quiso expulsar una idea de su cabeza. Es verdad que tampoco aquellas cuatro mujeres tenían dibujada la boca, exactamente igual que la muchacha en la que llevaba trabajando Morgana durante tantos meses, sin atreverse a acabarla. Como si le diera miedo. No, no, se quitó de en medio esa idea. Ya estaba dejándose sugestionar por lo que le había dicho el fiscal.

Quizá era mera casualidad.

Pero ser policía le había enseñado a desconfiar incluso en las casualidades.

Morgana le había dedicado una sonrisa tímida esa mañana. Dos hoyuelos le hicieron el rostro más bello. Más angelical. Un querubín con un par de tetas pequeñas. No, era demasiado linda como para ser un hilo más de aquella maraña. Bebió el último trago de meados de gato, y por fin pudo estrujar la lata, como si de esa forma también aplastara esa idea que le había dejado el fiscal Mendoza creciéndole en el cerebro. Mientras la aplastaba en sus dedos, recordó el diagnóstico que había hecho el fiscal Mendoza.

—Mueve demasiado el culo.

Y botó la lata por la ventana. Después se echó a reír.

El cuerpo ofrecía una posición inverosímil. Parecía un muñeco destrozado con rabia. Eso fue lo primero que pensó el comisario Padura nada más descubrirlo. Es un muñeco roto. Se restañó unas gotas de sudor que el sol se empeñaba en arrancarle de la frente.

—¿Cuánto tiempo puede llevar así? —preguntó a Cangrejo.

—Es una posición demasiado incómoda como para conservarla demasiado tiempo ¿no le parece?

Cangrejo soltó una carcajada. Le parecía que su chiste era muy bueno. Era un tipo ingenioso. O al menos, él se tenía por un tipo ingenioso. De eso no cabía ninguna duda. Pero al comisario Padura no le había parecido tan bueno, porque ahora lo miraba con los ojos que Cangrejo conocía muy bien, unos ojos minerales, que se quedaban fijos, sin permitirse un ligero parpadeo. ¡No te pases, Cangrejo, no te pases... que te quiebro!

Curioso lo de Cangrejo. Siempre acudía a la Jefatura repeinado, bien untado de gomina, oliendo a rosas, con el traje impecablemente planchado. Insistía en que Salma Hayek estaba a punto de iniciar el rodaje de una película ahí en la frontera, y quería estar guapo, porque estaba convencido de que se cruzaría con ella. Y eso que Freddy Ramírez le ha desmentido la noticia. Que Salma Hayek tiene previsto rodar, pero en Europa. Pero Cangrejo sigue erre que erre. Incluso sueña con aparecer de extra, porque está deslumbrado por la fama y esas pendejadas. Es capaz de dejar plantada a su novia para ver el Big Brother. Ahora no, porque al único que ve en televisión es a López Obrador. Cada vez que la enciende, ahí que aparece el Peje.

Al comisario Padura le hacen gracia los sueños de Cangrejo. Eso de levantarse todas las mañanas y pasarse media hora delante del espejo, no vaya a ser que te cruces con Salma

Hayek, le parecía muy llamativo. El comisario no cree posible amar a una mujer que esté viva. Él sí puede soñar con Marilyn Monroe. Sostiene que es necesario que una mujer esté muerta para amarla. Porque la amas para siempre. Tuvo que ver a su hija ahogada en un riachuelo de aguas fecales para darse cuenta. Es por eso que odia con todas sus fuerzas a su mujer, porque está viva, y por eso tiene claro que Cangrejo es un pobre pendejo con esa idea absurda de que Salma Hayek aparecerá de un momento a otro por Perros Muertos.

La realidad es otra. La realidad dice que ha aparecido otra muerta. La cuarta. En una posición inverosímil. Igual tenía razón Cangrejo. Debía ser incómodo estar así, con las piernas flexionadas buscando entrar en contacto con la barbilla, la espina dorsal descubriendo una curva imposible, las manos crispadas, como una perduración del pavor.

El comisario Padura pudo detenerse en más detalles. Pero prefirió hacerlo acompañado por el fiscal. Retiró los ojos de la finadita y los volvió a clavar en el rostro divertido de Cangrejo, que garrapateaba algo en un bloc de notas. Padura observó la operación. Cangrejo apretaba con fuerza la pluma y la deslizaba frenéticamente, una y otra vez, repitiendo los movimientos rabiosos de sus dedos.

—Déjame ver qué has escrito.

Cangrejo dudó un momento. Pero no pudo esquivar los ojos duros de Padura, no te pases, Cangrejo, no te pases, que te quiebro, y le entregó la libretita, llena de los arabescos alambicados de su firma, trazos ejecutados con seguridad.

—¿Qué cosa es esto?

—Mi firma.

—Sí. Eso lo sé. ¿Y por qué la repites?

—Solo ensayo.

—¿Para qué?

—Para cuando tenga que firmar autógrafos.

Y ahora fue cuando al comisario Padura le asaltaron unas ganas irreprimibles de soltar una carcajada.

¿Quién coño se creía aquel pendejo de medio pelo? ¿Luis Miguel? ¿Juan Gabriel? ¿O acaso lo habían seleccionado para la bobería esa del Big Brother? Si a lo máximo que podría llegar sería a ser lo que era, un tira, un policía mierdero trabajando en una comisaría mierdera haciendo un trabajo mierdero. Más o menos como tú, reflexionó Padura, en un calambrazo de lucidez. No eres más que mierda, se dijo, dirigiendo una nueva mirada al cuerpo de la muchacha. Se quedó durante unos segundos manoseando ese pensamiento, hasta que lo rescataron las explosiones de un motor. Volteó la cabeza. El auto elegía el mismo camino inestable que había escogido él para llegar a donde estaba la muerta. Decían que a aquel desierto no se atrevía a entrar ni el diablo. Y seguro, pensó Padura, si alguna vez lo hacía, utilizar un tractor. No era fácil manejar sobre la arena. Ni siquiera con el Mustang. Nunca me fallará... pero no conviene meterlo en estos caminos polvorientos. A la próxima preferiría venir en un tractor, en efecto. Quería imitar al diablo. Pero el fiscal Mendoza se bajó de un moderno carro que emitía bajo el sol de las cuatro de la tarde un brillo relampagueante, como si estuviera inmunizado contra la arena.

—¿Y por qué crees que vas a acabar firmando autógrafos? ¿Vas a grabar un disco? —le preguntó Padura a Cangrejo.

—No, pero daré con el asesino de mujeres. ¿No le parece injusto que los criminales sean siempre más famosos que los policías? ¿Por qué los periódicos le dedican portadas y portadas, y a nosotros ni un maldito pie de foto?

El comisario no supo qué responderle. Estaba perplejo. Le parecía increíble que Cangrejo tuviera capacidad para realizar ese tipo de razonamientos. Capacidad para hacerse preguntas. Incluso sueños bobos, como ese de acabar firmando autógrafos, o de encontrarse cara a cara con Salma Hayek en Perros Muertos.

—Pero no importa que no nos hagan caso los pinches periodistas. Atraparemos al criminal ese que está bajándose a las mujeres. Con esta ya van cuatro —respondió Cangrejo, convencidísimo.

—De paso, averíguame quién mató a Marilyn —dice el comisario Padura, sin poder evitar lanzar al viento una sonrisa larga que solo corta un portazo.

Acaba de aparecer Mendoza.

Tiene mala leche este cabrón, se dijo Padura. Avanzó hacia él dando zancadas furiosas. Parecía llevar mucha prisa. Le esperaban tres dedos de Sauza en casa. Sí, llevaba mucha prisa. Lo notó Padura cuando le oyó soltar una primera frase atropellada.

—Este no es un buen sitio para echarse una siesta.

El comisario Padura no tiene la menor intención de responderle. Así que se encoge de hombros. No cree que Mendoza merezca más.

—Hay gente que no tiene criterio ni para elegir la mejor posición cuando se va a dormir. Y se dedican a interrumpir...

Al fiscal Mendoza le esperaban tres dedos de tequila. Pero Padura tuvo sus dudas. Que le arrancaran las entrañas si era falso que el fiscal se había empiponado una botella entera. Sin dejar ni una gota. Lo conocía demasiado bien como para que pudiera engañarlo, a estas alturas de la película. El alcohol no le reblandecía el carácter. Ni lo hacía menos calvo. El espejo engañaba al fiscal. Solo le hacía parecer un animal que tuviera la rabia.

—¿Cuántas llevamos en total? —preguntó Mendoza, como si cualquier operación matemática le resultara imposible. Hasta la más sencilla.

—La cuarta, es la cuarta. ¿Acaso es tan difícil llevar la cuenta? Además, usted parece empeñado en completar la...

¿cómo era?, ah, sí, la estrella del diablo... Ahora solo hacen falta una difuntita. Solo una.

El fiscal Mendoza le dirigió una mirada homicida. ¿De qué lo acusaba? ¿De no haberlo invitado a coger putas en el Topacio la última semana, o de gritarle a la cara que un borracho incapaz de contar con los dedos de una mano el número de mujeres que había aparecido muertas, o incluso de que no hacía lo que debía por dar caza al asesino de las mujeres? Padura miró su boca, manchada por cercos de saliva. Sintió asco. Pero no por Mendoza, sino por él. ¿Cómo era posible que lo acompañara en esas excursiones nocturnas por los garitos de la ciudad, buscando alguna chava para que les diera compañía un ratito? ¿Es que no había sido capaz de ganarse un amigo, solo uno, de verdad, en los cincuenta y tres años que andaba pateando este mundo? Sí, él era tan mierdero como Cangrejo, y ni siquiera había logrado crearse la obsesión de descubrir, como único fin en la vida, al asesino de muchachas, aunque solo fuera para firmar autógrafos, como soñaba todas las noches Cangrejo, que ahora examinaba de cerca el cuerpo de la mujer, husmeándola como un perro. Padura se dio cuenta cómo le miraba el pubis, insólitamente frondoso, pero no lo suficiente como para ocultar unas manchas de sangre reseca que dibujaban una cartografía siniestra sobre la piel de la mujer. El fiscal Mendoza enfocaba con mirada turbia el seno izquierdo. Perfecto en su redondez. Como la chava esa con la que estuvo en la cama la semana pasada. Lástima que apenas se los dejara tocar. No te demores, mi amor, que se está acabando el tiempo. Y Mendoza no supo cómo reaccionar. Tenía que haberla madreado. Porque aquellos pezones parecían preparados para las chupadas. No como los de esta desgraciada. El pezón izquierdo estaba desprendido, apenas sujeto al pecho por un hilo cartilaginoso. Arrancado a mordi-

De fondo se oían los alaridos histéricos de un locutor
rrando un partido de fútbol.

—¿Vamos a ganar el Mundial? —preguntó el policía.

El chico hizo una mueca de escepticismo.

—¿Por qué no? De momento, vamos primeros y ahora
s vamos a chingar a los gringos.

Pero el muchacho no era tan optimista. Así que se centró
lo suyo. Y lo suyo era llenarle el tanque al comisario.

—He visto otra vez esa placa.

Lo dijo con una voz tan suave que Padura apenas enten-
nada.

—La RRZ-4921. Ayer pasó por aquí. A echarle aire a las
tas. Y a meter el auto en el lavadero.

—¿Tan sucio iba?

—Sí. Color tierra —respondió el chico, que estaba
vencido de ayudar mucho con esa respuesta al comisario
ura.

Color tierra, color tierra, se quedó pensando Padura,
entras le entregaba tres mil quinientos pesos al muchacho.
máquina expendedora marcaba tres mil, y el chico se lo
o ver.

—Guárdate los otros quinientos. Te has ganado la
pina.

El muchacho sonrió, tímido o avergonzado, le hizo un
to de darle las gracias al comisario y se metió en su caseta.

En la radio sonaba un comercial. Una voz enfática procla-
ba que no había cervecita más fresquita que la Tecata Light.

Al comisario Padura le entró sed.

das. Como si a aquel paraje desnudo no solo se atrevieran a
llegar los zopilotes, sino también perros rabiosos.

A Padura le empezaba a cansar esa imagen. La había visto
demasiadas veces el último mes.

Cangrejo escudriña el pubis. Mendoza, el pecho. El comisario Padura no tiene cuerpo para soportar el espectáculo. No
era por pudor. Ni por asco. No. Ya se está acostumbrando a ver
cadáveres desnudos de muchachas. El comisario Padura es
amigo de los detalles. Por eso le sorprende no haberse dado
cuenta antes de una evidencia que le estalla repentinamente:
el pelo de la chica. Es largo, muy largo, moreno, y ni siquiera
los días que ha pasado en el desierto lo han clareado, ni le ha
apagado un brillo de reflejos metálicos, como si alguien lo
hubiera alisado justo antes de que ellos llegaran con su estré-
pito de sirenas.

—Cangrejo, párese.

Su colaborador se pone de pie. Cree que el comisario le
hará alguna pregunta relativa a su examen concienzudo del
pubis de la muchacha. Por eso tarda varios segundos en
responder al interrogante que le abre Padura.

—¿Cómo era el pelo de las otras muchachas que han
aparecido?

Cangrejo abre su bloc de notas. Pasa varias páginas llenas
de su firma, esa que regalará cuando descubra al asesino de
todas esas mujeres. Porque está convencido de que será él, y
que el comisario Padura ya no lo mirará con esos ojos minerales suyos, cuidado, Cangrejo, que te quiebro, sino que le
dará una palmadita en la espalda, reconociendo su olfato y la
necesidad de ascenderlo a un puesto más elevado. Y saldrá en
todos los periódicos del país. Y también en los de Estados
Unidos, porque este es el gran caso, y está en la ciudad
perfecta, en la frontera. Interesa a esta parte y a la otra del río.
Y podrá besar un día a Salma Hayek. Pasa todas esas hojas

atestadas de su firma repetitiva, y se detiene ante unas anota-
ciones que tarda en entender. Cangrejo tiene una caligrafía
nerviosa que convierte sus apuntes en un galimatías ininteli-
gible, incluso para él. Pero al fin puede descifrar lo que lleva
escrito.

—Pelo largo y moreno. Las dos tenían el pelo largo y
muy moreno...

Lo sospechaba. Ni siquiera la carne de mala calidad que
le sirve doña Lita en la fonda le ha hecho perder toda la
memoria. Se acordaba del pelo lacio de la tercera chica, hace
apenas unos días. Y también, cree recordar, del pelo de las
otras dos. Las primeras que aparecieron en el desierto. Las
cuatro han aparecido con el pezón izquierdo arrancado. Las
cuatro tenían el pelo liso, muy lindo, de ese que es difícil
encontrar. Como si hubieran sido elegidas a conciencia,
después de una larga meditación. Como si alguien se hubiera
tomado la molestia de seleccionarlas. Piensa en Morgana. Ella
también tiene el pelo muy lindo. Más lindo y rubio. Jamás se
la podría imaginar en esa posición. Si llegara a verla así, a él
solo le faltaría suicidarse.

Padura no mira a Cangrejo. Se agacha sobre la muchacha.
Le acaricia el cabello, verificando que, en efecto, estaba insólitamente liso, sin entregarse a la erosión de la arena o la
muerte. Después se levanta. Ahora sí, tiene ganas de vomitar, y
tiene que hacer verdaderos esfuerzos para dominar las arca-
das. Observa al fiscal. Le parece increíble que aquel tipo se
mantenga impávido, sin que el Sauza que ha tragado unido a
aquella masa de carne en descomposición que ahora mira, le
altere las tripas. Como si estuviera tomándose una limonada
azucarada en cualquier terraza de Perros Muertos. O como si
fuera de hierro. El fiscal nunca deja de sorprenderle, por
tantas razones. Es una caja de sorpresas. Pero se siente mareado. Padura, estás mal. Ahora solo te faltaría ver aquí al mismí-

simo diablo. Solo cuando bota de sus entr
espesa que mancha completamente las llan
cial, puede gritarse:

—¡Eres un mierda, Padura, eres un mier

La pregunta le había rondado muchas
Loco Vargas había echado unas fotos al luga
ció muerta su hija? Y sobre todo ¿por qué d
había desaparecido por completo, como
tragado la tierra? Padura había hecho algu
ejemplo, al penal de Aguascalientes. Pero n
el pelo por allí. Al Chapo Méndez le basta
comunicarse con él.

El caso es que había aparecido la cua
desierto, y atribuírsela al Loco Vargas era
como expulsar al Peje del Palacio, ahora q
cado la banda presidencial e iba con ella a t
se la quita ni pa' cagar, gritaban las voces
del que se decía que preparaba una contrao
para recuperar el poder que entendían ileg
pado. Pero la derecha no iba a hacer las c
Nada de quemada de llantas, de concentraci
de parar el tránsito en el DF. No querían ha
sario Padura, que conocía a muchos mier
imaginó la solución que manejaban. Un
contra el golpe de Estado.

Todo eso iba pensando Padura camin
PEMEX. Desde ayer llevaba encendido el pi
no quería que el Mustang pasara sed. Se
gustaba verle la cara al chico de la gasoliner

—¿Qué onda, muchacho?
—Todo está okay.

ANDAR EN LAS SENDAS MALAS

Había estado toda la tarde trabajando en el cuadro. Con un poco de suerte, lo tendría acabado en una semana. El dibujo de la boca se le estaba atascando, pero lo conseguiría. Sentía los dedos muy cansados. Y pensó que nada interesante podría hacer esa noche en su departamento, salvo aburrirse. Además, tenía curiosidad por conocer a la fauna del Havanna. Cuando entró en el garito, no se quedó defraudada.

Lucía esa noche unos pantalones vaqueros. En la cintura llevaba un cinturón plateado. Una blusa estampada y un bolso de piel completaban la indumentaria. Una mujer así no podía pasar inadvertida. Y mucho menos para Ladilla. Llevaba ya unas cuantas cervezas hirviéndole en el cuerpo, pero aun así pudo reconocer a la rubia que había visto alguna vez desayunar en el Delicias. Más de una ocasión había estado tentado de acercarse a ella. Esta vez no se iba a quedar con las ganas.

—Buenas noches, preciosidad.

Se le acercó por detrás. Ella estaba abriendo un jugo de piña. La camarera la había mirado con extrañeza, como si allí no se pudiera tomar otra cosa que cerveza o tequila.

—Veo que se cuida.

Tenía los ojos cruzados de venillas rojas. Miraba con aire desenfocado. Pero Morgana pensó que por algo tenía que empezar. Y si se ponía pesado, ya sabría ella solucionar el problema. Estaba muy entrenada en la tarea de quitarse a pesados de encima.

—Nunca pensé que hubiera tanta gente un martes —dijo ella, formando con las manos un abanico como para abarcar toda la sala.

—Ni yo verla a usted aquí. Imaginaba que solo se dejaría ver por el Delicias. Y es una pena. Una mujer así debería estar siempre en la calle, para poder ser adorada.

Morgana encajó el piropo (¿era un piropo, o solo un comentario machista?) con una sonrisa forzada.

—La auténtica vida está aquí, en el norte. Los del norte somos bien chingones. Que se mueran los chilangos. Esta es la ciudad de la perdición. Un paraíso en la tierra —y como para darle fuerza a su discurso, se acercó a la pintora, mucho más de lo que ella juzgó conveniente.

—¿Nos sentamos? —sugirió Morgana, aunque fuera para tener entre ellos una mesa de separación. Allí en la barra las distancias se acortaban. Y al tipo le olía la boca a alcantarilla. Y el alcohol no tardaría en infundirle el valor que necesitaba para intentar besarla.

—Okey.

Tomaron asiento en un reservado que quedaba a unos metros de la barra. Morgana bebió un sorbo del jugo de piña y se quedó mirando las evoluciones sobre la tarima de una chica de piernas delgadas.

—¿Quién es ella?

—Cora. La amiga del comisario Padura. Pero usted es mucho más linda.

Morgana se quedó reflexionando durante unos segundos sobre lo que acababa de decirle el borracho que tenía al lado. Con un poco de tiento le podía sacar más información.

—¿Amiga?

—Sí, la recoge todos los jueves.

—¿Para qué?

—¿Usted qué cree? Le dije antes que esto es el paraíso en la tierra.

Los ojos de Ladilla brillaron de deseo.

—Pero no me gustaría estar en el pellejo del comisario —dijo ella.

—A mí tampoco. Gana un sueldo mierdero.

—Y encima tiene el problema de las muertas.

Ladilla la miró con un punto de extrañeza, como si el asunto no fuera con él, o como si empezara a entender que lo que la rubia quería no era que le metiera mano, sino sonsacarle información.

—¿Las muertas? El comisario no tiene ni puta idea de lo que está pasando. A las muertas no las matan en el desierto tipos con botas de piel de iguana y pelos largos. No. Es solo un güey. Y las mata en una caseta. La policía está equivocada.

Morgana dirigió la mirada de nuevo a la tarima. La amiga del comisario se estiraba lascivamente, jaleada por un grupo que hombres que parecían fotocopias de sí mismos, las botas de piel de iguana, el pelo largo. Según la teoría de Ladilla, ninguno de ellos era sospechoso.

—¿Un güey? ¿En una caseta? Parece cosa de locos.

O de borrachos, quiso añadir Morgana. Pero el comentario fue suficiente para que el otro que tenía al lado picara el anzuelo. Ladilla no quería por nada del mundo que esa belleza que tenía al lado lo tomara por loco. Todo lo contrario.

Quería que lo tomara por lo que era. Un chingón. Y se lo demostraría a la primera oportunidad.

—¿No me cree? ¿Tampoco cree que soy un buen amante?

—Solo creo lo que veo —respondió Morgana, mirándolo con picardía, la punta de la lengua asomándose un poquito por la boca, intentando disimular el asco que le producía el tipo que tenía delante. Por un momento pensó en Cora y en sus clientes.

—¿Quiere acompañarme ahora? Verá como todo es cierto.

—Pero la caseta quedará muy lejos.

—No. Es en Lomas de Chapultepec. Junto a un desguace de autos. A mano izquierda. A unos quinientos metros de la colonia. Al lado de un pantano en el que las ranas no paran de cantar todo el día y toda la noche.

Morgana apuntó mentalmente todos esos datos:

—Mejor otro día.

—¿Seguro? Tengo un Honda nuevecito aparcado ahí fuera —y para demostrarlo, colocó encima de la mesa la llave del carro, con una hache cromada bien grande.

Morgana jugó unos segundos con las llaves, como sopesando la oferta, o bien ganando tiempo para inventarle a Ladilla una excusa que fuera creíble.

—El viernes volveré aquí y haremos muchas cosas.

—¿Hoy no? Eso le pasa por beber jugo. No hay nada como una buena Sol.

—Me debo ir.

—¿No quiere que la acompañe a casa?

—También tengo auto.

En el rostro de Ladilla se pintó un gesto de decepción. Pero no se iba a dar por vencido así como así. Era un chingón y algo tenía que sacar. Así que se levantó, con alguna dificultad, y en vez de aceptar la mejilla que le ofrecía Morgana, buscó su boca. Ella percibió eh tacto viscoso de su saliva. De buena gana le hubiera dado un guantazo. O una patada en los huevos. Pero quiso ser prudente y prefirió abandonar el Havanna.

El Chivo, que había contemplado toda la escena, emboscado en las sombras del garito, la vio salir de allí a toda velocidad.

Al Chivo la sonrisa le había huido de la boca. Llevaba cuatro horas sin hacer un chiste. Las mismas que habían transcurrido desde que le dijeron que alguien descubrió la Tabla Negra.

El Toti lo escuchaba, cuadrado delante de él, sabiendo que se avecinaba tormenta.

—Estoy rodeado de pendejitos.

Toti se miró la punta de los zapatos. Eran bonitos. De cuero. Además, muy cómodos.

—No mires al suelo, como si buscaras cucarachas.

El otro reaccionó. La sangre le golpeaba con fuerza en las sienes. Seguro que el Chivo se estaría dando cuenta. Decían que hasta te leía el pensamiento. Ahora estaría pensando que Toti era un cagón.

Se preguntaría cómo él podía tener un hijo cagón.

—Tranquilo, la cosa no es contigo. Mijo, la cosa no es contigo.

A Toti la frase no terminó de tranquilizarle.

—Me tienes que investigar a Ladilla. Ese muchacho ha perdido el norte. Anda en mal camino. Hace unos días lo han agarrado con los pantalones bajados. Botándose una paja. En su auto.

Toti está a punto de soltar una carcajada. Pero se frena.

—Además, creo que me está transando. Alguien ha descubierto la caseta en la que guardo la Tabla Negra. Y no solo eso. Ha matado a Nerón. Y aquí el único que decide sobre la vida de los perros soy yo.

El Toti notó cómo sus músculos se tensaban, pero luego pensó y respiró, aliviado. La cosa parecía que no iba con él. Siempre le había tenido mucho afecto a Nerón. Igual que a Grillo. Lo que nunca entendió es por qué el Chivo acabó colgándolo de un árbol.

—Llega una rubia a la ciudad, y se alborota todo el mundo. ¡Cómo si tuviera cuatro tetas en vez de dos, coño!

—¿La pintora, no?

—El comisario ha perdido la chaveta y está haciendo cosas raras, preguntas... Y el pendejito de Ladilla también está embobado.

El Toti puso cara como de ser él el que estaba embobado. Pero el Chivo tenía razones para estar preocupado. Una noche había descubierto a Ladilla acodado en la barra, hablándole muy cerca de la oreja a la pintora. Estaba tan abstraído que no se dio cuenta de que alguien lo espiaba. Que alguien le veía intercambiar confidencias con una mujer que andaba de metiche por Perros Muertos. Que alguien analizaba con ojos críticos su facha. La camisa por fuera del pantalón, la boca floja, las risas a destiempo. Los ojos, perdidos en el escote de la pintora. Ummm, se dijo el Chivo. Tenemos un problemita. Sobre todo porque la pintora también sonreía. Le seguía el rollo. El menso este se ha creído que se puede coger a la rubia y ella está pensando, no en sacarle la leche, sino hasta la última gota de información. Sí, tenemos un problemita.

El Chivo no le avisó a Ladilla del peligro que corría. Simplemente lo observó. Veía cómo aparecía tarde por el trabajo, bostezando mucho, con grandes ojeras.

—¿Es que te has enamorado?

—Duermo mal. Tengo pesadillas.

—¿Pesadillas? —preguntaba el Chivo, como si su emplea-do hubiera dicho sarna en vez de pesadillas.

—Sueño con zopilotes.

—Eso es porque la muerte te ronda.

Pero ni así el Toti se dio por aludido. En su mente solo había espacio para la imagen de una mujer, completamente desnuda para él, a su merced. De verdad que aquella rubia era lindísima. La morra esa estaba bien chida. Le gustaba desde la primera vez que la descubrió en el Delicias, despidiéndose de Freddy Ramírez. Después se topó con ella en el Havanna. Le platicó de muchas cosas, porque se sentía alegre esa noche. Un cargamento gordo había llegado a su destino, a la otra parte del Río Bravo, y al Chivo nada le gustaba más que el que se hiciera bien el trabajo.

Ayudado por las cheves, platicó de todo con la rubia. De la vida, de la muerte. Y de muchas cosas que ya no recordaba. Había vuelto varias veces por el Havanna, pero no la volvió a encontrar. Y allí que se pasaba las horas, viendo los números gastados de Cora y las otras teiboleras, consumiendo una cheve tras otra, con aquella morra bien entripada, hasta que a última hora, ya con la esperanza de encontrarla vencida, elegía cualquier chava, una boba de las maquilas o una teibolera que no estuviera muy manoseada ese día, y se la llevaba en su flamante Honda a un sitio oscuro, para cogérsela pensando que el cuerpo que tenía en sus manos era el de la pintora.

—¿Y dices que sueñas con zopilotes? —insistió el Chivo.

—Ajá.

—¿Mijo, tú tienes pesadillas con zopilotes? —le preguntó una semana más tarde el Chivo a Toti.

—No. Solo sueño que estoy cogiendo.

Y por vez primera desde que Toti había entrado en el despacho, al Chivo se le aflojaron los músculos de la cara.

Preparó una carcajada, pero se le impuso la imagen de Ladilla platicando efusivamente con la rubia.

—Hay dos tipos a los que no soporto: a los mensos y a los bocones.

Toti se encogió de hombros. Pensó que se estaba refiriendo a él. Hizo todo lo posible por no lanzar la vista de nuevo a la punta de los zapatos. Estaba muy raro esa mañana el patrón, con frases extrañas, con esa cara suya de velorio. Algo iba mal.

—Me lo vas a vigilar, Toti.

—¿A quién?

—A Ladilla.

—¿Por qué?

—Porque uno quiere más a los hijos de sangre que a los hijos adoptados.

Toti se rascó la cabeza, buscando significados a la frase que acababa de regalarle su jefe. El Chivo lo había recogido cuando era un pobre desarrapado que solo soñaba con manejar autos caros. Un perro callejero más. Lo había adoptado, como uno más de la familia, exactamente como si fuera de su sangre, le insistía, entre grandes carcajadas, tú eres de mi sangre, Toti, y venga risas y más risas. ¿A qué venía ahora ese comentario de los hijos adoptados? El rostro de Toti se convirtió en un mapa ocupado por una inmensa incógnita. El Chivo se dio cuenta.

—No te preocupes, mijo. Tú eres de mi sangre. El Ladilla, no.

Y una carcajada estalló antes de que el Chivo diera zanjada la reunión con una palmada sonora.

Durante muchos minutos, encerrado en su auto, con el estéreo prendido, mascando regaliz, Toti había recordado la frase del Chivo.

Tenía los vidrios polarizados subidos, pero aún así, le llegaban las emanaciones irresistibles de un puesto de carnitas que había en la esquina. Las tripas llevaban cantándole varias horas. Más de una vez estuvo tentado de bajarse del auto y comprar tres o cuatro tacos de arrachera. Pensaba en la cebolla, trituradita. En la salsa, cremosa, densa. Se le hacía la boca agua.

Pero se imaginaba al Chivo pillándole con los dedos sucios de aceite, en la mano el taco de arrachera y no la Mágnum, y entonces le daba volumen al estéreo, a ver si al menos así no oía el ruido de sus tripas.

—¡Como cuando era un chamaco nomás! —se dijo, su memoria yéndose a un tiempo que era remoto, pero no tanto como quisiera él. Un tiempo en el que aguardaba pacientemente la salida de los gringos de cualquier garito en el que sirvieran cervezas bien frías.

Toti parecía un menso. Pero en esas noches de trabajo, se le afilaban las pupilas, sus pasos tenían algo de felino, los movimientos eran meticulosamente suaves hasta el momento de dar el zarpazo. Era como si una rara inteligencia llegara de pronto a su mente hueca, apenas ocupada por carros veloces y mujeres encueras. Y esa inteligencia instintiva le hacía, por ejemplo, fijar los ojos en la entrada del Havanna, sin apenas parpadear, como si le fuera la vida en ello, sin que nadie se diera cuenta de su trabajo, completamente mimetizado en el paisaje, un ser invisible agarrando una Mágnum.

A unos pocos metros, dentro del Havanna, Ladilla discutía con la camarera. La última cheve que le había servido estaba caliente.

—¡Meados de gato!

Ella le había respondido con una mirada rencorosa, y había seguido a lo suyo.

Pero Ladilla no estaba de mal humor por culpa de la cerveza que bebía ahora con desgana. La culpa la tenía la rubia. No terminaba de aparecer. Ladilla consultaba desesperadamente su reloj digital, cada vez más triste, cada vez más desalentado. Cuarto para las dos y la morra sin aparecer. No lo entendía. Porque ella había escuchado con toda la atención del mundo las palabras que le había platicado, recordó Ladilla, corno si las bebiera directamente de su boca.

Por eso era muy extraño que no hubiera aparecido después.

Ladilla miró cómo Cora actuaba sobre la tarima, con movimientos pretendidamente sensuales. La examinó, despreciativo. Esta es la puta que se coge el comisario Padura. Yo ya no estoy pa' eso, manejo buen carro y me cojo chavas muy chidas. Y la rubia va a ser la siguiente, me cueste lo que me cueste.

Jugó con esa posibilidad durante unos minutos. Pero esa ilusión se le desvaneció enseguida. Se sintió ridículo, bebiendo una cheve caliente que sabía a meados de gato, Cora mostrando a la clientela sus pechos manoseados.

Avanzó con pasos inseguros hasta la puerta del Havanna.

Cuando Toti salió a la calle, le costó un poco ubicarse, como si hubiera perdido la noción de la izquierda y la derecha. Ni siquiera recordaba dónde había dejado el Honda Accura.

Un Nissan se colocó a su altura.

—¿Taxi, señor?

Toti tardó en reconocer esa voz falsamente untuosa, la que gastan los propietarios de un vocho, y hasta que el conductor no asomó su jeta un poco somnolienta, no se enteró.

—¡Coño, Toti!

Miraba con ojos turbios de alcohol o pesadumbre. Subió al Nissan con dificultad. El interior olía a sudores antiguos. Nada que ver con su flamante Accura. ¿Dónde diablos lo había dejado? Repasó mentalmente lo que había hecho antes de entrar en el Havanna a esperar a la rubia, pero las imágenes se le escapaban. Se acordó de la última cheve caliente que se había bebido en el garito. Empezó a dolerle la cabeza.

—He bebido veneno, carajo.

Las palabras salían pastosas de su boca. La mirada se le perdía, las luces de la ciudad pasando por delante de sus ojos como puntos que se movían espasmódicamente queriendo acribillarlo.

El trabajo va a ser más fácil de lo que creía, pensó Toti, dando volumen al estéreo

—Llévame a mi casa.

Toti pisó a fondo el acelerador. Solo cuando apreció que las luces de la ciudad ya no lo acuchillaban, sustituidas por un silencio sombrío, Ladilla se dio cuenta de que había caído en una trampa.

Una tarántula pasó a su lado. Lamentó no tener a mano la pistola para dispararle, como hacía cuando chico. Pero ni siquiera podía aplastarla. Aparte de la pistola, le habían quitado todo, incluidas sus botas de piel de iguana con las que el porvenir de aquel bicho peludo hubiera sido oscuro, muy oscuro.

Poco podía hacer para defenderse.

Estaba completamente desnudo.

De lo ocurrido, solo recordaba a Toti manejando su auto a toda velocidad, el Nissan quejándose en cada bache, él con ganas de vomitar, a Toti frenando en seco, sacándolo a empellones, él gritándole estás loco o qué pasa, Toti agarrándolo de los pelos, a él forcejeando para que no le quitara la ropa.

Ladilla abre mucho los ojos. Pero lo único que ve es una araña. Mueve las patas, como si ella también estuviera reconociendo un terreno desconocido.

Las paredes tienen una humedad de cripta.

Ladilla siente la cabeza demasiado pesada como para poder articular cualquier razonamiento lógico. ¿Qué ha hecho mal para estar encerrado en ese zulo? Obliga a su mente a ponerse en marcha, pero las cheves calientes del Havanna y los golpes que le ha dado Toti para vencer su resistencia se lo impiden.

Aspira aire, hondamente. Nota como entra en los pulmones una dosis insuficiente. Esto no es habitable ni para una tarántula, piensa. Y tener ese pensamiento lúcido le proporciona una reserva de optimismo con la que ya no contaba, y le hace creer que todo se aclarará pronto, que él está allí por culpa de un error, y que Toti lo pagará, porque eso que ha hecho está muy mal.

La tarántula se le acerca. Lentamente. Como si supiera que nadie va a venir al rescate de ese hombre que yace atado de pies y manos a escasos centímetros de ella.

Ladilla aguza el oído, pero no oye nada, salvo el sonido caótico de sus propios pensamientos. ¿Quizá la rubia estuviera detrás de todo aquello? ¿Por qué llevaba tantas noches dejándolo solo, con todos los sueños dorados que tenía reservados para ella? Quizá a esta hora estuviera desayunando plácidamente con Freddy Ramírez, los dos perdidos entre la clientela del Delicias. O visitando al comisario Padura.

En cualquier caso, muy lejos de él.

La tarántula ha dejado de mover las patas. Ya tiene claro el terreno que pisa y lo que tiene que hacer.

Ladilla, en su extravío mental, piensa que ese bicho es la tarántula madre que viene a vengar a todas las tarántulas que cuando era un chamaco explotó con un solo disparo.

Ladilla empieza a temblar mucho antes de que la tarántula decida ascender por su pecho.

Después se oye un grito.

Alguien parece darse cuenta, porque Ladilla nota cómo se mueve la pesada lápida que tiene sobre su cabeza.

—¿Cómo van las cosas por ahí abajo?

Ladilla vive una sensación de irrealidad, no solo porque la luz del exterior empieza a bañar el zulo, sino sobre todo porque nunca pensó que el Chivo pudiera hacerle jamás esa pregunta o esta visita. Y lo recibe así, desnudo, con la verga encogida por el frío y el miedo. Ladilla intenta mover un muslo para taparse un poco, pero lo único que consigue es descubrir bajo su cuerpo una mancha amarilla, de la misma temperatura que la última cerveza que tomó en el Havanna.

—¡Siempre pensé que eras un cagón! Cagón y cochinito.

Al Chivo le llegan las emanaciones fétidas del zulo. La tarántula, como obedeciendo su mandato, ha huido y se esconde en un rincón.

—¿Sabes tu error, Ladilla? Que sigues con el chip de policía, porque eso se os pega al cuerpo, como el olor a pescado. Por eso yo no pruebo ni una sardina. Solo carne. Ya no tienes un sueldo mierdero, pero sigues siendo un pobre desgraciado ignorante, como todos los policías. Sigues pensando que de esta vida hay que guardarse de los hombres, solo de los hombres, y no de las mujeres. Pero un miembro de esta Sociedad no piensa eso. Piensa que las mujeres son más peligrosas, porque en sus tetas, en sus dos adorables agujeritos, esconden la traición. La única mujer de la que te puedes fiar es de la mujer muerta.

Ladilla retorcía el cuello para intentar encontrar en el rostro del Chivo algo que le hiciera entender esas palabras extrañas que entraban vacías en su mente, carentes de todo sentido.

—No conviene encariñarse de una mujer. Ni de las mujeres ni de los perros. ¿Sabes por qué? Porque luego se mueren, y da mucha penita. A mí me pasó con una. Tenía las tetas paradas. Pero ya no se las puedo tocar. Y encima, como me da mucha penita, que es lo peor de todo, tengo que llevarle un ramo de rosas, toditos los meses. Porque le coges sentimiento. Y eso es lo peor, coger sentimiento.

El Chivo utilizaba un tono de voz que se acerca más a lo lacrimógeno que a la burla. Eso le reafirmó a Ladilla que todo aquello era un fantástico error, una fabulosa equivocación. Que todo se arreglaría.

Pero sus esperanzas empezaron a venirse abajo. Bastó una frase. Porque las cosas pueden cambiar solo con una frase, solo con una.

—No me gusta que mis hombres vayan con mujeres más listas que ellos. Porque no solo le sacan leche, sino también información. Y el gran secreto de la Sociedad, la gran obra de arte, la Tabla Negra, ha sido revelado al mundo por culpa de una mujer y de un tonto.

Ladilla empezó a entender cuál había sido su error, el dárselas de listo, de enterado, delante de la rubia, solo para deslumbrarla con sus conocimientos. Ella le confesó que pintaba, mientras le regalaba su aliento de menta. Él le siguió la corriente, y hablaron de cuadros que le habían impresionado.

—¿El último? No conocía otro, así que le contó de uno con unas muchachas desnudas, le reveló él, embriagado por el perfume denso que salía de la parte baja de su cuello, en la frontera con el nacimiento de sus senos. Ni siquiera se paró a pensar por qué la mujer le insistió tanto en la ubicación de esa tabla, los sentidos, la voluntad, todo suspendido, todo detenido, menos la sangre, toda concentrada, latiéndole violentamente en cada pared de su verga.

—¡Adiós, mijito!

Durante sus últimos minutos, Ladilla no pensó en esa frase definitiva del Chivo, ni en el Honda Accura que ya no manejaría jamás. No. Mientras se peleaba en vano con una tropa de tarántulas que se habían colado en el zulo, pensó en la pintora, atravesada furiosamente por su verga, pidiendo más, lanzando al fin un alarido que coincidió con el suyo, cuando supo que eso, pegar un grito, un alarido, era lo último que iba a hacer en esta pinche vida que se parece demasiado a una gruta llena de tarántulas.

Cuando se enteró de lo que le había ocurrido a Ladilla, el comisario Padura no supo si alegrarse o ponerse triste. Se quedó pensativo durante varios minutos, sin prestar atención al café que le había servido el camarero del Delicias.

—A Ladilla lo han tronado.

Toti lo dijo así, sin mirarlo siquiera. Estaba estribado en la barra, dando cuenta de un bistec con guacamole. Siempre tenía la costumbre de hablar con la boca llena. Y por eso a Padura le costó trabajo entender la frase. Y mucho más cuando le vio el rostro, más joven de lo normal, como si se le hubiera alisado alguna de esas arrugas que hacían de Toti un viejo prematuro. Era un rostro generalmente inexpresivo, pero esa mañana lucía una luz nueva. Además le daba unas dentelladas furiosas al bistec.

Es como si la muerte de Ladilla le hubiera abierto el apetito, o llevara semanas sin probar bocado.

—Lo han tronado —repitió, escupiendo una brizna de carne.

El comisario se quedó confuso. Al cabrón de Ladilla lo habían bajado. Aún lo recuerda, el primer día que llegó a la Jefatura, con aire tímido, sin poder esconder los nervios en ningún sitio. Le dio buena onda. Por eso lo contrató. Luego las cosas cambiaron. Empezó perdiendo la timidez, y luego terminó por perder hasta los pocos principios que le habían enseñado en la policía. Una cosa era exigir la mordida y otra bien distinta andar de juerga con los narcos. Para ser uno de ellos no le hacía falta nada más que un paso. Que Ladilla dio el día que llevó personalmente aquella maleta de droga al otro lado de la frontera. El Chivo lo había reclutado. Y ahora era un fiambre más. Prefiero ser cinco años rey, que cincuenta güey, fue la frase que le soltó despreciativo el día que se despidió de él en la Jefatura, una sonrisa de oreja a oreja, apiadándose de la vida miserable del comisario Padura, de Cangrejo y todos esos policías de tercera que habían sido sus compañeros. Mejor ser cinco años rey. Ladilla había cumplido su destino, mucho antes de lo que él podía pensar.

Pero el comisario Padura no tenía tiempo de sentimentalismos, y menos por culpa de ese güey. Se echó un buche de café a la boca. Se le había enfriado. Toti daba los últimos bocados al bistec de ternera.

—Así que lo han bajado —dijo el comisario.

Toti respondió simplemente con un gesto de obviedad.

—¿Y cómo ha sido la cosa?

—Un mal paso —respondió, antes de ocupar de nuevo su boca con el bistec de ternera.

La mente del comisario empezó a trabajar con rapidez. La eliminación de Ladilla podía ser lo mismo el fin de esa pesadilla de las difuntitas, o por el contrario, complicaciones. Padura no tenía bien claro si Ladilla había actuado solo para matar a las pobres desgraciadas, o era el líder de un grupo de pandilleros. Pero a Ladilla ya no podía preguntarle. De lo que estaba convencido es de que su desaparición estaba conectada con el descubrimiento que había hecho el día que lo pilló, viendo con deseo la foto de una niña, los pantalones a la altura de los tobillos. Decían que el Chivo todo lo sabe. El comisario Padura imaginó esa noche a Ladilla llegando al rancho, sin darle fuertes acelerones al Honda; no, no, esta vez aparcando el carro con suavidad, cruzando el jardín con los hombros hundidos, el Chivo saludándolo, el Chivo leyendo en sus ojos el miedo, ¿qué onda, Ladilla?, Ladilla respondiendo con una frase rutinaria, el Chivo yendo más allá de donde llega cualquier otro hombre, leyéndole el pensamiento con el mismo asco que cuando leía los titulares que Freddy Ramírez colocaba últimamente en la portada del *Excélsior*.

Así se imaginaba la escena el comisario. ¿Fue por eso por lo que dejó a Ladilla esa tarde abrocharse los pantalones y después arrancar el Honda y marcharse sin más? ¿Quizá pensó que el Chivo ya se tomaría la justicia por su mano? ¿Que no le iba a dar chance a Ladilla? Que no había visto a un güey subiéndose avergonzado los pantalones, sino a un cadáver andante, y que con la desaparición de Ladilla de la que se encargaría directamente su patrón, dejarían de aparecer mujeres abandonadas en el desierto. Muerto el perro, se acabó la rabia. ¿Pensó Padura que con esa foto de la niña llena de huellas dactilares de Ladilla, y hasta con una mancha húmeda de semen era suficiente para imputar a Ladilla, si el Chivo no le daba antes matarle? ¿Que no hacía falta su testimonio, porque ¿a quién interesa el testimonio de un muerto?

Sí, todo eso pensó el comisario Padura, proféticamente, y ahora piensa que hizo bien en dejar libre a Ladilla, esperando que la justicia que impera en Perros Muertos hiciera su trabajo, ella solita. La justicia del Chivo.

Se disponía a darle un último sorbo a la taza de café, cuando sintió vibrar dentro del pantalón el celular. Examinó el número y lo abrió, con desgana.

—¿Bueno?

El mensaje fue breve. Como un telegrama. Exactamente igual de breve y doloroso que un latigazo.

Una chica había aparecido desnuda en Lomas de Chapultepec, apenas a unos metros de las otras muchachas encontradas.

El comisario Padura no quiso ni responder. Cerró el celular con parsimonia, concentrado totalmente en la noticia que acababan de transmitirle. Solo cuando vio a Toti limpiarse la boca de un manotazo y luego eructar ruidosamente, se dio cuenta de que igual aquel cabrón había heredado el trabajo gamberro que ya nunca jamás podría hacer Ladilla, y que ahora se dedicaba a meter en sus autos a pobres niñas a las que luego llevaba al desierto. Miró sus ojos, y por vez primera encontró en ellos un punto de inteligencia, como si Toti no solo fuera capaz de cumplir escrupulosamente los encargos que le hacía el Chivo, actuando como un autómata, y su mente pudiera tener ideas propias.

—Mala muerte tengas, tira.

Le dijo a Padura, después de descabalgarse de la silla. Lo dijo con una voz infantil, como si imitara a un personaje de dibujos animados o jugara a volver a la infancia que había sustituido por el cuerno de chivo hacía unos pocos años.

El comisario no le quiso replicar. Solo intentó retener en su mente ese tono de voz con el que Ladilla le había querido gastar una broma que él no alcanzaba a entender.

—A usted le gusta hacer el quijote. Y quiere dar atole con un dedo.

La frase no paraba de rebotarle en las paredes del cerebro. Se la había soltado el comisario Padura, meneando la cabeza. ¿De verdad se había metido por voluntad propia en un empeño inútil? ¿Cuál era el final de aquel camino que había emprendido? ¿Acabar como una de esas cuatro muchachas, su cuerpo desnudo, los pezones arrancados, examinado por tipos de dedos rugosos que la escudriñarían en una foto buscándole algún detalle morboso? Por un momento, esos pensamientos la desasosegaron. Se asomó a la ventana. Ni siquiera no encontrar el Nissan de vidrios polarizados le permitió espantar esos presagios sombríos, que solo logró reemplazar con un nuevo pensamiento que se hizo sólido en su mente. ¿Cuáles eran las razones que le habían movido a acudir al despacho del comisario Padura para enfrentar sus ojos fatigados? ¿Era simplemente un sentido de justicia? ¿Desde cuándo a ella le había interesado la justicia, si lo que más odiaba en esta vida era a los abogados, sobre todo después de perder cuatro meses de su vida con un tipo con los mismos principios de un trilero? ¿Había sido acaso Arturo el que le había despertado esa aprensión por los hombres, o decir eso era darle demasiada importancia a aquel pendejo que siempre carraspeaba antes de ponerse a hablar? Esa aprensión de la que dudaba mucho que algún día podría recuperarse. Dudaba tanto que lo creía imposible. A la mierda todos. Ahora se reprende por haberse dejado embaucar, Arturo siempre con una frase ingeniosa en la boca que le hacía dibujar un par de hoyuelos en la cara. Él siempre le decía que se pasaba toda la noche preparando esas frases divertidas con el único fin de verse recompensado con ese par de hoyuelos que lo volvían loco. Pero un día no aparecieron en su rostro los hoyuelos, sino un gesto torcido, como si los labios quisieran descolgarse de la boca. Un gesto de estupor que pugnaba con la rabia. Arturo también hacía reír a otra mujer, seguramente repitiéndole las mismas frases ingeniosas que preparaba para ella, plagiándose a sí mismo, inventando para tener dos hembritas a su disposición, y no, el día en el que ella le arrojó el descubrimiento hecho a la salida de una cena, una flacucha aferrándose al brazo de Arturo, prodigándole cariñitos, sus labios temblequeando, Arturo sin poder escoger un gesto, hasta que encontró una mueca cínica, el cabrón ni siquiera fue capaz de decir, no, no, no, estás equivocada, no es lo que parece, Morgana tomó la decisión de que ningún hombre, jamás, le formaría esos dos hoyuelos en la cara. A ninguno le voy a dar ese gusto, coño. Y eso fue justamente lo que le dijo a Arturo, parándose y tirándole a la cara un par de billetes de cincuenta pesos con los que podría pagar los cafés que había traído la camarera, y hasta los dos siguientes que quisiera tomarse con la flacucha esa con la que se acostaba aquel cabrón que no quería ver nunca más.

Y lo consiguió.

—¿Era sentido de justicia... o puro egoísmo? El cuadrito, el cuadrito. La venía obsesionando desde hacía muchas semanas. Todo iba perfecto, hasta que llegó el momento de darle la curva adecuada a esos labios que pronto serán morados. Todo iba perfecto, hasta que empezaron a aparecer esas muchachas en el desierto. Como si su cuadro no fuera más que una premonición, un anuncio de lo que iba a pasar. Justo cuando parece que está en la recta final de su trabajo, justo antes de que lo complete, los periódicos no paran de hablar de esas pobres desgraciadas. Morgana no tiene ganas o tiempo de buscar una relación entre una cosa y otra, una relación que solo se puede explicar por la casualidad. Solo debe pensar en unos labios, que serán morados. Pero antes de que adquieran esa coloración violácea, ella tiene que pintarlos aún llenos de una vida que pertenece a ayer. El tiempo corre en su contra. Porque los gusanos no esperan. Nunca esperan.

¿De qué forma dos líneas pueden contener todo el horror?

Y esa pregunta la atormenta. Día a día. Se mira al espejo. Se siente envejecida. El cuadro le está destrozando el ánimo, robándole la tersura a una piel de la que siempre se mostró orgullosa, porque nunca había necesitado de ninguna crema, solo un baño diario con gel, los demás con agua fresca y ya.

A veces se siente una mierda de pintora, porque lleva demasiadas semanas sin encontrarle respuesta, fracasas con la pintura, igual que has fracasado con los hombres, Morgana.

Pero una ventanita de luz se ha abierto. Ha escuchado esa noticia por la radio: ha aparecido otra muerta.

En su mente centellea un pensamiento. Piensa en el comisario Padura. Piensa en el Nissan de vidrios polarizados. Piensa en la mujer desperezada del lienzo, queriendo componer un gesto de horror que el pincel le niega, la muerta se defiende ante Morgana, no le va a dar el gusto, como una última forma de desafío, después de haber sido golpeada y violada, como si un último residuo de pudor la impulse a esconder su boca contraída, ahora que ya no puede taparse el pubis del que escapa un chorro caudaloso de sangre que se mezcla con semen aún caliente.

Lo recogió en la esquina de Zapata. La zona era perfecta. Poca iluminación. Escaso tráfico. Pocos transeúntes por la calle. Jugaba partido la selección frente a Estados Unidos. El Mundial de fútbol. Lo tenía difícil para pasar a la siguiente ronda, pero esa noche no nada había más importante en Perros Muertos que eso. Menos para dos personas. Una estaba dándole el último sorbo a una lata de Tecata Light. De poco le servía. Cada día estaba más gordo. La otra era una mujer de pelo color de oro.

Apareció subida en un cuatro por cuatro e invitó a subir al hombre.

—El calor aprieta con fuerza. Me voy a quedar sequito —dijo Freddy Ramírez, a modo de saludo, al mismo tiempo que botaba muy lejos la lata de Tecata.

—Lo peor es que el auto no me lo dieron con aire acondicionado —se disculpó Morgana, engranando la primera velocidad—. ¿Lleva encima la cámara de fotos, no?

Freddy la rebuscó en la chamarra, y al fin la encontró en uno de los bolsillos, con algo de suspense.

Morgana prendió el aparato de radio. Dio una rápida pasada por el dial. Solo había fútbol. México presionaba la portería de Estados Unidos, pero el empate a cero inicial proseguía.

Las luces de la ciudad fueron quedando atrás. El auto se internó en un camino pedregoso.

—¿Está segura de dónde vamos?

—Cerca de Lomas de Chapultepec. A lado de un desguace de carros. Al lado de un pantano lleno de ranas. Eso me dijo Ladilla.

—¿Y se fía de ese loco?

—¿Es mejor fiarse del comisario Padura, por ejemplo?

Freddy Ramírez no tuvo más remedio que asentir con la cabeza. Morgana lo miró de reojo, su cuerpo excesivo a duras penas acomodado en la banqueta. Ella allí, camino del desierto. Siguiendo la pista que le había soltado un narquillo después de beberse la séptima cerveza. Por un momento pensó que todo era absurdo. Que estaba haciendo el ridículo. No pensó en el peligro que podía correr. No. Nunca cayó en eso. Pero sí en la cara de tonto que se le podía quedar si todo era una broma de Ladilla.

De vez en cuando miraba el espejo retrovisor. Afortunadamente, no le seguía el Nissan. A Toti parece que también le gustaba el fútbol. Lo imaginaba en cualquier cantina, insultando al árbitro, dando puñetazos a la mesa, berreando como un animal. ¿Y Ladilla? ¿Dónde estaría? Porque desde hace unos días no le habían visto el pelo por el Delicias, ni por ningún otro sitio.

—¿Curioso personaje el Ladilla, eh? —reflexionó Morgana.

Freddy Ramírez conocía todo o casi todo del personaje. Desde sus tiempos en que era un simple policía y llegaba antes que él al lugar del crimen con una cámara de fotos menos sofisticada que la que ahora guardaba en la chamarra. Pero la oscuridad siempre le había dado miedo a Freddy Ramírez. Que viene el coco, que viene el coco, le decía su mama cuando chico, para que se metiera en la cama. Y desde esos días le daban pavor las sombras de la noche. Por eso, poseído por el miedo, apenas le respondió a Morgana con un ese cabrón es vómito de iguana, sus dientes a punto de castañear, las manos sudándole. A Morgana le hizo gracia la expresión de Freddy. Vómito de iguana. Hacía tiempo que no la oía. La ultima vez fue tomando un café en el Starbuck's del Parque Alameda, en el DF, acompañada por Arturo.

La oscuridad era total. Los faros del cuatro por cuatro barrían el desierto. Morgana pensó que se había equivocado un par de veces. Pero siguió avanzando, con más fe que otra cosa.

Y cuando ya empezaba a perderla, los faros enfocaron una sombra escondida en la oscuridad del desierto.

—¡Ahí está! —dijo ella, con seguridad.

Freddy Ramírez achicó los ojos. Estaba completamente miope y las gafas que llevaba tampoco parecían ayudarlo. El cuatro por cuatro se fue acercando y acabó por descubrir, en efecto, la silueta de una especie de caseta. Ladilla no le había engañado. Le dijo que la había descubierto en sus rondas nocturnas. Insistió en que era allí donde mataban a las chicas. Y que podía acompañarla una noche a conocer ese sitio. En su flamante Honda, le dijo, el deseo asomándole a las pupilas, la lengua estropajosa.

Ahora sí, a Morgana el corazón empezó a latirle con violencia. Descendió del coche con un movimiento lento. Freddy, más asustado que ella, tardó en imitarla.

La noche era cerrada. Mucho más que cuando anduvieron por allí Padura y Cangrejo. Menos mal que la linterna de Morgana era potente. Empujó una puerta metálica, apenas encajada en el marco. Chirrió. A Freddy Ramírez se le paró el corazón. Y solo lo sintió de nuevo cuando vio a Morgana entrar con seguridad en la caseta. La pintora se había imaginado con horror muchas veces ese momento desde que Ladilla le había venido con el cuento. Allí es donde, según ese loco, eran torturadas y matadas las muchachas antes de dejarlas abandonadas en el desierto. Morgana estaba impaciente, deseosa de encontrar evidencias. Pero lo único que descubrió el haz de luz de su linterna fue un montón de cachivaches, abandonados en el suelo. Hasta que a Morgana se le ocurrió orientar la linterna hacia el techo.

Ahí estaba.

Nadie la había borrado.

La Tabla Negra.

Solo que con una variación. Ahora no eran cuatro las mujeres pintadas, sino cinco. Junto a la cuarta chica de pelo largo, muy oscuro, aparecía una quinta. Era rubia. ¡Santo Dios!

Freddy Ramírez no pudo decir otra cosa. Venciendo el miedo que lo abrumaba, sacó la cámara de fotos, accionó el flash y empezó a trabajar. Le temblaba el pulso. No paraba de disparar, como si así pudiera quitarse del cuerpo esa sensación de cagarse encima que tenía desde que vio que el cuatro por cuatro dejaba atrás las luces de la ciudad.

Morgana quiso descifrar el significado de aquella tabla pintada en el techo de la caseta. Semejaba una pintura prehistórica. Y en efecto, aquella caseta tenía algo de cueva.

Después hizo un escrutinio más detenido. Estaba segura de que, además de la Tabla, encontraría más evidencias. ¿Por qué la Tabla era una evidencia? Estaba completamente convencida de que esa pintura guardaba relación con los asesinatos. No podía aun determinarlo, pero le insistió a Freddy para que captara hasta el más mínimo detalle.

Fue el periodista el único que cayó en el extraordinario parecido de la cuarta mujer pintada, y la muchacha que lo había traído acá manejando un cuatro por cuatro. Como si Ladilla la hubiera pintado, obsesionado por ella, después de aquel encuentro en la barra del Havanna. Pero se guardó el comentario. A fin de cuentas, era una mera elucubración, y además, se les estaba haciendo tarde.

—¿Nos vamos?

Morgana consultó el reloj. Las diez y media. El partido de fútbol de la selección estaba a punto de acabar, salvo que hubiera prórroga. Era mejor volver a la ciudad antes de que esa tropa de cabrones quisiera festinar la victoria de México matando a otra mujer. Se subieron al auto. Morgana pegó un acelerón. Encendió de nuevo la radio. El árbitro acababa de pitar el final del partido. México se había clasificado, eliminando a Estados Unidos. En algo hemos chingado a los gringos, le dijo Freddy a Morgana.

Era algo más que una mancha de aceite. Un océano oscuro que había aparecido en el asfalto. Una mancha nueva. Las explosiones del motor del carro que conducía Morgana aún sonaban cercanas. Acababa de virar a la izquierda. El comisario Padura no solo la había acompañado por el largo corredor que desembocaba en la entrada de la Jefatura de policía, como si no le hubiera dicho un váyase al carajo que resonó hasta en Tijuana, no solo le había devuelto aquel pincel con el tridente del diablo dibujado, con ganas de preguntarle si creía en el diablo, no solo hizo todo eso, sino que incluso la había acompañado al auto.

—¡Vaya, le gustan las cosas grandes! —dijo sorprendido Padura.

Pero ella no respondió.

Padura le quiso abrir la puerta del auto. Si pensó que ella lo podría interpretar como un gesto de cortesía, estaba equivocado. Morgana no esperaba de Padura otra cosa que la abrumara con esa mirada escrutadora que le duró todavía en la calle, viendo como manipulaba con las llaves para despertar el motor de arranque.

—Que tenga buen viaje.

Pero Morgana dudó que aquel deseo que había expresado el comisario Padura fuera sincero. Y lo que más deseaba era arrancar cuanto antes y perderlo de vista. El motor de arranque soltó tres bramidos constipados antes de ponerse en marcha. Morgana todavía vio al policía mover los labios diciéndole algo, qué linda eres, o, me ocuparé yo del asunto, no se preocupe, pero aunque él le hizo una indicación con el dedo índice, no bajó el vidrio y optó por apretar a fondo el acelerador. Las ruedas chirriaron. Eran llantas nuevas. Casi de estreno.

—Tiene huevos la blanquita esta —se dijo Padura, que comprobó desalentado como se perdía la silueta del carro.

En su boca se dibujó una sonrisa amarga. El día ya solo podía depararle las rutinas de expedientes sin resolver, avisos de peleas callejeras y cafés de máquina que abreviarían su vida. Hasta que un rayo de luz le arrancó un reflejo metálico a algo que había dejado botado en el asfalto el carro de Morgana.

Un charco de aceite.

Para un mecánico, un charco de aceite es una prueba de que algo va mal.

Para un policía como el comisario Padura, también.

—Algo va mal.

Pero no porque la junta de la culata del motor esté picada. Sino porque hay algo que colisiona, algo que chirría. Morgana es demasiado linda como para engañarlo.

—Manchas de aceite, hay manchas de aceite.

A Cangrejo le sorprendió aquello que había descubierto el comisario, con desapasionamiento, como si le anunciara que su mujer le había regalado otra corbata por su cumpleaños.

Cangrejo no pudo percatarse de ese detalle. Cuando estás cagado de miedo, pasas por alto muchas cosas. Pero Padura no. La grava absorbía un líquido denso y oscuro que ahora se mezclaba con el polvo. Apareció junto a la caseta en la que habían encontrado la tabla con las cuatro mujeres muertas. La grava se chupaba el aceite pringoso. Pero el asfalto no. Lo dejaba ahí, retándolo como un enigma. Porque Padura no se había fijado en el horror de aquellos cuatro cuerpos desmembrados, dibujados con trazos violentos, no vio en aquellas imágenes el horror que seguro habría visto Morgana, su cuadrito sin terminar de acabar en su departamento un poco caótico, todo regado por el piso, no había sentido el escalofrío de Cangrejo, la linterna temblequeándole en sus dedos, aquella tabla no le había producido pánico, solo sorpresa, y si acaso, ganas de mear, que le vinieron así, a Cangrejo seguro que le entraron ganas de cagar, de cagarse encima, pero a él solo le apretó la vejiga. Así que se bajó la portañuela y enchufó el chorro. La meada fue tan larga que le permitió descubrir aquellas manchas de aceite que la grava no se había tragado. Quizá Padura se hubiera guardado la verga tranquilamente, sin más. Aquel dato solo revelaba una cosa: que el auto de aquel hijo de puta que hacía esas pinturitas llevaba tiempo sin visitar el taller. Padura se había guardado la verga, después de masajearse los huevos, que era lo que hacía siempre después de mear, y listo. Pero Cangrejo, seguramente ya ganado por el miedo, había prendido los faros del carro policial, y alumbraba no solo una verga cruzada de venas, sino unas rodadas hondas como cráteres. Un carro era incapaz de hacerlas. Solo podían hacerlo las llantas de un cuatro por cuatro. Antes de guardarse la verga, el comisario Padura se fijó en que las rodadas ofrecían un dibujo nítido, explícito.

El dibujo que dejan las llantas muy nuevas, casi de estreno. Alguien había descubierto la Tabla Negra antes que él.

Morgana había pisado a fondo el acelerador. No quería perder ni un minuto más con Padura. Pero aún así, al comisario le dio tiempo a fijarse en la placa del cuatro por cuatro que conducía. La combinación de números le sonaba vagamente. La había visto antes en alguna parte. Y fue dándole vueltas toda la tarde, mientras intentaba poner algo de orden en su despacho. Tenía muchas cosas regadas por allí. Los expedientes andaban haciendo montonera encima de su mesa. Sin resolver.

Criando polvo. Aquello no era el deefe, pero todos los días le entraba un caso nuevo. Y luego estaban sus policías. Los que le iban quedando. Porque varios ya habían cruzado la puerta de su despacho para decirle que estaban cansados de jugarse la vida a cambio de cuatro pesos. Pinches culeros de mierda. Ahora le reían los chistes al Chivo. Todos con tal de tener lana, mucha lana, para gastársela en alcohol y en mujeres. ¡Bebida y cogida!, eso es lo único que necesita un hombre, gritaba el Chivo, sin parar de reírse. Y él allí, encerrado en el despacho, mirando a los expedientes, pensando en una combinación de números, pero sin pensar en ella, porque es Morgana a la que tiene bien metida en la cabeza. La rubia aquella se le había colado demasiado. La tenía encima, como si se le hubiera montado un muerto. Era una obsesión. Estaba emperrado con ella. Y encima, no había forma de encontrarle sentido a esos numeritos de la placa del cuatro por cuatro que manejaba con rabia.

Esperó a que fueran las nueve de la noche. Fue una tarde perdida. Una más. Abrió la puerta de su Mustang, se acomodó ante el volante y miró al asiento de al lado. Le encantaría que ahora mismo estuviera ocupado por Morgana. Que restregara su cuerpo sobre ese asiento de piel. Pero ahí estaba él. Solo. Como siempre.

Tardó diez minutos en prender el motor del auto.

Los numeritos que había visto en la placa del cuatro por cuatro seguían dándole vueltas a la cabeza.

Solo cuando dio varias vueltas en la cama, ayudado por los ronquidos permanentes de su mujer, imposible pegar ojo así, recordó dónde había visto esa combinación de números: en el margen izquierdo de una tabla de madera, haciendo compañía a cuatro chicas con el pezón arrancado a mordidas.

Cuando el comisario Padura miró el número que aparecía en la pantalla de su celular, supo de inmediato que el día empezaba torcido. Muy urgente tenía que ser el asunto para que el Chivo llamara por teléfono al comisario, teniendo en cuenta que hacía solo ocho meses que al Chivo le habían grabado una conversación comprometedora. Desde ese momento se impuso la regla de no utilizar el celular. Pero este día se la estaba saltando. Padura abrió el aparato, temeroso.

—¿Quihubo, carnal?

—¿Por qué no ha cumplido lo pactado?

—¿Qué cosa?

—¿No quedamos en que le iba a cerrar la boca a Freddy? Que lo mandarían a hacer horóscopos o el consultorio sentimental, pero que ya no iba a escribir nota roja.

El comisario no recordaba haber llegado a esos términos en la reunión que mantuvo con el director del *Excélsior*. Es verdad que hablaron de las muertas. De las esquelas. El tipo, pelo engominado, camisa blanca impoluta y corbata llena de delfines, le había dicho que no podía cargarse la sección de las esquelas, porque era una fuente de ingresos muy importante, y allá cada cual en lo que quisiera gastarse el dinero, pero que intentaría reubicar a Freddy Ramírez. Que cada vez escribiera menos nota roja. Que había perdido facultades, y que a veces se metía donde no le llamaban. Sí, está entrando en un terreno muy peligroso, le advirtió el comisario. Y el director asintió con la cabeza, como haciéndose cargo de la situación. En efecto, hasta él se había dado cuenta que lo de las difuntitas había colocado a Freddy en una posición muy vulnerable. Estaba en primera línea de fuego, y ahí es donde antes llegan las balas. Y detrás estaba él. Que un tipo como el gordo desapareciera, no le importaba demasiado. Pero él quería lucir esas camisas blancas durante mucho tiempo. Quizá era una buena idea.

Sí. Darle un descanso. Y de paso, tranquilizar a la policía. El comisario, sutilmente, le había insinuado que tenía una casa demasiado grande para su sueldo de periodista. Entiendo, respondió. Y se dieron un apretón de manos.

—¿Ha comprado el tebeo de hoy?

No. El comisario Padura no había tenido tiempo de nada. Ni siquiera de tomar el primer café de la mañana.

—El imbécil de Freddy ha publicado lo de la Tabla Negra. Eso no lo debiera saber nadie, ni siquiera usted. Y sin embargo, hoy lo conoce todo Perros Muertos.

A Padura empezó a latirle la sangre con fuerza. La sentía empujarle en las sienes, como si quisiera escaparse. ¿Sería posible que el bola de sebo se hubiera atrevido a publicar eso, con la aprobación de su director? ¿Es que aquel tipo engominado no había entendido claramente qué había querido decirle?

Estaba claro, lo había engañado. Y lo pagaría caro. El comisario se jugaba todos los dedos de su mano derecha a que el director guardaba alguna extraña relación con el narcotráfico que iba más allá de la publicación de esquelas pagadas a precio de oro. Ahora el comisario Padura tenía bien claro que el tipo le había tomado el pelo. Que le había montado un teatrito para quitárselo de en medio, y que la sombra del Chapo Méndez era demasiado alargada como para ignorarla. El *Excélsior*, estaba claro, no se financiaba por las ventas, aunque eran altas, sino gracias a dinero sucio que procedía del narcotráfico.

El director del periódico estaba en problemas. O eso creía. Pero sobre todo, él. El tono del Chivo era indignado. Escupía las palabras. El comisario lo imaginaba lanzando perdigonazos de saliva al micrófono del celular.

—¿Tiene idea de quién ha podido contarle lo de la Tabla Negra a Freddy?

El comisario intentaba apaciguar al Chivo. Pero la pregunta lo encendió más.

—Tengo dos candidatos. Uno, la pintora.

—¿La pintora?

—Sí. Tengo la idea de que a Ladilla se le fue la boca, y algo le dijo. Por eso tuve que quitarlo de en medio.

—¿Y el otro sospechoso?

—Usted.

El comisario encajó la noticia como una bala directa al corazón. Se quedó paralizado, buscando alguna palabra de réplica contra esa acusación del Chivo. Decían que te leía el pensamiento. ¿Cómo era posible que se hubiera enterado de la excursión al desierto que acabó con el descubrimiento de la Tabla Negra de la que ya empezaba a hablar todo el mundo en Perros Muertos?

—¿Se le comió la lengua el gato?

—No.

—¿Qué buscaba esa noche? ¿Por qué no se encerró con la teibolera del Havanna en vez de ir a patrullar por el desierto? Pensé que usted era más inteligente. Que era un buen policía. Pero me equivoqué con usted. Igual que con Ladilla.

Padura pensó en Ladilla. Su cuerpo ya a merced de gusanos hambrientos. Su alma viajando al reino al que van los policías tontos que se quieren pasar de listos.

—¿Qué gano con hacer transas con Freddy? Sí, es verdad, conocía lo de la tabla. Pero no voy corriendo a contárselo a un periodista. Freddy es tan enemigo mío como suyo.

Al otro lado del celular se hizo un silencio opresivo. El comisario Padura no supo si el Chivo consideraba ese nuevo punto de vista que le ofrecía, o por el contrario, estaba ya buscando la forma de hacerle pagar su error, meter las narices donde no le llamaban.

—Ha perdido facultades, polizonte. Antes era un buen policía. No se complicaba la vida. Hacía bien su trabajo. Pero se ha puesto a investigar. Esa rubia lo ha vuelto bobo.

Padura quiso llevarle la contraria, pero no encontró razones. Es verdad que Morgana había entrado en su vida para transformarla. Para recordarle que hubo un tiempo en el que, no solo fue un policía con ganas de atrapar asesinos, sino un hombre con ilusiones. Ahora se sentía en el corazón mismo del huracán, y sabía que no tenía escapatoria. Que ya no tenía fuerzas para oponerse a su destino, quizá en manos de esa mujer, o quizá del Chivo.

—Con usted he hecho un mal negocio.

—¿Qué quiere decir con eso?

—Un mal negocio...

Y por más que le preguntó Padura, el Chivo no se salió de esa frase. Un mal negocio. Le colgó, sin añadir nada más.

El comisario se quedó mirando el celular, como si fuera un elemento extraño, queriendo borrar la conversación que había mantenido. Pero al mismo tiempo empezaba a engordar el oscuro presentimiento de que Morgana y él corrían más peligro del que podían imaginar.

Eso ya era una excusa suficiente para ir a visitarla.

QUE CON BALAS SE DIGA LA FAMA DE MI PISTOLA

Estaba cansado de verlo merodear a Cora. Era un tipo de poca estatura, de calva reluciente como si se esmerara en abrillantarla antes de salir de casa. Apestaba a perfume intenso. El comisario Padura había examinado sus movimientos. Entraba en el Havanna con pasos seguros, sin mirar a izquierda o a derecha. Avanzaba por el centro de la pista, sorteaba la tarima en la que bailaban las teiboleras y le pedía con gesto imperativo una chela a la camarera. Se la bebía, silenciosamente, sin hablar con nadie. Y solo rompía su actitud ensimismada cuando aparecía en escena Cora. Entonces se giraba y se concentraba en vez el número de la teibolera. Así siempre. Desde el primer día. Padura lo había cazado más de una vez comiéndose con los ojos a la muchacha. El comisario estaba cansado de ver esas miradas de deseo resbalando por un cuerpo que él nunca había gozado plenamente. Pero por alguna razón, el calvo ese no le inspiraba ninguna confianza. Y mucho menos cuando se acercaba a la chica y le hablaba al oído, ella muy concentrada, atenta a las palabras que le lanzaba.

Así que no esperó al jueves para hablar con Cora.

La encontró metiéndose un pericazo. Lo miró con ojos turbios, extrañada por la presencia del comisario. No era jueves, y por tanto, no tenía obligación de acompañarlo ni a la posada ni a ningún otro sitio. El comisario omitió la mirada despreciativa que le dedicó la teibolera. Muchas veces se había sentido cohibido ante su cuerpo desnudo, brillante de purpurina, él solo capaz de adorarlo, sin poseerlo totalmente. Pero en este momento no era su cuerpo ni su piel satinada lo que le interesaba, sino sus respuestas. Y el único que podía hacer las preguntas era él.

—Veo que tienes clientes nuevos.

—No sé a lo que se refiere. Para mí los clientes son siempre los mismos, nuevos o viejos. O sea, clientes.

—¿Quién es el chaparrito ese con el que andas de confidencias?

—¿De confidencias?

—Sí. El calvo.

Cora se limpió la nariz con un manotazo. Aspiró enérgicamente, sintiendo un frescor metálico invadirle las fosas nasales. Estaba cansada de tantas horas subida a esos tacones de doce centímetros.

Pero la cocaína le ayudaba a aguantar la noche y a tipos como el comisario. No sabía a qué venía el interrogatorio de hoy, si eran celos o ganas de joder, pero no se iba a quedar callada. Le contaría cualquier cosa al policía. Cualquier cosa que no fuera la verdad.

—¿De qué hablan?

—¿Con Chaparrito? De negocios.

—¿Que tipo de negocios?

—De cama. Negocios de cama.

—¿El negocio de media hora a cambio de quinientos pesos más las sábanas?

—Diez mil pesos.

El comisario emitió un silbido de exclamación. Diez mil pesos. Esa era mucha lana para una simple cogida. Vaya, Cora había encontrado el cliente perfecto. Dispuesto a pagar a precio de oro caricias de mentira.

—¿Se viene rápido?

Cora tardó en responderle. Se estaba mirando al espejo. Y la imagen que le devolvía no era satisfactoria. Las ojeras insistían en su rostro.

—Son diez mil pesos por cada escena. El tipo ese produce películas pornográficas. Para consumo interno. A mí me ha hecho la oferta.

—¿Y?

—Prefiero seguir en el Havanna, de quinientos en quinientos pesos.

En el rostro de Padura se dibujó una sonrisa de triunfo. Tener a Cora a su disposición todas las semanas, a cambio de unos pocos pesos, le daba una sensación de poder. De ser el dueño de ese cuerpo que le inspiraba deseo y miedo a partes iguales. Imaginó lo que el policía estaba pensando. Pero, por alguna razón incomprensible, por mucho que apareciera intempestivamente por su camerino, con sus aires de macho que se cree propietario de su hembra, le daba pena aquel hombre al que ni siquiera se le paraba la verga para penetrarla. Por eso, en vez de ponerse en pie y abandonar el camerino, poniéndole cualquier excusa, se quedó atornillada a la silla, dándose unos masajes en los pies adoloridos. El comisario los miró. Eran insólitamente pequeños, como los de una niña. Y no dejó de mirarlos mientras Cora le contó algo.

—Hay dos chicas que sí han aceptado la oferta. No se les ha vuelto a ver por el Havanna. Ni por ningún sitio. El otro día pillé la conversación telefónica del gerente, dando explicaciones a alguien que preguntaba por una de ellas, denunciando su desaparición.

A Padura le ocurrió en ese instante como en tantos otros. No sabía si creerla o no. Mis palabras son tan reales como mis orgasmos, no se cansaba de repetirle, antes de susurrarle al oído que era un amante delicioso. Teiboleras desaparecidas. Dos. En el Instituto Forense tenía dos fiambres. Con el rostro desfigurado. El comisario dudó que Cora pudiera identificarlos. Pero debía obligarla a acompañarlo.

No había tiempo que perder. Y mucho menos para detener al calvo. Con un poco de suerte, y de ayuda de Cora, las piezas encajarían a la perfección y podría meter entre rejas al asesino de las niñas. Lo imaginaba filmándolas dentro de habitaciones sórdidas, o mucho peor, en el desierto, en medio de golpes e insultos, una cámara grabando el mordisco que arranca de cuajo el pezón izquierdo. Basura para consumo interno. ¿Qué es eso de consumo interno? Basura comprada a precio de oro. El comisario Padura sintió que se le revolvían las tripas, y esta vez la culpa no era la comida de doña Lita.

Dirigió una última mirada. Todo le parecía sorprendentemente sencillo. Como sumar dos y dos.

Demasiado fácil. Viéndola allí meterse un nuevo pericazo, tuvo la sensación de que la bailarina le había engañado en algo.

Se despidió de ella dándole una sonora cachetada en el culo.

Al comisario Padura le ponía enfermo visitar ese sitio. Cora lo había notado de mal humor desde el momento en el que la había recogido en su departamento. Le había hecho un par de preguntas. ¿Qué tal anda su mujer? ¿Vio el partido de los Tigres ayer? Y la bailarina solo recibió como respuesta unos gruñidos cortantes.

El comisario avanzó por los pasillos del Instituto Forense con grandes zancadas. Cora apenas podía seguirlo. Al fin llegaron a una sala cerrada por dos puertas batientes.

Dentro sorprendieron a un tipo con gafas de culo vaso.

—De nuevo por aquí, comisario.

Ortega dijo aquello, pero no a modo de saludo, sino como si hubiera sido pillado en falta. Y lo único que hacía era revisar unos expedientes antiguos.

—Estoy cumpliendo mi trabajo con diligencia —añadió, recordando la advertencia que le había hecho Padura en la anterior visita. Ortega debía darle los huesos de las muertas a los familiares, pero ni una gota de información. Y mucho menos a la rata de Freddy Ramírez. Esa era la consigna.

—A eso vengo.

El chico se puso en guardia. Padura notó como arqueaba la espalda.

—¿Conoce a esta chava? —le preguntó el policía.

Ortega miró a Cora a través de sus gruesos cristales. Guiñó los ojos un par de veces. No, no la conocía de nada. ¿Acaso era muy grave no conocerla, algo así como entregar informes forenses a las familias de las muertas?

—Creo que tienes guardadas por ahí un par de difuntitas.

—Sí, las conservo bien fresquitas. Y eso que ya ha pasado tiempo. Ni el asesino se acordará de ellas.

—¿Tú qué piensas de todo esto?

El chico estuvo madurando la respuesta durante unos segundos. No quería decir algo improcedente. Para ganar tiempo, se sacó un pañuelo sucio del pantalón y se limpió los vidrios de las gafas. Cuando se las puso, enfocando ya mejor, se consideró en condiciones de responderle al comisario.

Lo más sorprendente son dos cosas. La primera es que las occisas aparecen sin signos de haber sido sometidas a abusos o vejaciones sexuales. Ni una mancha de semen. Ni una escocedura. El asesino deja el pubis intacto. No le interesa para nada.

—¿Y la otra cosa?

—Las occisas parecen fotocopias de sí mismas. A veces creo que solo se las puede distinguir por el ADN. Sus rasgos son idénticos. Y el modo con el que acaban con ellas, también.

—¿Fotocopias de sí mismas? —preguntó Padura, escéptico.

—Así es.

—No lo creo. Seguro que tienen algo que las distingue.

—Le aseguro que no. No hay diferencias.

—Para eso ha venido Cora. Para encontrarlas, como en esos dos dibujos tontos que se publican en los periódicos a los que debemos encontrarles siete diferencias.

Y es como si Ortega descubriera por vez primera a la bailarina. Se sentía tan abrumado por la presencia del comisario que ni siquiera se había detenido a preguntarse quién sería aquella chica. Si hubiera pisado al menos una vez el Havanna, la hubiera identificado. Pero a Ortega no le gustaba la vida nocturna. Prefería quedarse en casa, viendo cine negro, una película tras otra. Humphrey Bogart, Robert Mitchum, Edgard G. Robinson. Un crimen tras otro. Ortega se apeó de la silla que ocupaba y les pidió a los otros dos que lo siguieran. Entraron en una sala en la que bajaba sensiblemente la temperatura. Cora se encogió con un escalofrío. Aquel sitio empezaba a producirle la misma aprensión que al comisario. Mucho más cuando advirtió la forma en la que sudaba el joven. Ni siquiera dejaba de hacerlo en esa sala que estaría bajo cero.

Ortega revisó varios números, hasta que dio con lo que buscaba. Accionó un mando y enseguida Padura y Cora tuvieron delante de sus ojos un cuerpo descansando sobre una placa de zinc. El chico le quitó la tela gris que lo cubría.

La bailarina estuvo a punto de desmayarse. Le dio una especie de vahído. Tuvo que apoyarse en el comisario. Pero se recuperó pronto. La chava está hecha de una pasta especial, pensó Padura. La vio examinar el cuerpo, con atención minuciosa.

—¿Podemos ver el otro?

El licenciado Ortega repitió la operación. El segundo fiambre, en efecto, era muy parecido al primero. El pelo había perdido algo de su brillo luminoso, pero seguía insólitamente negro. Como en el otro, el criminal se había ensañado con el pecho. Por el contrario, la zona del pubis estaba casi intacta, a primera vista.

—¿Puedo cerrar ya?

Cora respondió afirmativamente. El comisario la observó, con expectación. Ahora le tocaba a ella.

Había mucho en juego en aquella respuesta. Si las difuntitas eran compañeras de la teibolera, la cosa podía tener mejor arreglo. Trabajar de noche tiene muchos riesgos, y uno de ellos es acabar subiéndose al auto equivocado. Pero si no eran teiboleras, y sobre todo, si se trataba de maquiladoras, los problemas empezarían. El gobierno central y la PGR no querían problemas con los Estados Unidos. Ya hubo manifestaciones en contra del Tratado de Libre Comercio que había permitido la instalación de las maquilas a este lado de la frontera. Y que volvieran a aparecer las fábricas estadounidenses como foco de polémica, era un mal negocio para el Jefe de Policía de Perros Muertos, que dicho sea de paso, tampoco tenía mucho crédito en el DF. Padura contuvo la respiración. Miró a Cora, con ojos ansiosos, animándola a hablar.

—No, no las conozco. Nunca han trabajado en el Havanna.

—¿Seguro?

—Las dos chicas que han despedido del Havanna llevaban dos tatuajes. Una, de una araña. En el pie derecho. La otra, del conejito de *playboy*, junto al pecho.

—¿Estás segura?

Padura insistió. Pero Cora estaba completamente convencida de lo que decía. Ella también había pensado hacerse un tatuaje, y estuvo viendo alternativas entre sus compañeras. Al final había optado por el dibujito de una mariposa en el tobillo izquierdo.

Al comisario no le convenció la respuesta. Pero, por mucho que insistió, no pudo sacarle otra. No conocía a las muertas.

Padura dio una vuelta por la sala. Daba pasos muy cortos. Como si todavía no quisiera marcharse de allí. Y eso que sentía la temperatura helarle cada uno de sus huesos. En cualquier momento podía aparecer un pingüino. Pero en vez de marcharse, que es lo que le pedía el cuerpo, se encaró con Ortega.

—Pero vamos a ver... El asesino dejará alguna señal. Si muerde un pecho, habrá marcas de los dientes. Comparando esas marcas con los sospechosos que tenemos, podríamos estar cerca de la verdad. Eso se ve hasta en las películas de la tele.

Ortega sonrió. Por fin se sentía preparado para hablarle de tú a tú al comisario.

—En las películas siempre aparece el asesino. Por desgracia, en la vida real no es así. Y como esa, le podría señalar veinte diferencias más.

—¿Y entonces?

—Yo no soy guionista, sino forense. Y aquí el problema radica en que el asesino claro que deja marcas, pero en el pezón, no en el pecho. Lo arranca de cuajo y lo tira. Pero ya ve. Las muchachas me llegan incompletas. A todas les falta el pezón izquierdo. Ahí seguro que está la clave.

—¿Y tiene alguna idea de lo que está pasando? ¿En qué mente entra eso de ir mutilando cuerpos en el desierto?

—Esa es pregunta para un psiquiatra.

—Entiendo.

Pero el comisario no entendía un carajo. Había perdido el tiempo. Mucho peor que eso. La madeja se había enredado más. Pero no le quitaría ojo a Chaparrito. Por mucho que las dos difuntitas no tuvieran aparentemente relación con el calvo, había algo que no le cuadraba. ¿Dónde diablos estaban metidas las dos teiboleras que habían desaparecido del Havanna? Porque nadie había denunciado su desaparición. No tenían ninguna mamá Lupita que fuera a la Jefatura a interesarse por ellas.

¿Acabarían haciendo compañía a esos dos cuerpos que acababa de dejar en la morgue del Instituto Forense?

Todo eso fue pensando antes de dejar a Cora en su departamento. Cuando se despidió de él, buscó sus ojos. Pero ella los retiró. Y se bajó del auto, bruscamente. Me ha engañado la chava esta, me ha vuelto a engañar, concluyó el comisario, viéndola perderse en la penumbra de su portal.

El fiscal Mendoza le marcó al Chivo. Había recibido una llamada del DF que le había dejado el gesto torcido.

El celular sonó varias veces. El Chivo no podía entender que el fiscal utilizara el teléfono, después de haberle advertido que si tenía algo que decirle, fuera directamente al rancho a verlo.

—¿Bueno?

—¿Cómo van las cosas?

—Bien, hasta que he recibido esta llamada. No hace caso a lo que le digo. Acuda al rancho. Siempre tiene un vaso de tequila esperándolo.

—No es tiempo de tequilas. Me han llamado del DF. Los de la PGJ. Estados Unidos se ha quejado.

—¿Y qué quieren?

—Que no aparezcan más muertas. Y si las hay, que al menos no sean maquiladoras.

—Estos chilangos no paran de chingar.

El fiscal no quiso llevarle la contraria al Chivo. El narco se quedó un momento pensando. Hasta que se dio cuenta de una cosa.

—Un segundo. ¿Quién dice que yo estoy mezclado con lo de las muertas?

—El *Excélsior*. Y lo peor es que alguien lo ha leído en el DF.

—¿Y desde cuando un reporte del periódico sirve de prueba?

Si el Chivo hubiera estado en el despacho del fiscal habría visto como Mendoza levantaba las manos, pidiendo calma.

—Aquí hay un error —explicó el fiscal—. Yo soy su aliado, no se engañe. Estoy en su trinchera. En la otra están Freddy Ramírez, la pintora esa y algún capitoste del DF que ve los problemas pisando la moqueta de su despacho que mira al paseo de la Reforma.

—¿Y Padura? ¿De qué parte está?

—De la pintora. Pero no se preocupe. A la tipa le tengo preparada una trampa. Solo le pido una cosa.

—Dígame.

—Es un pacto. Yo proceso a la pintora a cambio de que no aparezcan más muertas.

—¿Y cómo va a hacerlo?

—Todos tenemos un pasado. Y la morra esta no siempre se dedicó a pintar paisajes bucólicos. Dejó un muerto en el DF.

—¿También ella?

—Anja.

—Me vale verga cómo lo haga. Pero aleje a las muertas de mí. Eso es cosa del diablo. Échele la culpa a él. Y que sean los gringos los que se entiendan con él.

El fiscal Mendoza jugueteó con esa posibilidad. Le apasionaba todo lo que tuviera que ver con el diablo. Se leyó de un tirón El Club Dumas, de un tal Arturo Pérez-Reverte. Quiso comentarle al Chivo lo que le había parecido el libro. Pero lo descartó. Dudaba mucho que el Chivo hubiera abierto uno en su vida.

—Oiga, Mendoza. Ahora que pienso, no me parece un trato muy ventajoso. Ni una muerta más a cambio de quitar de la circulación a una chava.

—Es razonable y equitativo.

—¿Por qué?

—Porque la pintora es la clave. Es ella la que está atizando al comisario, no sé si calentándole las sábanas o el pantalón. Es ella la que le pasa información a Freddy para que nos eche mierda encima.

—¿Y por qué no un levantón?

—Porque hay pruebas para procesarla. No es necesario que la secuestremos. Solo espero que usted cumpla el pacto. Aunque no lo crea, le es ventajoso.

El Chivo se apartó el celular de la oreja y lo miró, con recelo. Aquel aparato le mandaba frases muy raras. El fiscal no tenía derecho a hablarle en ese tono. Era momento de bajarle los humos. Y nada le jodía tanto al fiscal como que le utilizaran el diminutivo. ¡A él, que se había pasado diez años estudiando en la facultad de derecho!

—¿Qué dice, Mendocita?

—Yo también he visto la Tabla Negra. Y en el margen izquierdo, bajo las mujeres pintadas, aparece claramente su símbolo. La hoja de la marihuana con el signo del dólar encima. Y el as de espadas. Bien claro. Fue un error. No era necesario que firmara las pinturitas. Ahora todos los dedos le señalan. Y lo peor es que son dedos muy largos, que llegan de muy lejos: de Estados Unidos.

—Ese símbolo no lo dejé yo. Me lo han copiado para involucrarme. En mi profesión hay muchos enemigos, muchas envidias. Ya le dije a que había venido el Loco Vargas aquí. El Chapo Méndez le ordenó claramente qué es lo que debía hacer.

Al fiscal Mendoza no le dieron lástima las palabras del Chivo. Recordaba el tono autoritario, imperativo, con el que le habían hablado esa mañana del DF, y no le inspiraban compasión las tribulaciones de un narco.

—Tenga a sus chicos a raya.

—¿Y usted no vuelva a marcarme al celular, okey?

—Okey.

Chaparrito llevaba en los labios una canción. Yo soy aquel negrito, del África tropical. Ni siquiera el quejido de los goznes de la verja de su casa rompió la bonita melodía. Se sentía dichoso. La verdadera felicidad estaba a este lado de la frontera. Gringolandia era una mierda comparado con este paraíso lleno de hembras y alcohol. Con ese pensamiento en su cabeza entró en casa. Prendió las luces y se fue directamente al frigorífico. Bebió como media botella de agua mineral, de un tirón. Pero la sed no se le acabó. Dudó entre abrir el Herradura o un Havana añejo. Escogió el tequila. Ligaba mejor con una bolsa de papas fritas que compró el otro día en el Oxxo. Lo único que le faltaba era una película de tiros, de esas en la que salen negros del Bronx matándose como puercos. Prendió el televisor. Tuvo mala suerte. Buscó en varios canales. Al final optó por ver unas imágenes en las que aparecía López Obrador recibiendo la banda presidencial. Pinche Peje, se dijo Chaparrito, la que ha montado por un voto de más o de menos.

En la televisión estalló una salva de aplausos. López Obrador sonreía, satisfecho. Los aplausos arreciaron. Tanto que Chaparrito no pudo oír como volvían a sonar los goznes de la verja. Y esta vez no era él quien la empujaba. Era un tipo de barba a medio crecer, vestido con ropa juvenil de rapero.

Tenía el mentón partido, a lo Robert Mitchum.

Cuando Chaparrito abrió la puerta, se sorprendió de ver a aquel chamaco mirándolo tan serio.

—¿Qué onda, bato?

Pero el joven no le respondió. Simplemente se internó en la casa. Lanzó una mirada rápida o suspicaz a su alrededor, como si buscara algo o no se fiara en absoluto del hombre que el había abierto la puerta.

—¿Te apetece un tequila? Carnal, el Sauza este es el veneno de los dioses.

El otro negó con la cabeza. Chaparrito hizo un gesto de resignación. Bueno, tú te lo pierdes, le vino a decir al encogerse de hombros. Nunca había llegado a hacer buenas migas con Toti. Y no entendía por qué. Si total, los dos eran socios del Chivo.

—¿A qué se debe esta visita? Tú y yo no hemos tenido nunca mucha intimidad que digamos. No sé por qué no te caigo bien.

—Hablas demasiado, cotorra. No me gusta la gente platicota.

—Anja. Es por eso. Bueno, me dejas más tranquilo. Si es por eso, la cosa tiene remedio. Con estar calladito, listo.

—No, no tiene remedio.

Chaparrito frunció el ceño. No acababa de entender lo que quería decirle el chamaco.

—¿Qué cosa?

—Le has transado al Chivo, y eso no tiene remedio.

Ahora si, las cejas de Chaparrito se movieron formando una figura muy extraña, parecida a un acento circunflejo.

—¿Transas? De qué hablas, pendejito?

—¿Pendejo tú por engañar al Chivo. ¿Te crees muy verga, no? Te pagó un chingo de lana a cambio de los videos. Lana y hembras. Tú tenías que filmar. Y darle el video, en exclusiva. Pero en vez de eso, lo cuelgas en Internet.

Se quedó mirando a Toti. Sentía su mala vibra. El labio inferior le temblaba. Las manos empezaron a sudarle, como cada vez que se metía en un apuro. Y aquel no era el más pequeño en el que había estado. Pero confiaba en su buena estrella, esa que nunca le fallaba.

—¿Qué quiere el Chivo?

—La lana.

—¿Qué lana?

—Todo lo que te ha dado. Medio millón de pesos.

Chaparrito iba a soltar una carcajada sonora. Pero se le quitaron las ganas cuando vio como Toti le apuntaba con una Mágnum. Parecía un niño jugando con una pistola de agua. Pero solo lo parecía.

—Así que medio millón de pesos.

Toti asintió. Chaparrito estuvo a punto de decirle que nadie llevaba encima ese dineral, pero eso le hubiera desbaratado una de las soluciones, quizá la única que tenía, de salir de esta. Dudaba mucho de que pudiera hacer entrar en razón a Toti. Era un cabeza cuadrada. No se iba a poner a discutir de números, ni de nada, con él. No, debía buscar otra salida.

—Voy a mirar en la caja fuerte.

Lo siguiente era escapar por la ventana de su dormitorio, y perderse entre el follaje que rodeaba la casa, aprovechando la oscuridad. Chaparrito lamentó haberse echado demasiado Calvin Klein. De Toti decían que tenía un olfato de perro perdiguero. Pero conseguiría despistarlo, porque era más astuto que él. Toti no tenía cerebro. Lo otro, lo de cruzar la frontera, ya lo vería. Volver a Gringolandia no le hacía gracia, pero el Chivo estaba enojado con él y hasta que no se calmara, o no se le olvidara lo de los videos, mejor era esconderse. En medio de la confusión Chaparrito pensó en un departamento que una hermana solterona suya tenía rentado en El Paso. Esa imagen le dio valor para encaminarse al dormitorio. Pero Toti siguió su rastro de perfume caro.

—Vamos a buscar la lana entre los dos. Acabaremos antes —le dijo Toti, ladinamente.

Bueno, ahora ya solo te queda una opción, y es utilizar el factor sorpresa, se dijo Chaparrito, el corazón a punto de estallarle en el pecho. Fueron avanzando por un pasillo. En las paredes, cuadros de fiordos y lagos helados. Al fondo, la sombra de una cama con las sábanas deshechas. Chaparrito evocó la piel sedosa de la última puta que se había cogido allí. Cora. Era una pena que no accediera a dejarse filmar, porque ver contraerse de dolor y muerte a ese rostro tan perfecto sería impagable. Una obra de arte. Un día lograría filmarla. Sí. Pero para ello debía actuar con rapidez. Por eso dio tres zancadas poderosas en dirección al dormitorio, y se abalanzó sobre la puerta. La acción fue tan rápida que Toti quedó un par de metros atrás, suficiente para que Chaparrito tuviera alguna posibilidad de cerrarla desde dentro.

—Dame chance, mamita, o me lleva la chingada, dame chance —se dijo Chaparrito, invocando Dios sabe a quién, todas sus fuerzas concentradas en cerrar aquella puerta blindada que pesaba como una lápida. Sobre todo para él. Porque Toti la empujó con la fuerza de un bisonte.

Chaparrito quedó tumbado en el piso.

Por unos segundos todo quedó paralizado. Como en una foto fija. Solo se oía la respiración afanosa de Chaparrito, Toti apreciando el desorden de la habitación.

Pero Toti se dio cuenta de que se le estaba haciendo tarde. Y que aquel loco se había gastado hasta el último peso del Chivo cogiéndose a las putas del Havanna. No había más que ver las sábanas revueltas, sucias de sudores.

—Pinche pendejo charlatán.

El otro quiso replicarle. Pero Toti no le iba a dar esa oportunidad. Estaba harto del blablabla tonto de ese cabrón que ahora mojaba de meados los pantalones, a sus pies. Le podía haber dicho, adiós cotorra, pero Toti era hombre de pocas palabras. Se limitó a cumplir el encargo. Y el encargo era darle matarile a Chaparrito. Sonaron varias detonaciones. Más de las que requería el trabajo. Pero Toti estaba lleno de coraje. Así que descargó totalmente la Mágnum.

Luego se quedó mirando a Chaparrito, la boca contrayéndose en una mueca de horror, los ojos fuera de las órbitas.

De fondo le llegaba el rumor de la televisión. Toti creyó oír algo parecido a un discurso interrumpido constantemente por los aplausos. Un político, pensó.

Escupió al suelo y se marchó.

El comisario Padura no tardó en reconocer el cuatro por cuatro de Morgana. Y eso que estaba rebozado de polvo, como si hubiera hecho un viaje muy largo por el desierto. Padura consultó su reloj. Las cinco de la tarde. A esa hora su mujer está con los ojos enganchados a la televisión, llorando a moco tendido por culpa de la novela. Luego se irá a la peluquería a teñirse el pelo de un nuevo color llamativo, imitando a una de las actrices. A las bobas, por donde les da, reflexiona Padura. Sonríe imaginando a su mujer cotorreando en la peluquería. Sonríe con la sonrisa tímida que le había dejado el paso de los años. Se pasó una mano por el cabello. Se le engancharon varios pelos. De nuevo se puso serio.

La mujer de Padura ya andaba en casa, comprobando ante el espejo el trabajo hecho por la peluquera que siempre le atendía. Padura comprobaba otra cosa. La capa de polvo que recubría el carro de Morgana.

Padura se sintió obligado a empujar la puerta del edificio.

Descartó el ascensor. Cuando llegó al tercer piso, sentía los pulmones en la boca. Gastó las últimas fuerzas en oprimir el botón del timbre. Morgana vio a través de la mirilla como Padura se rastrillaba el pelo. Quería disimular las entradas, o buscar nuevas evidencias de que aquella ya no tenía remedio. Que la cuesta abajo era irrefrenable.

La puerta cedió. Morgana llevaba un guardapolvo lleno de manchas que se resistirían a la lavadora.

Padura notó que ya no olía a almendras, sino a trementina. Llevaba el pelo recogido con una presilla.

El salón estaba en penumbra. El comisario echó un vistazo al panorama. Tenía la computadora encendida. Padura se sintió defraudado. No había dudas. Estaba de faena. Y aquella visita no le hacía ninguna gracia. El comisario lo hubiera notado, aunque no fuera policía. Bastaba con ser hombre. Ah, es usted, dijo ella, en un tono cansado, y enseguida le dio la espalda, como queriendo desentenderse de él, o borrar la imagen de un señor con uniforme colándose en su departamento en pleno proceso creativo.

—Lamento interrumpirla.

—¿De veras? Eso debió pensarlo antes de tocar al timbre. Tuvo tres pisos para pensarlo.

—Utilicé el ascensor. No me concedió tiempo suficiente —mintió.

Morgana volvió a darle la espalda. Padura vio como acercó un pincel a la paleta, tanteando varios colores, sin terminar de decidirse por alguno, o simplemente estudiando alguna combinación nueva. El comisario no tenía ni idea de pintura. Para él, todos esos movimientos que ahora anda ejecutando Morgana estaban desprovistos de significado. Lo único que veía era una muñeca en la que tintineaban algunas gangarrias.

—Ustedes los artistas siempre hablan de la inspiración. ¿Tan importante es? —preguntó el comisario Padura, intentando disimular la mirada directa que le estaba clavando a Morgana.

—Le seré sincera. Yo no creo en la inspiración, sino en la muñeca caliente.

—Y yo he venido a enfriársela.

Morgana prefirió no responder.

Examinó un búcaro en el que se marchitaba un ramo de rosas. Debía llevar mucho tiempo sin agua. Era un desastre. Abandonas a las flores y dejas entrar en casa a policías que te miran las piernas.

—Le ofrecería una copa de whisky... si la tuviera... Deberá conformarse con café.

—¿El whisky también corta la inspiración... como yo?

Pero ella tampoco responde a esa pregunta.

Padura hizo un esfuerzo y retiró los ojos del cuerpo de Morgana. Buscó la paleta que había dejado descansando en una mesita de madera. Pensó que enamorar a esa mujer debía ser como encontrar el color adecuado mezclando todas aquellas tonalidades que ofrecía la paleta. Algo así como un milagro.

El comisario dio unos pasitos cortos por el salón, sin que los ojos se le detuvieran en ningún punto, como si nada le llamara excesivamente la atención. O todo se la llamara. Pero solo se atrevió a formular un comentario cuando vio una computadora encendida. La pantalla fosforecía, ofreciendo una página de esas de contactos, en las que la gente se manda mensajitos, se declara su amor eterno y a los nueve meses se conocen tomándose un café que nunca repetirán. No estaba

hecho el uno para el otro. Una pena. Una mierda. Padura
había sorprendido alguna vez a su mujer con esa misma
página abierta, volcada sobre el teclado de la computadora,
examinando fotos de tipos. El comisario rezaba todos los días
porque alguno de esos tipos le hiciera caso. Pero ni modo. Su
mujer solo le roncaba todos los días a él.

—¿Está buscando novio por internet?

—Ni por internet ni de ningún otro modo. ¿La pregunta
era profesional o solo ganas de meterse en mi vida privada?

Padura, la verdad, no sabía que responder. O no quiso
reconocerle a Morgana que de ella le interesaba hasta su
modo de respirar.

—Era solo una pregunta tonta —fue lo único que dijo.

—Me alegro que lo reconozca.

Y Morgana pasó junto al comisario, sin mirarlo, y apagó
la computadora. A Padura le llegó, muy poderoso, el aroma
de la muchacha. No sabía hasta cuándo podría soportar aquella tortura. Aquello era demasiado, sobre todo para un viejo
como él, harto de todo, menos de ella. Se colocó junto al
sofá, sin atreverse a utilizar, como si supiera que era cualquier
cosa menos cómodo. Sobre él, se desordenaban varios cojines
y una manta. O la muchacha había elegido el sofá para
dormir, o la habían cogido allí, sin tiempo para llegar a la
cama, porque las urgencias cuando aprietan, aprietan. Padura
sintió una punzada de dolor. Ella también. Se había clavado
una espina mientras comprobaba el estado de las rosas que se
morían en un búcaro de cerámica.

—Disculpe, pero ando muy ocupada —le dijo, no sabía
Padura si para justificar el desorden o para invitarlo a soltar lo
que tuviera que soltar, e irse.

—Ya veo. Ni siquiera tiene tiempo de llevar el auto al
lavadero.

Padura había descartado definitivamente sentarse en el sofá. Ahora apoyaba las manos en el alféizar de la ventana.

He hecho una prueba. Y he comprobado que el carro corre exactamente igual sucio que limpio.

—Pero necesitará ese guardapolvo para subirse en él —le contestó el comisario, sin virarse.

—¿Ahora resulta que el primer problema de la ciudad es la suciedad de mi carro?

Pero Padura no quiso responderle. Al menos, no en la forma esperada por Morgana. Lo hizo con otra pregunta.

—¿Cuánto tiempo hace que compró las llantas del carro?

—¿Para qué quiere saberlo?

—Necesito saber si puedo confiar en usted.

—¿Por qué?

—Porque usted no me produce indiferencia. A estas alturas, debería saberlo.

—No se haga muchas ilusiones.

—Usted tampoco. Yo soy un policía viejo, pero no he perdido el olfato.

—Pero si el tiempo. Conmigo lo pierde.

—No conviene realizar determinadas afirmaciones.

Al comisario Padura le costaba. Le costaba utilizar ese tono con una mujer tan linda. Le costaba dejar que su silueta uniformada se recortara desafiante o siniestra en la ventana. Le costaba hacer de policía. Pero aquellas llantas eran demasiado nuevas y aquel auto llevaba demasiado polvo.

—Cuándo le cambió las llantas al carro?

—Hace unos días.

—Son unas llantas muy caras —observó Padura.

—Las anteriores me iban bien, pero un hijo de puta me las rajó.

Padura se dio la vuelta, con un movimiento brusco.

—¿Y por qué no lo denunció?

—¿Acaso me van a pagar ustedes la factura de las nuevas? Es demasiado elevada.

—Además ¿qué importancia tiene para usted que en la ciudad aparezca un carro con las ruedas rajadas?

—Mucha, si son las llantas de usted.

Morgana no pudo evitarlo. Se le escapó una sonrisa sarcástica que desconcertó al comisario.

—¿Que es peor? ¿Que me destrocen las llantas o que un hombre me vigile desde abajo?

La muchacha quiso responderse. Y cuando tenía la respuesta en la punta de la lengua, la cambió sobre la marcha. No, lo peor no era eso. Lo peor es que se te cuele en casa un policía menso que no para de hacerte preguntas bobas.

—¿Le siguen vigilando?

—Ahora no. El tipo también tiene derecho a desayunar. Estará tomándose una tostada en el bar de abajo. Debería acompañarlo. Ahí puede leer la prensa tranquilamente. Hoy merece la pena.

—¿Ha ido al kiosco? —le preguntó él.

—Sí. Hoy da gusto abrir el periódico.

—¿Está segura?

—Perros Muertos tiene derecho a saber lo que pasa en el desierto.

—¿Por qué cree que es tan importante lo de la Tabla Negra?

Morgana dio una vuelta por el salón. Una señal acústica le avisó de que había recibido un nuevo e-mail. Le echó una ojeada rápida. No pareció importarle.

—Es importante porque demuestra que son asesinatos preparados, premeditados. No hablamos de una gamberrada nocturna. Todo se prepara. Responde a un viejo ritual prehistórico, atávico, de caza.

Primero se pinta a la presa. Después, se caza. Solo que no hablamos de bisontes, sino de mujeres. Por eso es más grave. Son crímenes hechos a conciencia.

—¿Eso es lo siguiente que va a publicar Freddy?

Morgana miró al comisario, extrañada. ¿A qué venía ahora esa pregunta? ¿Qué insinuación escondía? Lo encaró con sus ojos inmensamente azules que también sabían ser duros.

—¿Acaso cree como esa gente que dice que es malo salir en el periódico? ¿De qué parte está, de la verdad, o de los narcos?

—De la mía.

—¿Y cuál es la suya, si se puede saber?

—La de llegar a la verdad sin que la investigación se vea perturbada por noticias que va sembrando, gota a gota, un gacetillero con ganas de fama. No se engañe. A Freddy lo conozco mucho antes que usted. Y solo busca fama. Y la está consiguiendo a costa de unas pobres desgraciadas.

—Y hace que reaccione la opinión pública. Que Perros Muertos se escandalice.

—¿Opinión pública? Esa idea se la habrá metido en la cabeza Freddy. Nunca pensé que se hicieran tan amigos —dijo el comisario, con sorna.

—¿Está celoso?

Padura rió, irónico.

—¿Y usted? ¿Qué plan tiene? —preguntó Morgana, sus dedos tamborileando sobre la mesa en la que descansaba la computadora.

—Ya no tengo plan. La Tabla Negra ha desaparecido. Sin ella no puedo acusar ni al Chivo ni a nadie.

—¿Y no le sirven unas fotos?

—¿Cómo dice?

Morgana hurgó nerviosamente en uno de los cajones de la mesa. Extrajo un sobre. Lo abrió. Y le mostró el material al comisario. Ahí estaba. La Tabla Negra. Fotografiada al más mínimo detalle. Con las inscripciones.

Las pruebas eran concluyentes.

—¿Me va a detener por llenar de polvo mi auto en el desierto, o va a detener al Chivo de una vez?

—¿Qué otra alternativa me queda?

—¿Ver mañana esas fotos publicadas en la portada del *Excélsior*?

—¿Vaya, una especie de chantaje ¿no?

Para que la policía haga su trabajo, hay que actuar así. Amenazarla con un chantaje. Hay sitios en los que no se debe entrar con frac.

El comisario Padura se pinzó la barbilla, quizá reflexionando sobre lo que acababa de decirle la pintora, o quizá pensando en la forma en que iba a salir de esta. Estaba contra la espada y la pared. No podía llevarse las fotos que tenía ahora en las manos, sin más, porque estaba seguro de que el cabrón ese de Freddy Ramírez tendría una copia de cada una de ellas. Se estaría frotando las manos, celebrando anticipadamente la primicia que estaba a punto de publicar, con la anuencia de su director.

El tipo no había entendido claramente el mensaje que le había dejado. Era un inconsciente, y estaba completamente seguro de que, tarde o temprano, lo quebrarían.

Obligó a su mente a pensar con rapidez. Se imaginó la portada del *Excélsior*. Las fotos a todo color, definitivas como una acusación. El Chivo evadido, metido en algún escondrijo hasta que el temporal amainara y ya no se hablara de las muertas, porque a la opinión pública (¡opinión publica, jaja!) le interesaba otra cosa. Los lectores, Freddy Ramírez y hasta Morgana se olvidarían de las muertas, pero el Chivo no. Y cuando regresara a Perros Muertos, lo primero que haría sería buscarlo para hacerle cumplir el destino que le había elegido en esos meses de silencio y reclusión.

El mismo destino que a Ladilla.

Quiso imaginar otra portada. El Chivo mirando a la cámara con ojos atónitos, incapaz de entender lo que ha ocurrido, sus muñecas apresadas por dos esposas, la boca entreabierta soltando un insulto o un escupitajo dirigido al fotógrafo.

Pero el trabajo no estaba terminado. Ni para él, ni para la pintora. Un cuadro inacabado le esperaba en el salón. Padura lo enfocó con sus ojos. A la muchacha muerta le faltaba todavía la boca. Morgana no había avanzado prácticamente nada durante los últimos días. El enigma seguía abierto. Además, no sabía dónde diablos había dejado el pincel que siempre utilizaba, ese que tenía la horca del diablo dibujada en relieve. Era tan descuidada que igual lo había perdido, lo había dejado abandonado en cualquier sitio. El comisario retiró la vista de allí y se dirigió de nuevo al alféizar de la ventana. Pero tampoco duró allí ni tres segundos. Pareció molesto por el ruido que venía de la calle, o por el modo utilizado por Morgana para invitarlo a abandonar su departamento. ¿Podría esperar de aquella muchacha algo más que una mueca desdeñosa? Ser policía otorga algunas ventajas. La gente te respeta. Pero las mujeres te miran como si fueras un pescado muerto.

Morgana se pinzó el labio superior con los dientes delanteros. Dos piezas que sobresalían del resto. Como si fuera familia de Buggs Bunny. Es curioso, tenía unos dientes demasiado grandes y, sin embargo, armonizaban con su rostro. Quizá el amor sea eso, disculpar una dentadura caballuna. Pronto esos dientes desaparecerían de su vista. Morgana se viró y miró de soslayo el lienzo que le esperaba en una esquina, catorce meses ya. Padura se dio cuenta.

—¿Avanza con el cuadrito?

—No lo suficiente. Esto es como sus investigaciones. Siempre hay un cabo que se escapa. Una pieza que no encaja. Pero tengo claro que conseguiré mi objetivo.

—Y yo el mío.

—¿Atrapará al asesino de mujeres?

De eso quería platicarle.

Ese era el as que el comisario Padura tenía guardado. Él podía estar viejo. Perder pelo día a día. Pero no podía permitirse el lujo de perder el olfato. Y sabía que esa muchacha no se sentía cómoda con él.

Le gustaría comprobar algún día si era por culpa del uniforme. Padura no era un bobo. Y este era el momento de sacar esa información preciosa que, al menos, le permitiría apreciar unos minutos más los volúmenes de su cuerpo que ni siquiera el guardapolvo podía difuminar. Y con un poco de suerte, hasta podría arrancarle una sonrisa indulgente antes de que le cerrara la puerta.

Morgana dejó encima de la mesa el pincel que empuñaba. Movió el caballete y el lienzo quedó mirando más a la pared que al comisario. Morgana apartó un cojín y se sentó en el sillón. Padura quiso imitarla, pero optó por prender un cigarrillo que consumiría dando vueltas al salón. Seguía desconfiando de ese sofá. Aunque la muchacha hubiera acomodado su cuerpo en él.

—Creo que ya tengo claro qué chicas aparecen en el desierto. He descartado a las maquiladoras. Todas son teiboleras. Estoy convencido —informó el comisario.

—¿Y cómo ha llegado a esa conclusión?

—Hay un tipo que se pasa el día en la barra del Havanna. Lo llaman Chaparrito. A dos de las chicas les ofreció diez mil pesos por dejarse grabar una película. Después no se ha sabido de ellas. Sus familias, que andarán en Sonora, o en

Hermosillo, bien lejos, sin saber a qué se dedican, no las han reclamado. Y para mí que son las dos muertas que tenemos guardadas en el Instituto Forense. Si fueran maquiladoras, ya tendría a todas las madres invadiéndome la Jefatura. ¿Qué le parece?

—Miserable. Eso de distinguir a las mujeres entre maquiladoras y bailarinas, me parece miserable. Son mujeres, y punto. Mujeres muertas.

El comisario puso cara de reflexionar sobre aquello que acababa de decirle la pintora. Pero después de la media hora que llevaba en su departamento, Padura perdió toda esperanza de que Morgana le regalara una sonrisa. Así que se paró, se despidió de ella y se coló en el ascensor.

Cuando prendió el motor de su Mustang intentó olvidarla, aunque fuera por unos minutos. Obligó a su mente a pensar en otra persona. Le tocó a Cangrejo. Cangrejo, con sus chistes malos, con sus ideas infantiles, con el miedo siempre pegado al culo. Quizá por eso llegaría un día a viejo. Igual él también, con un poco de suerte, lo conseguiría.

SOBRE MI TUMBA LEVANTEN
UNA CRUZ DE MARIHUANA

Morgana fue a buscarlo a la esquina de Zapata. La última vez que pasó por allí fue para llevárselo al desierto. Y fíjate la que se ha montado, pensó, recordando la visita del comisario y sus preguntas estúpidas sobre las llantas de su cuatro por cuatro.

Del departamento salía una música festiva. Baila mi corazón, baila mi corazón, baila para los dos, esto es amooor. Morgana aplicó el oído a la puerta. Distinguió risas. En vez de estar trabajando en el periódico, Freddy Ramírez se estaba corriendo una juerga. Festinaba, no sabía exactamente qué.

Cuando le franqueó el paso, Morgana se encontró con el escenario imaginado. Botellas vacías tiradas por el suelo. Bolsas de papas fritas abiertas o estrujadas. El equipo musical sonando a toda pastilla. Y Freddy Ramírez con la boca desencajada por el alcohol o la sorpresa.

—No te esperaba.

—Yo tampoco esperaba que no publicaras las fotos de la Tabla Negra.

Freddy puso cara como si le hablaran de un asunto remoto. Llevaba muchas horas bebiendo, justo desde que a su departamento llegó el regalito: varias botellas de Chivas, Havana y Sauza, acompañado de dos chavas de apenas veinte años, pero ya con mucho oficio.

—¿Por qué no han aparecido las fotos en el *Excélsior*? Hemos trabajado mucho para eso.

Freddy Ramírez se jaló los cabellos, buscando dentro de su cabeza alguna explicación. Luego hizo un gesto de disculpa que se mezclaba con las risas de starlett de tercera que salían de una de las habitaciones.

—No me dejaron publicarlas. Fue cosa de mi director. Me dijo que me estaba jugando algo más que el despido: mi pescuezo. Así lo dijo. Que Toti andaba buscándome como un desesperado. Que quería corregir el error de Ladilla para calmar la ira del Chivo, que está como loco después de que se haya descubierto lo de la Tabla Negra.

Morgana escuchaba las palabras del periodista, con desconfianza y asco. A Freddy Ramírez se le quedaban enganchadas en el labio inferior gotas de saliva.

—¿Dónde están ahora los originales de las fotos? ¿Y la tarjeta gráfica?

La pintora dirigió una mirada escrutadora al departamento. Pero lo único que encontró fue inmundicia.

—Se la tuve que dar. No tuve más remedio.

—¿A cambio de qué?

Pero Morgana entendió inmediatamente que su pregunta era estúpida. Oyendo las voces de las chavas llamar a gritos a Freddy, como gatas en celo, todas esas botellas de ron o whisky que el periodista no podía pagarse con su sueldo miserable, Morgana comprendió todo. Fotos a cambio de diversión. Y Freddy no tuvo fuerzas para decir que no. A fin de cuentas, era un hombre. Morgana se reprochó haber confiado en el, creerlo un militante de la verdad y las causas imposibles.

—Lo hice sobre todo por ti. No solo querían mi pescuezo, sino también el tuyo, Morgana.

Los ojos de Freddy se pusieron aguanosos. Pero ni así iba a creerlo Morgana. En lo único que pensaba era en que tenía unas fotos de la Tabla Negra, pero le servían de bien poco. No solo porque eran solo una copia, que la tarjeta gráfica con las originales estaba en manos del Chivo, si era cierto eso que le contaba Freddy, sino porque no había en todo Perros Muertos un periodista capaz de publicarlas. Optó por abandonar el departamento. Lo hizo tirando al piso el periódico que traía bajo el brazo. Al arrojarlo, se abrió como si fueran unas alas, la portada del *Excélsior*. En ella se informaba, con un titular a cuatro columnas, de nuevas inversiones que el gobierno federal preparaba para Perros Muertos.

De las difuntitas, ni una línea.

Le apretó las muñecas con la misma fuerza que había empleado unos días antes para echarla de la comisaría.

—Mi hija ha desaparecido.

Pero esta vez no quiso decirle estará con el novio, ya regresará. Aquella vieja era demasiado terca como para conformarla con la fórmula de una frase muy ensayada. Ella protestó. Me está haciendo daño, le quiso decir, con esa mirada adolorida de la que ya no podía desprenderse. Pero el comisario Padura no aflojó. Estaba harto de esa vieja. Y de todas las viejas que le llegaban a la comisaría preguntándole por sus hijas extraviadas. ¿Acaso eran tan bobas como para ignorar que era en el desierto y no allí donde debían buscarlas? ¿Cómo podían creer que se ponían esos vestidos ceñidos si no era para desear que se los quitaran? Padura se alegró de que su hija estuviera muerta. Así se evitó verla salir un día de casa con esas telas ajustadas, aunque Yamilé había siempre preferido ropas de hippie, un poco como Morgana, ropas que le difuminaban las formas, como si quisiera deliberadamente hacerse menos deseable.

Pensó en la pintora. Pensó en su hija. Unos hilos rigurosamente invisibles querían unirlas en su suerte.

—Suba al carro —ordenó.

Mamá Lupita obedeció. Ahora los dedos crispados del comisario apretaban con fuerza el volante del auto. A mamá Lupita le seguían doliendo las muñecas.

Cora se acaricia la piel. Se la siente gastada. Piel de vieja. Y eso que aún falta unas semanas para que celebre su veinte cumpleaños. Se toca los pechos. Macerados. Aplastados por demasiados hombres. El que tiene al lado deja escapar un hilo de baba que se le escurre por la barbilla. La panza le sube y le baja con movimientos rítmicos. Cora se viste. Tiene que volver al Havanna. Agarra una falda muy corta en la que brillan mil lentejuelas. Extrae un espejito del bolso. Se examina la cara. No puede presentarse con ese aspecto en el Havanna. Tendrá que aplicar mucho maquillaje para que no se le vean los arañazos que le ha hecho la barba del tipo que ronca a dos metros de ella. Le dan ganas de robarle la pistola esa que le he enseñado orgulloso, antes de quitarse la ropa y empezar a amasarle las tetas, con desesperación. Le metería dos tiros, o los que fueran necesarios. Siempre le daban ganas de eso. Pero todavía apreciaba un poco su vida como para atreverse. Así que opta por aplicarse más maquillaje.

Cuando llegue al Havanna, Cora estará impecable, la falda perfectamente ajustada, los pechos apuntando al cielo, la cara lisa como de adolescente, el pelo engominado despeñándose por los hombros desnudos. Sale a la calle, anunciándose con los tacones. Varios ojos se quedan fijos en ella.

Pero Cora no acelera el paso. Todo el mundo en la ciudad sabe que es amiga del comisario Padura, que nadie puede hacerle nada. Salvo que un día se le crucen Los cables y agarre el cuerno de chivo de algún cliente.

Cora es amiga de Padura. Eso es lo que dice la gente, que nunca le ha preguntado a ella. Le coloca su brazo velludo encima de los hombros, en un gesto protector. No parecen la puta y el cliente. Solo el policía y la bailarina. Pero durante una hora, todos los jueves, juegan a ese juego, sin que el comisario se atreva a quitarse los calzoncillos. Pero cuando lo ven salir de allí, con una sonrisa triunfal colgada de la boca, todos sabrán que le ha dado cuero a Cora.

Padura no puede faltar a esa cita. Todos los jueves.

Las luces oscilantes del Havanna acribillan el piso. Son de todos los colores. Una esfera espejeante cuelga del techo, como si la gravedad no existiera para ella. El pinchadiscos se queda embobado mirándola, como si asistiera a un prodigio, aquello suspendido del aire. Acaba de poner una canción de Julieta Benegas. Esa de moda... Qué lástima pero adiós...

Es la misma que suena en el carro del comisario Padura, que maneja ahora suavemente. La música amansa a las fieras, piensa mamá Lupita, viendo como esta vez no sujeta con tanta fuerza el volante. Caminan callados. Mamá Lupita no sabe dónde la lleva, pero no tiene miedo. No tiene medio desde que su hija ha desaparecido. Solo angustia. Y la angustia es peor que el miedo. Ya no tiene miedo a los rostros malencarados de los chavos que enseñan sus Mágnum, ni a los policías que le aprietan las muñecas. Vaya donde vaya, será mejor que quedarse respirando el aire adulterado de la comisaría o el perfume que su hija le dejó estancado en casa.

El comisario Padura deja el auto en una calle iluminada por los neones de antros que escupen músicas chillonas. Mamá Lupita lo sigue. Incluso cuando entra en el Havanna, el portero haciéndole un leve gesto de cortesía. Padura deja vagar la mirada por el local. Tres tipos discuten en una esquina, a punto de fajarse. Pero prefiere pedir una cerveza. Una camarera que un día fue joven y bonita se la sirve. El comisario le dice algo al oído. Ella se acerca a la máquina registradora y le entrega las vueltas. Mamá Lupita no se ha dado cuenta del detalle. A fin de cuentas, se siente en el mismísimo infierno. Pero la camarera le ha hecho un gesto a una chica que se despereza lascivamente en la tarima que ocupa el centro de la pista.

El comisario Padura se echa un trago largo, muy largo, que casi vacía la botella de cerveza. Medita pedirse otra, pero la chica que bailaba ya se ha puesto a su altura. Mamá Lupita mira su falda, constelada de lentejuelas. Brilla igual que la esfera que pende sobre sus cabezas, allá donde ni siquiera llega la ley de la gravedad. Sus piernas son lindas, le queda bien aquella falda. Pero hay algo en su cara que la hace vieja, medita mamá Lupita, que enseguida se cuela por un pasillo de paredes desconchadas.

Sigue al comisario y a la chica.

Suben por una escalera, agarrándose a unas paredes llenas de manchas que se mantienen hasta llegar al primer piso.

Padura empuja una puerta de madera. Al fondo parece moverse una sombra. Será un gato. Acciona un interruptor. La luz descubre los ojos alucinados de una chava. Está medio desnuda. El comisario le ordena que se vaya. Ella aspira con fuerza, como sorbiéndose los mocos.

Mamá Lupita mira de nuevo a la muchacha. Ahora sí, incluso la luz enferma que difunde el único bombillo de la habitación, le permite ver su rostro cansado que ni el maquillaje puede disimular. Vuelve a sorberse los mocos.

—Tienes esto siempre regado, eh —le amonesta Padura.

En efecto. En la habitación hay un desorden de desván. Vestidos de escasa tela y bragas arrugadas le disputan el espacio a botellas de cerveza.

—Tienes esto que parece un mugrero —concluye Padura, mirando con asco todo lo que le rodea. Igual la decisión de que jamás se acostaría con Cora la tomó el primer día que ella la condujo allí, cuando apareció la primera muerta. El comisario empezó a creer que igual no había sido en la posada dónde había agarrado la sarna, sino allí. Pensar eso le hizo llevarse los dedos de la mano izquierda a la entrepierna. Agradeció no llevar las uñas cortadas.

—Prefiero esto a las habitaciones de la posada.

Sí. El comisario Padura no quiso ese día tomarse ni una cerveza en la barra. Entró con prisas en el local. Un cliente negociaba la tarifa con Cora. Cuando ya sacaba del pantalón un billete gastado, Padura le ordenó que se lo guardara. El Havanna tenía más bailarinas dispuestas a acostarse, incluso con un tipo feo como aquel, a cambio de cuatro pesos. Cora lo llevó a su camerino.

Padura abrió su cartera y extrajo una foto. ¿Bailaba aquí? Cora acercó los ojos a la fotografía. La luz era insuficiente, como siempre en aquel chinchal, pero pudo apreciar los pómulos altos de la chica, el pelo color café, lacio, la sonrisa que solo pueden mostrar lo que no están preocupados por nada, ni siquiera por la vida, o por la muerte. ¿Bailaba aquí?, insistió Padura. Cora lo miró extrañado, bien porque le hiciera esa pregunta, o porque hablara de ella en tiempo pasado.

No, no... nunca la he visto. Negó ella con la cabeza.

Pero el comisario Padura vio como sus dedos temblaban, la foto bailando, quemándole. Y supo con absoluta certeza que ella había visto ese pelo largo y lacio antes, y que quizá uno de esos vestidos que había tirado por el piso de aquella habitación sería de la muerta, o a lo mejor, el mismo nicky rojo que ahora llevaba puesto Cora, igual ese nicky aplastó un día los pechos de aquella muchacha que había aparecido desnuda en el desierto.

No, nunca la ví, repitió Cora.

Padura la observó. Largamente. Hasta conseguir que sus labios también temblaran, hasta conseguir que ella se diera cuenta de que no lo había engañado, que sabía que le estaba mintiendo, y de que incluso él aceptaba ese juego, anudados por la complicidad, igual que aceptaba el juego de acompañarla cada jueves a la posada, sin que él se atreviera jamás a desprenderse de los calzoncillos, porque solo le quería platicar.

—Está bien. No le molestaré más.

Pero no cumplió su palabra. Por eso estaba allí, en su camerino, acompañado por una señora de aspecto repentinamente avejentado.

Mama Lupita se fija en los dedos de Cora. Finos, muy finos. Le recuerdan a los de su hija. Tiene muchas ganas de pintarle las uñas de ese color cereza que tan bien le queda. Será lo primero que haga cuando la vea. Para parecer una actriz de telenovela no hacen falta vestidos caros, sino solo pintarse las uñas. Las de Cora son de color rosa. Mamá Lupita ve que lleva una uña astillada. Cora parece darse cuenta y la esconde.

Padura también esconde los dedos. Los ha enterrado en los bolsillos. Hurga. Se oye el tintineo de las llaves. De varias monedas. Las desprecia. Busca otra cosa. La encuentra. En el bolsillo trasero. Es una fotografía.

—¿Bailaba aquí? ¿La conoces?

Cora ya ha vivido esa situación. Ahora el comisario no la trata de usted, como la primera vez, conoce hasta el color deslavado de esos calzoncillos que nunca se quita, pero se siente igual de intimidada, aunque los dos hayan pactados que son amigos, y ella se sienta más segura desde que Padura le acompaña todos los jueves una hora entera. Una muchacha. Pelo negro, lacio. Podría pensar que Padura le ha puesto delante la misma foto que hace unas pocas semanas. Tiene claro lo que tiene que decir. La examina. Y cuando va a abrir la boca para decir no, no la conozco, nunca la ví, el comisario Padura se la acerca más a los ojos, no quiere que se la devuelva todavía.

—Fíjate bien —le dice, clavándole la mirada.

Conoce a Padura. Conoce que su matrimonio es una mierda, que Cangrejo es un inútil, que las muertas le están tocando los cojones, metiéndolo en un callejón sin salida, que vive aterrorizado por el Chivo. Que tuvo una hija de la que nunca se atreve a hablarle. Que de su hija desconoce cosas que un día descubrió Cora. Ahora el comisario la mira fijamente. Ella se ha desentendido de la foto. No tiene que verla más. Viendo la mirada de Padura sabe lo que tiene que decir. Si una vez mintió, puede hacerlo de nuevo. Solo tiene que mover los labios. Que le vuelven a temblar. Como aquella vez.

—Si, ella bailaba aquí, los fines de semana. Hasta hace unos días.

El comisario Padura la mira, con aire satisfecho. Mamá Lupita le arrebata la foto. Se la quita de un jalón.

—Eso es imposible. Imposible.

Grita. Grita. Grita. Querría entrarle a mordidas a aquella mujer, a aquel comisario de mierda. Pero las fuerzas solo le alcanzan para gritar.

—Ella tenía muchos amigos. La buscaban aquí y se la llevaban al hostal, a compartir.

A Cora los labios le siguen temblando, pero construye frases, animada por la mirada complacida del comisario Padura, que solo se interrumpe cuando recibe un empujón. Mamá Lupita sale violentamente de la habitación. Quiere abandonar cuanto antes aquel antro, que, en efecto, es el infierno.

Solo en el infierno te pueden decir que tu hija es una puta.

Y por eso está muerta.

Durante unos segundos Cora y el comisario se han quedado mirándose, como horrorizados de su propia infamia. Miente muy bien, aprendió a fingir orgasmos, miente rebien la cabrona esta, piensa Padura, antes de darle guantazo que la dejará llorando.

Cora se siente mal, muy mal. Pero no tanto como Padura. Cuando el comisario llegue al estacionamiento, no podrá subirse al auto. Se apoya en él, a punto de caerse. Una sustancia agria le inunda la garganta. Siente en las tripas el mismo volcán que lo ha sacudido cuando se enfrentaba a los cuerpos desnudos de todas aquellas muchachas. Vomita. Vomita mucho. Como si quisiera sacar de dentro toda la mierda que tiene metida en las tripas. Pero ni siquiera cuando bota el que parece que es el último vómito, se siente mejor. Piensa en Cora. La ha golpeado con fuerza. A él le gustaría que alguien le pegara. Una y otra vez. Hasta hacerlo irreconocible, que se le borraran esas facciones de hijo de puta que se ha ido ganando con tantos años de vilezas. Eso que se ha ahorrado su hija, ver como las facciones se le volvían canallas.

Se sube al Mustang. Le da vueltas a la cabeza. Baja la ventanilla y le azota el viento caliente de las dos de la tarde. Pasan tres semáforos hasta que tiene una idea. Encuentra una salida. La única que le queda. Es la gran oportunidad. No puede dejarla escapar. Piensa en Morgana. No va a defraudarla. Es ella la primera que tiene que enterarse. Nada de tablas con mujeres pintadas, nada de bandas organizadas que matan muchachitas como fin de fiesta. Nada de narcofosas. Fue él. Si. El comisario Padura, con licencia policial 1824/13, nacido en el DF, empleado durante veintidós años en la AFI, y enviado a Perros Muertos a modo de castigo, fue él el que violó, estranguló y golpeo a las cuatro muchachas, ellas no tenían más derecho a vivir que su hija. ¿Por qué ellas podían ir a la academia de computación o a bailar y su hija no?

Porque tu hija tenía el pelo exactamente así, negro, lacio. Exactamente igual que las difuntitas. Eres tú el que no puede tolerar la belleza inalcanzable de esas muchachas de pelo tan lindo, no puedes soportar que ellas tengan esos pechos duritos y tú seas un viejito al que ni siquiera se le para la verga. No, no fue Toti, ni Ladilla, ni Chaparrito, ni ninguno de los güeros que acuden al Havanna, ni el Loco Vargas mandado por el Chapo Méndez. Fui yo, lo de las muertitas es cosa mía, Morgana. Si, Morgana, cosa mía. M/i/a. Y ella no podrá creerlo. Tanto tiempo buscando al asesino, y esta noche estará con él, más cerca que nunca. Si, Morgana, créelo, cuando acababa mi trabajo en este despacho de mierda, con tal de no volver a casa a ver el rostro demacrado de mi mujer, de oírnos masticar la triste cena de siempre, entretenla el tiempo en el Havanna. ¿Por qué te crees que yo conocía a Cora? A Cora y a las demás. Las putitas no solo le aceptaban una cerveza, sino que incluso lo acompañaban afuera. A algunas le apetecía meterlas en la posada. Pero él era un machito. Y por lo menos tenía que estar ahí encerrado una hora, haciéndose el machito. ¿Que dirían si lo ven salir a los veinte minutos? ¿Tan flojo era el comisario Padura en la cama como para caer tumbado al piso en el primer asalto? No, era preferible el olor a cuero quemado de su carro. Lo probaron todas. Una detrás de otra. Las cuatro muertitas. Ya ves, Morgana, todo cuadra. El enigma de tu cuadrito está cerrado. Encontraste la boca que buscabas. Es esta la boca que buscabas, la boca del asesino confesando los crímenes. La boca que empezabas a pensar que incluso algún día podrías besar.

Mi boca. Esa es la boca que contiene todos los horrores.

Padura lo hizo. Padura lo hizo. Padura lo hizo. Se lo va repitiendo, gritándolo casi, una mano apoyándose en la ventanilla bajada, y parece muy contento, hasta incluso canturrea ese estribillo, Padura lo hizo, Padura lo hizo, como la canción del verano, la frase bailando en sus labios, hasta que se quiebra en un silencio súbito.

A Padura algo lo ha puesto serio.

Y no es que se le haya encendido la reserva del combustible. Padura ya no canta. De pronto le ha entrado una duda que le ha dejado una sombra en el rostro. Así, repentinamente. Una sombra demasiado grande como para ignorarla.

¿Le creerá Morgana?

¿De veras va a creer que fue él quién dejó a las muertitas botadas en el desierto?

A fin de cuentas, Padura no sabe mentir. No es como Cora, ofreciendo a sus clientes unos orgasmos de ficción que él siempre se negó a recibir.

Padura da un puñetazo al salpicadero. Varios casetes saltan como si fueran palomitas de maíz. No, Morgana no lo creerá. Su intuición de policía se lo dice. Pensará que le está gastando una broma pesada, o que bebió demasiado en la cantina.

Y además, ni siquiera esa confesión le parece a Padura expiación suficiente para sus continuas vilezas.

La siguiente es acusar a Morgana de asesinato. Porque el comisario Padura se ha enredado tanto las últimas horas en lo de las difuntitas, que ha olvidado las palabras del fiscal Mendoza: su rubia dejó un muerto en el DF. Lo podría investigar yo, pero es preferible que lo haga usted.

Se lo dijo así. Sonriendo. El muy cabrón.

El comisario Padura se va a quedar durante varios minutos mirando el menú de cuarenta pesos que ofrece la fonda en la que come todos los días, como si no supiera todavía cómo se las gasta doña Lita cuando se encierra en la cocina. Carnes insípidas, salsas aguanosas, merluza que fue fresca hace mucho tiempo... Pero Padura no estaba pensando en eso.

Si lo hubiera hecho, habría dado media vuelta para buscar otro sitio donde comer, en vez de dejar que la camarera de siempre desplegara delante de él el mantel de hule que conserva las mismas manchas de ayer, mientras le pregunta, cómo va el día, comisario, ¿alguna muertita más?

Padura le responde con un gruñido. Nunca tiene ganas de hablar de las muchachas que están apareciendo en el desierto, y menos ese día. La única muchacha que ocupa su pensamiento es Morgana. También el fiscal ha pensado en ella.

—Su rubia tuvo un novio. Pero la cosa no funcionó. O eso pensó él, que la cosa no iba como debía, porque se buscó otra hembrita. Cambió la rubia por una morena. Quizá demasiado delgadita, pero muy linda. Pelo color café y lacio, exactamente igual que nuestras muertitas. Porque son nuestras muertitas, las suyas y las mías... Lástima que no tengamos ninguna foto reciente de la chica. Murió atropellada.

Por un cuatro por cuatro que se dio a la fuga. Llovía mucho. Pero su rubia no se esperó a ver si el novio, desconsolado, solo, desdichado... volvía de nuevo a sus brazos. Ni esperó a que se resolvieran las primeras indagatorias. Hizo las maletas y abandonó el deefe, buscando la frontera, como si huyera de algo. A unos metros de Estados Unidos, todo sería más sencillo si las cosas se ponían feas y a alguien se le ocurría empezar a hacer preguntas. Y yo ya me he hecho unas cuantas. Mi trabajo también es quitarle el polvo a expedientes que están por ahí injustamente olvidados.

Las palabras de Mendoza le vienen golpeando el cerebro desde que se las ha lanzado esa mañana, su voz con un acento triunfal. No le ha costado trabajo imaginar su sonrisa, una mano agarrando el auricular del teléfono, la otra sosteniendo un vaso de Sauza que vaciará antes de acabar la conversación, y le sabe muy rico, hay algo que festinar, aquella rubia no le inspiró ninguna confianza desde el primer día que la vio, la asoció siempre a problemas, él tenía dentro un bichito que le avisaba cuando alguien no era trigo limpio. Aunque Padura sabía que todo eso era mierda, que no se le prendía ningún chivato, ni siquiera el del hígado, anunciándole que la dosis de alcohol superaba ya la permitida. Un problema de medida, eso le pasaba a la fiscal, que va dejando caer sus conclusiones con lentitud, como si ese día no tuviera otra cosa que hacer. La rubia empezaba a ya no ser un problema para Mendoza. Preguntarse por su pasado le empezaba a divertir.

—Ya ve, hay muchas razones para llegarse aquí, justo al ladito de la frontera, para dejar el deefe... La rubia también tuvo las suyas...

Tiene sed. Padura también. Una sed poderosa. En pocos minutos ha acabado con la jarra de agua de guayaba. Hace una seña a la camarera. Enseguida la repone. Aprovecha el viaje para traerle el mismo bistec de ternera de ayer. Corta un trocito y se lo echa a la boca, desganadamente. El comisario cree que aún podrá recuperar la buena opinión que siempre le mereció la carne de res. Pero, desde luego, no allí. Seguramente, en el restaurante al que piensa llevar a Morgana, la prepararán bien rica. Nada que ver con el chicle que ahora se le engancha en todos los dientes. Porque sabe que es obligatorio, deberá tener una conversación íntima con la pintora, aunque ella no quiera, le da igual que lo insulte, que lo golpee, querría proponerle una cita, tres velitas prendidas haciendo compañía a un ramo de muérdago en el centro de la mesa que cubre un mantel de hilo, le gustaría plantearle ese plan, que ya no lo mire más como a un policía, y Padura compone un gesto de fastidio o decepción, no solo porque una hebra de carne se le ha enganchado entre dos dientes, sino porque debería esperar para pedirle eso, mirando como un policía, y lo peor, quizá después de aquella pregunta que estaba obligado a hacerle, jamás le podría mirar de otro modo, y de nada serviría quitarle el corcho a la mejor botella de vino chileno, porque empezar a sobrar todo, empezando por las velitas y el muérdago Padura detiene los ojos en la mesa que ocupa. Nada de lujo. Solo unos cubiertos usados encima de un mantel mugroso. Ahora se da cuenta que el bistec hace juego con todo aquello, y solo el arroz con leche con canela espolvoreada desentona en esta fondita que pertenece a su mundo, igual que los ronquidos de su mujer, los malos modos del fiscal Mendoza y la gaveta que no se atreve a abrir, allá en la penumbra de su despacho. Esa es tu vida, y de ella ya no podrás escapar, por mucho que corras, porque siempre te alcanza. Ni siquiera agarrado a una melena rubia que se te escapa entre los dedos.

La vida. La pinche vida cabrona.

Padura pide la cuenta.

Debe hacerle una visita a Morgana.

La encontró vestida, oliendo a perfume. El bolso colgado de uno de sus brazos.

—¿Iba usted a salir?

—Sí, estaba a punto de hacerlo.

—Últimamente lleva mucha prisa. Es difícil localizarle.

—Sí, el trabajo se me amontona.

—¿No acaba el cuadro?

—Ya queda menos.

—¿Usted siempre pintó?

Ella lo miró, con recelo. No sabía por dónde iba ese día el comisario. Le hablaba en un tono muy raro.

—Es que me han contado una historieta que a mí no me ha gustado. Que usted participó en un movimiento contra el Tratado de Libre Comercio.

Ah, que era esa historia con la que le venía ahora el policía. Morgana respiró, aliviada. El comisario, que estaba en todas esa mañana, se dio cuenta, pero disimuló.

—Sí, efectivamente.

—¿Qué tiene en contra de las maquilas? Dan trabajo a mucha gente.

—A cambio de cinco dólares al día, con jornadas laborales que no bajan de las ocho horas. Por eso las instalan a este lado de la frontera, no allá, en Estados Unidos, donde nadie aceptaría esas condiciones.

Los gringos encuentran aquí la mano de obra más barata. Y la culpa no es de las pobres mujeres mexicanas que aceptan esos sueldos, sino del Tratado de Libre Comercio, que es el que los marca.

Morgana expulsaba fuertes bocanadas de humo, de pie, como si sentada no pudiera darle el vigor que quisiera a sus argumentos. Hasta se ha olvidado del cilindro de ceniza que amenaza con separarse de lo poco que ya queda del tercer cigarrillo que ha encendido en veinte minutos. Padura ya empezaba a conocer los rincones de aquel salón, y supo dónde encontrar un cenicero. El comisario hubiera querido tener más gestos de cortesía hacia Morgana, pero esa tarde no debe verla como una mujer que se había colado en sus días y en sus noches, sino como a una sospechosa. Por alguna razón, no acababa de convencerle la historia que le había contado de su manifestación en contra del Tratado de Libre Comercio.

Padura le dedica al cuadro la misma mirada curiosa de otras veces. Siempre ha intentado buscarle nuevos significados. El arte está hecho para provocar, le dijo un día Morgana. Pero en el comisario, el cuadrito solo le consigue provocar esa mañana una pregunta. Algo es algo.

—¿Por qué la chica ha aparecido en el desierto?

Lo pregunta así, despreocupadamente, como si quisiera que Morgana se relajara. Pero ella está demasiado nerviosa, aunque intente disimularlo.

—¿La prefiere en medio de un campo de fútbol?

—Eso sería más original. Llevándola al desierto lo único que hace es retratar a una de esas muchachitas que aparecen abandonadas en el desierto.

—Nadie dijo que yo fuera original.

—Entiendo. ¿Cuánto tiempo hace que empezó el cuadrito?

—Creo haberle dicho que hace dos meses.

—¿Y cuándo tomó la decisión de llevarse a la muerta al desierto? Porque siempre me ha hecho gracia la facilidad que tienen ustedes y los novelistas de llevarse los muertos a donde les sale de las narices. Los mueven como si fuera una mota de polvo...

—¿A dónde quiere llegar?

—Al final, como siempre.

Desde el primer momento. El desierto representa la impunidad. Que ocurra lo que ocurra, las autoridades nada van a hacer —Morgana ha endurecido la voz, mira con ojos fríos al comisario, Padura se acuerda de lo que le dijo el fiscal, la mejor defensa es un buen ataque—. Una mujer botada en el desierto no tiene ninguna defensa, ninguna salvación, ni siquiera de la policía, porque después de muerta ya no le interesa a nadie.

—¿Y todo eso lo pensó hará... unas tres semanas, no?

—Así es.

—La primera difuntita apareció allí, en el desierto, hace más o menos el mismo tiempo.

—El arte es mera premonición. Y a veces casualidad.

—Eso no lo entiendo.

—¿Acaso pretende entender el arte? No pierda el tiempo...

—Es lo que intento, con usted, no perder el tiempo...

Ella lo mira con un punto de insolencia en sus ojos.

El comisario Padura vuelve a pensar en la frase que le regaló el fiscal Mendoza: la mejor defensa es un buen ataque. Seguro que con aquella vieja haciendo las mismas preguntas, Morgana no podría escaparse, ni siquiera permitirse esa seguridad en las respuestas. Aquella rubia siempre conseguía llevarla a su terreno. Pero Padura todavía estaba a tiempo de corregir la frase. No podía bajar la guardia.

—¿Qué paso en el DF?

Padura le hace la pregunta al mismo tiempo que le ofrece el cenicero. Ella duda durante unos segundos, a pesar de que la ceniza está a punto de desgajarse del cigarrillo. Por fin acepta la invitación de Padura, da una última chupada profunda al Marlboro y termina aplastándolo en el cenicero, lentamente, como si quisiera ganar tiempo.

No. Ese día Morgana no encontró en los ojos de Padura deseo. Ni siquiera benevolencia. Son otros ojos. Ojos suspicaces, que dudan de todo, hasta de la conveniencia de aceptarle a la chica un whisky que tenía escondido en un mueble bar en el que Padura se había fijado otras veces. El comisario siempre lo imaginó lleno de bebidas isotónicas.

—Creía que usted no bebía. ¿No me dijo que era malo para la inspiración?

—Hace tiempo que no pinto.

—Ya le dije que yo creo que la bebida no es mala para la inspiración. Solo para el hígado. Además, todo es una cuestión de medida...

La pintora no contesta. Se limita a colocar la botella de Vat 69 en medio de la mesa. No espera a que el comisario Padura diga sí o no. Simplemente saca del mueble bar un par de vasos, los mira a trasluz, comprobando que no llevan demasiado polvo acumulado, y los llena con una dosis considerable de whisky.

—¿Por qué abandonó el DF?

El comisario Padura suelta la pregunta después de mojarse los labios con aquel líquido que jamás toleraría, ni siquiera aunque fuera servido por esa mujer que tenía colada bien adentro. Tanto que debía estar alerta, muy alerta. Estás fregado, Padura, estás fregado. Así que… cuidadito con la rubia. Sobre todo hoy.

Ella se echa un buche de whisky a la boca. Aquello parece sosegarla. Aunque tantea el paquete de Marlboro, finalmente descarta sacar un nuevo cigarrillo.

—¿Por qué abandonó el DF? -le repite Padura.

—Y usted ¿por qué lo hizo?

—Me botaron —responde el comisario.

Morgana prueba de nuevo el whisky. En el deefe se aficionó a aquella bebida escocesa, la consideraba más noble que el tequila, y desde luego, más recomendable que la cerveza.

El deefe… se queda pensando, absorta. Largas distancias, la vida encerrada en un vocho que te lleva siempre al mismo sitio, porque en el deefe todo está lejísimo, pero el maldito Volkswagen siempre te termina dejando en el mismo sitio, todo se mueve para que te quedes estancada, en el deefe todo está lejísimo, incluso el amor, sobre todo el amor, no es una ciudad para enamorarse, y ni siquiera en el piso treinta y siete de la Torre Latinoamericana, apurando un jugo de naranja en compañía de Arturo, él identificando cada uno de los volcanes que divisan, ni siquiera allí, donde dicen que uno está por encima de todo menos del amor, sintió que Arturo estaría dispuesto siempre a llevarla a ese piso para susurrarle al oído que el sol vive en tu pelo, Morgana, como si una intuición le avisara a tantos metros del suelo, que se entendía con una jija a la que seguro también la llevaba allí para decirle que el sol vive en tu pelo, y solo cuando todo estalló pudo entender el saludo familiar que le dirigió el camarero cuando pidió para Morgana el jugo de naranja. En el deefe el amor es imposible. Y le hubiera gustado confesarle eso al comisario Padura, que le hubiera replicado con otra pregunta ¿y aquí es posible?, ella se encogería de hombros, o negaría con la cabeza, y entonces él quizá afirmara con voz segura que sí era posible, pero todo eso son hipótesis, como el amor, el amor es una hipótesis, una conjetura, o peor, una pista falsa, sí eso es, el amor nos viene siempre con un nombre que nunca es el correcto, puede ser Jennifer, Inma, Patricia, a fin de cuentas, eso, una pista falsa que seguimos como detectives mensos, como policías cansados que se pasan las horas muriéndose en un despacho mugroso.

Por eso Morgana nada dice.

Aunque el comisario Padura nota que su pensamiento se ha fugado muy lejos, la mirada absorta, algo escarbándole muy adentro, como solo hace la conciencia.

—¿Cuántos vasos como ese había bebido el día del accidente?

Morgana tarda varios segundos en reaccionar. Mira alternativamente a la botella y al comisario, que le clava sus ojos profesionales.

—¿Cómo dice?

Y el comisario Padura no le responde inmediatamente. Se limita a mirar muy serio a la muchacha, a apreciar cómo deja sobre la mesa el vaso mediado de whisky y rebusca en la cajetilla de Marlboro hasta dar con el cigarrillo que antes despreció, y que ahora prende con alguna dificultad.

—Todos tenemos escondidos secretos en el clóset. Pero es preferible que los saquemos nosotros... a que alguien meta ahí las manos y nos los robe para enseñárselos a todo el mundo. ¿No le parece? Morgana duda. Ni siquiera darle un par de chupadas al cigarrillo la tranquiliza. Quizá porque nada esté en condiciones en ese momento de tranquilizarla. Lanza una mirada rápida alrededor, como si quisiera encontrar allí, en un rincón, la respuesta que necesita.

—¿Y va a ser usted el que meta las manos en mi clóset?

—Prefiero que lo haga usted. Aquel domingo ocurrió algo. Llovía demasiado. Haga memoria. ¿O se lo impide el whisky?

Ella lo mira con extrañeza, como si alguien se le hubiera colado en una pesadilla. Deja el cigarrillo humeando en el cenicero, se cuadra, todo destinado a aparentar una tranquilidad que está lejos de sentir, porque jamás pensó que hubiera algo que le produjera más asco que las miradas del comisario Padura tasándole los muslos, a tanto el kilo de carne. Y sí, lo había: que el mismo hombre de aspecto derrotado le pidiera que echara la vista atrás para volver nada menos que al deefe, donde todo es posible, menos el amor. Todo es posible.

Incluso la muerte.

Sobre todo la muerte.

El deefe, el deefe...

La muy jija quería tocarle bien los ovarios. No solo se pasaba las horas riéndole las gracias a Arturo, los chistes que Morgana creyó que solo debían ir destinadas a ella. Esta vez no la vio bien apretadita a ese hombre que había tenido brincando su corazón durante los últimos cuatro meses. Iba sola. Una sudadera tapando su cuerpo escuálido. Una cinta apretándole la frente. Tenis nuevecitos, de esos que no están trabajados, los que solo usan los deportistas de ocasión. Era domingo. Morgana había madrugado para ver a las ardillas del jardín, allí en Parque Hundido, a unos metros de su departamento, había madrugado para ver a niños jugueteando, y también había madrugado, también, para ver a viejos con un periódico abierto, asustándose de qué forma cambia el mundo, apenitas en un segundo. Para eso se puso el despertador a las ocho de la mañana. Pero se arrepintió. Algo había venido a desordenar el paisaje. Aquella tipa dando saltitos de canguro por el jardín deseí tocarle los ovarios a ella. Y eso ya era demasiado. Te pasaste de la raya, cabrona, le decía, viéndola hacer sus ridículos estiramientos. Así, un domingo y otro, ella abandonado el Parque Hundido con una sonrisa triunfal que Morgana sabía que iba dirigida exclusivamente a ella, a la muy jija le había entrado la pasión por el deporte, y no se saltaba ni un domingo, ni siquiera aquel en el que pareció repetirse el diluvio universal, el agua cayendo a cántaros, tanto que tuvo que desistir, piensa que es una estupidez estar afuera empapándose, debe ser la única persona que está en la calle, pero es mentira, no es la única, pero ella no puede verlo porque tiene los ojos velados por la lluvia y el sudor, pero pronto estará a resguardo, porque ha dejado el auto estacionado a apenas media cuadra, la sonrisa triunfal no se le borra de la cara, ni siquiera con las gotazas que le caen, Arturo se la ha puesto ahí para que nunca desaparezca, y ni siquiera lo hace cuando nota un empujón metálico y siente que la cadera le duele demasiado, quizá es la forma del jardín, lleno de subidas y bajadas que castigan hasta el último músculo del cuerpo, es un dolor nuevo, qué oportuno, le ha dado ahí en mitad de la calle que nunca podrá cruzar del todo, pero eso no lo sabe ella todavía, solo lo sabe Morgana, o a lo mejor, ni siquiera Morgana, porque Padura le está insistiendo, y ella dice que llovía demasiado, a cántaros, y repite esa expresión, llovía a cántaros, y que es mentira que ella acelerara, que el bulto se le echó encima, frenó con todas las fuerzas que tenía, pero ya era demasiado tarde, Padura cabecea negativamente, le pregunta cuánto whisky había bebido esa mañana, ella responde que solo se tomó un café con leche con una pizquita de sal, para que supiera rico, la lechita sabe así bien rica ¿sabe usted?, porque lo único que pretendía era ver a las ardillas saltar de un sitio a otro, pero se encontró con aquel bulto en medio de la carretera, y Padura le pregunta para qué diablos agarró su carro si solo iba a ver las ardillas, o es que pensaba darles una vueltita en el carro, Padura se sorprende de utilizar un tono tan duro, pero tiene que hacerlo, y ahora es Morgana la que niega, no, no, no, no... pero la aguja del velocímetro dice sí, sí, sí, sí... porque ha subido mucho, no como la botella de whisky, que encuentra nada más regresarse a su departamento, es lo primero que ve, y la mira como un objeto extraño que alguien dejó allí botado, y se pregunta quién la dejó allí, sin preocuparse por el ulular de una sirena que no oye una mujer que está tirada en medio de la calle, mojada de lluvia y muerte.

—Alguien me puso el bulto ahí. Yo solo quería ver a las ardillas —dice Morgana, sollozando.

Y el comisario Padura quiere creerla. Es cierto que los dedos le tiemblan, la voz se le ha quebrado al contar lo que ocurrió aquella mañana de diluvio, mira sus rasgos y los ve totalmente distintos a los de Cora, la quiere creer, a pesar de que ahora está llorando, aún la cree incapaz de mentir aunque se suene fuertemente la nariz, la ve incapaz de fingir orgasmos, y está completamente seguro de que si un día se entrega a él, le apretará los riñones con la misma fuerza que seguramente apretó el acelerador aquel domingo del Parque Hundido, llevarla prisa por alguna razón, todo fue un accidente, eso dice el atestado policial, y eso va a seguir diciendo, aunque solo sea para fastidiar al fiscal Mendoza, y por fin Morgana descubre en la cara de Padura unos ojos indulgentes, porque el comisario se ha quedado extraviado en un pensamiento tan poderoso que es capaz de anular todos los demás pensamientos.

Una mujer así solo puede ser culpable de ser tan linda.

QUE LOS PERROS TE HUYAN

Si todo fuera tan fácil como trasplantar la boca de la tipa aquella. Morgana observa el lienzo inacabado. Intenta concentrarse en él para borrar cada una de las frases que ha dejado flotando en el salón el comisario Padura, sus ojos esta vez glaciales. Podía haber sido cualquier otro, pero ha sido ese policía que le empieza a caer bien, con su aire desvalido que ni siquiera pueden desmentir el uniforme o los ademanes autoritarios que gasta. Ha sido ese tipo que apenas ha probado el whisky que le ofreció el que ha venido a recordarle que el pasado nunca prescribe, es una bomba que siempre tenemos activada, preparada para estallar, en cualquier momento. Morgana ha tenido catorce meses para hacerlo, pero es solo ahora, el comisario Padura dirigiendo una última mirada a la ventana del departamento donde vive ella, volviendo a meter la cabeza en el auto, decepcionado, ya con la única tarea de prender el motor y dirigirse a Dios sabe dónde, ha sido en ese momento en el que Morgana ha apreciado el lienzo de esa forma. El lienzo que no solo es una reflexión sobre las muertitas que están apareciendo en el desierto, cuatro hasta el momento, las muertitas que, ya ves, te quieren echar encima, ese lienzo que no se anima a acabar, también le habla de otra muerte, una muertita, la del deefe, esa que nadie se ha atrevido a endosarle. Hasta ahora. Tanto tiempo después. Como si fuera un hecho reciente. La muerte siempre lo es, piensa Morgana, que ya, los vapores del alcohol y las palabras de Padura haciendo su efecto, no distingue entre las cuatro difuntitas y la otra, la que no apareció en medio del desierto, sino reposando para siempre encima del asfalto de la calle Porfirio Díaz, justo enfrente de la tienda vulcanizadora, a unos metros solo de la Avenida Insurgentes. ¿Será posible que las cinco muertes estén unidas, están unidas, como si la amante que se buscó Arturo completara la estrella del diablo esa de la que no paran de hablar los periódicos? ¿De verdad que el diablo se había vuelto a salir con la suya?

Y es ahora, solo ahora, con la ayuda involuntaria del comisario Padura, que Morgana se ha dado cuenta de que ese cuadro le ha ocultado incluso a ella significados que ahora le estallan en los ojos, en la memoria; porque siempre pensó que ese cuadro le hablaba de actualidad, de la muerte de una mujer violada, vejada, ultimada por un hombre. Morgana sabe que solo el dibujo de la boca podía hacer que pudiera trascender su valor meramente realista, un fogonazo de realidad, un instante, a fin de cuentas, una fotografía, como esas que le había enseñado el comisario en su despacho mugroso, una muestra cruda de sangre y órganos en descomposición. Por eso lleva tantas semanas atascada en el dibujo de esa boca que se le escapa. Ahora se ha dado cuenta de que el lienzo tiene que ver, no solo con la actualidad, sino con su memoria. Y por mucho que insista en el amarillo terroso que rodea a la chica, no es el desierto el que vela su cadáver, sino una mancha de asfalto que se ha mojado con la lluvia, porque en el deefe llueve como en ningún otro sitio, haciendo casi intransitable Porfirio Díaz. La lluvia es poderosa. Solo se atreve a desafiarla a un cuatro por cuatro, sus llantas gordas pisando charcos grandes como albercas.

No quita los ojos del cuadro. Debería acabarlo de una maldita vez. Si todo fuera tan fácil como trasplantar la boca de la jija aquella, desencajada por la lluvia, por el dolor, por la muerte que ya la jaloneaba, si todo fuera tan sencillo... Pero Morgana sabe que jamás podría dibujarla, bastante tiene con tenerla metida en su memoria, la memoria, la memoria, la cabrona memoria, la boca de la tipa bien clavadita, sin que haya un día que no se le aparezca. Siente unos golpes furiosos rebotando dentro de su cerebro, y tiene miedo de que los demás también puedan oírlos. Pum, pum, pum. Cuando vio esa boca jalando un aire que ya no le serviría para nada, subrayando un gesto incrédulo, Morgana había sentido paz, por vez primera en muchas semanas, como si todo estuviera otra vez en su sitio en este mundo de perros. Pero esa paz le duró lo que el Vat 69 en la sangre, unas horas, y cuando el whisky se fue, porque al alcohol le pasa como a los hombres, nunca se quedan para siempre, solo le duró la imagen de unos labios insultándola y la lluvia que no cesó en tres días.

Ya no llueve. En el deefe todo es excesivo, incluso la lluvia. Aquí todo es más tranquilo. Morgana no puede apartar la vista del lienzo, que nunca cree podrá terminar. Y toda la culpa es de aquella visión que le espanta cada día, por qué se bajó del auto al sentir el clock de algo que ha aplastado el poliéster del guardabarros, por qué te apeaste corriendo, como si no supieras que a esa velocidad ningún cuerpo puede salvarse, pero quisiste verificarlo, y te quedaste unos segundos apreciando la curva deforme de la boca que Arturo había cambiado por la tuya, y ahora te preguntas ante el lienzo, si esa imagen de la boca asustada es la que te impide acabarlo, porque ninguna boca que pintes podrá contener tanto honor como esa que un día contemplaste orgullosa, sin decidirte a volver al carro, a pesar de lo que llovía. Ninguna boca que pintes, nin-gun-na, podrá ganar en horror a esa que llevas metida en la memoria. No debiste bajar del cuatro por cuatro.

No, aquella boca no servía para nada. Solo para gritarle que ya no le quedaba ninguna noche tranquila, de esas que solo disfrutan los que tienen la conciencia demasiado tranquila como para tenerle miedo a un policía de aspecto fatigado.

Se queda durante varios minutos pensando en las frases que le ha dejado allí, en pie, el comisario Padura. Le intenta buscar significados. Sabe que va a fracasar, porque ha tomado mucho whisky y le duele demasiado la cabeza como para llegar muy lejos en sus pensamientos. Igual un café le ayuda. Preparándolo en la cocina es capaz de recuperar una de esas frases que ha salido de los labios del policía. Morgana le decía que era muy fácil hablarle así a ella, en su propia casa, era muy fácil utilizar ese tono duro, vestido así de policía, la autoridad que daba ese uniforme.

—El poder es que los perros te huyan. Esa es la frase que de vez en cuando me repite el Chivo.

Eso ha murmurado el comisario, en un tono muy bajo, pero no lo suficiente para que Morgana no haya escuchado ese nombre que le suena de algo. No sabe de qué, pero de algo.

El Chivo. Ha oído ese nombre. Muchas veces. Casi desde el primer día que llegó a Perros Muertos.

Igual que ha oído más de una vez esa frase.

El poder es que los perros te huyan.

¿Dónde la había escuchado? Solo cuando apuró la taza de café que se preparó, el Coyote empeñado un día más en su tarea inútil de ponerle las zarpas encima al Correcaminos, pudo Morgana llegar a alguna conclusión. Si, pudo recordar el origen de esa frase que le sonaba vagamente. El poder es que los perros te huyan. Pudo recordar el sitio en el que la había escuchado por vez primera. En el Starbuck's que hay cerca del Palacio de Bellas Artes, ese en el que al vaso de plástico que te dan le ponen tu nombre escrito a mano. En el deefe, donde todo es posible, menos el amor. Mesa circular, más bien pequeña, en un rincón. Un foco halógeno molestándola, casi tanto como tres chavitos que hablan a gritos. Pudo recordar el día. Cumplían un mes. Un mes de llamarse a todas horas. De buscarse incesantemente. Y pudo recordar, claro, quién le había soltado esa frase. Ojos claros, afectados de una ligera miopía que le hacen bizquear. Entradas en el pelo, todavía atractivas. Boca carnosa de la que salen besos exclusivos y frases ingeniosas. Incluso aquella, que le ha hecho reír. Ahora la ha dejado pensando. Confundida.

—El poder es que hasta los perros te huyan —repite en voz baja Morgana.

La frase no le suena nueva. Ni siquiera en la boca del Chivo. Se la había copiado Arturo al Chivo. ¿O era a la inversa? ¿Pura coincidencia? ¿Acaso aquel cabrón había sido tan paciente como para hacerle pagar ahora la muerte de la tipa flacucha a la que llevaba al piso treinta y siete de la Torre Latinoamericana? ¿Podía el rencor ser tan poderoso? ¡Pero si todo fue culpa de la lluvia! Un accidente.

Arturo no habló nunca con Morgana de lo que había pasado. Pero parece que sí con el Chivo, que no entendía de ordenamientos jurídicos, pero sí de la necesidad de tener un abogado tan eficaz como el mejor guarura. Arturo no tenía buenos músculos, pero sí inteligencia. Y buenos contactos con la Procuraduría General de la República. Por eso al Chivo nada le había pasado. Era el rey de Perros Muertos, y solo lo podía tener miedo al Chapo Méndez. Arturo tenía inteligencia, contactos, y además, memoria. Por eso ahora, el Nissan de vidrios polarizados manejado por Toti, el comisario queriendo involucrarla en la muerte de las muchachitas, solo ahora, todo empezó a cobrar sentido en la mente de Morgana, como si por arte de magia un montón de piezas dispersas empezaran a encajar. El cabrón de Arturo le pasaba ahora una factura antigua.

Y solo había una pieza que no encajaba del todo, que impedía terminar el puzzle. ¿Arturo quería solo darle miedo, o de verdad, deseaba que tuviera el mismo final que su amante? ¿Le bastaba para aliviar su rencor el juego de la amenaza, un tipo con aspecto de niño espiando sus movimientos, o pretendía algo más?

Lo único que tuvo claro es que esa noche iba a tardar en conciliar el sueño.

Cangrejo fue el primero que vio el sobre circular por la Jefatura, pero no lo quiso abrir. Era de color marrón, acolchado. Demasiado pequeño para contener documentos, pero suficiente para guardar una declaración de amor. No llevaba remitente. Cangrejo se lo acercó a la nariz. Le olió a mujer. Y lo dejó en recepción, intrigado.

Cuando el comisario Padura lo abrió, una hora más tarde, se preguntó qué chingados era aquello. Llevaba dentro un par de DVD's. El comisario no supo qué hacer con ellos. En casa seguía teniendo un viejo video VHS en el que de vez en cuando se grababa alguna película del Oeste.

Menos mal que Cangrejo fue en su ayuda.

—Jefe, reprodúzcalo en la grabadora de la computadora.

El comisario lo miró receloso, como si desconfiara de las palabras de Cangrejo o de la conveniencia de compartir con él el contenido de esos dos discos.

El caso es que su subordinado manipuló la computadora, jugó con el mouse y en pocos segundos por la pantalla de quince pulgadas de la máquina prehistórica del comisario empezaron a salir imágenes estremecedoras.

Eran nítidas. Grabadas por un profesional.

La cámara tomaba el primer plano de una mujer, los músculos de la cara contraídos por el miedo. Forcejeaba con una sombra que se veía en el video. Cangrejo le dio volumen al audio. Unos gritos desesperados invadieron el despacho del comisario.

Los gritos se convirtieron en alaridos cuando esa extraña sombra, que aparece difuminada en la imagen, golpea a la muchacha. Repetidas veces.

Hasta que el rostro de la mujer se llena de sangre.

La cámara desciende y enfoca un pecho. Ahora ya no se oyen gritos. Solo un gemido apagado, derrotado. Y de pronto, Cangrejo tiene que cerrar los ojos. No puede soportar la imagen que le ofrece la pantalla de la computadora. Un plano muy cercano ha recogido unos dientes, muy grandes, pegando un mordisco al pecho de la pobre desgraciada. Le ha arrancado el pezón izquierdo. Se oyen risas. Cangrejo abre los ojos. Pero no es capaz de mirar a la pantalla, sino al comisario Padura. Evalúa las imágenes, con asco. De buena gana pararía todo aquello, pero sabe que quizá ahí esté la explicación de todo. Por una vez más, el comisario está equivocado.

Es en el segundo DVD en el que están todas las respuestas. O todas las preguntas. Las imágenes son de inferior calidad. Está claro que no han sido tomadas por un aparato profesional. Cangrejo piensa en la cámara de un celular. Una mancha blanca vela algunas siluetas. Padura achica los ojos para poder identificar alguna de las figuras que se concentran en torno a una televisión muy grande, de esas de muchas pulgadas que se han puesto tan de moda. El sonido que sale por las bocinas de la computadora es granulado. Pero se intuyen unas risas. Y unos gritos. Los mismos que Padura y Cangrejo han escuchado horrorizados hace apenas unos segundos, en el otro DVD. Padura le pide a Cangrejo que le da para atrás a la cinta. Pero el comisario es incapaz de ponerle nombre a ninguna de las siluetas. Hasta que, ya al final del video, en medio de aplausos, puede descubrir el cuerpo orondo de un tipo que se pasea por Perros Muertos como si fuera dueño de la ciudad y de su destino. El Chivo. Para confirmarlo, Padura escucha su risa estridente.

Cangrejo y Padura se miran, sin saber qué decirse. Es posible que piensen lo mismo. Las piezas empiezan a encajar. Las chicas eran sacadas del Havanna. Las convencía el calvo ese de Chaparrito, con una promesa de diez mil pesos, como le había contado Cora. Luego eran brutalmente golpeadas y mutiladas en el desierto, bajo los focos y la cámara que manejaba el propio Chaparrito. El material, envasado, llegaba a las manos del Chivo, que lo consumía rodeado de sus compinches. ¿Cuánto le habría pagado el Chivo al calvo por esas imágenes? Padura pensó que mucho. La basura ahora tiene un precio muy alto. O a lo mejor le había pagado en especies, poniendo a su disposición ese ejército de chavas que acudían solícitas al rancho del Chivo a dejarse gozar por sus hombres y a disfrutar de la alberca.

En cualquier caso, el comisario Padura tenía bien claro lo que tenía que hacer.

De momento, tenía dos sospechosos.

Pero uno se le cayó de la quiniela enseguida. Una llamada reportó que habían encontrado el cuerpo de Chaparrito llenito de agujeros.

—Un momento. El disco este lleva una segunda pista.

Cangrejo elevó la voz. Sí, había descubierto algo. Así que agarró el mouse e hizo clic, sin dudarlo. La curiosidad se lo comía.

Aparecieron más imágenes. El escenario había cambiado. Ya no era el paisaje desnudo del desierto. Se veía una habitación, llena de objetos horteras. En una mesa descansaban tres vasos medio vacíos y un trozo de papel albal arrugado. Y hasta que no pasan unos segundos, no se distingue una imagen. Corresponde al Chivo. Está más joven, pero igual de gordo. Baila solo. De fondo se oye una melodía que el comisario identifica con una canción de moda de hace cinco o seis años. ¿Qué hace el loco este?, se pregunta. Pero la respuesta la obtiene enseguida. Una sombra se acerca a la mesa. Agarra el trozo arrugado de papel y aspira con mucha fuerza. El pelo le oculta el rostro. Y solo lo ofrece a la cámara cuando es besada por el Chivo.

Padura no puede reconocer ese rostro. O no quiere conocerlo. Hay algo dentro de él, metido en sus entrañas, que se niega a reconocerlo. Como si toda su vida, los cincuenta y tres años que ha vivido, fueran una mentira. Un fraude. Todo su mundo desmoronándose. Como las torres gemelas esas que se le cayeron a los gringos. La mujer sonríe a la cámara, con los ojos desorbitados. Una gota de sangre se le ha escapado de la nariz. El Chivo la limpia, y después la besa en la boca. Ella se deja hacer.

Padura ya no puede ver más. Le pide a Cangrejo que detenga la imagen.

La imagen de su hija medio desnuda dejándose sobar por el Chivo.

Cangrejo no sabe si abandonar o no la habitación. No sabe si el comisario se pondrá a llorar, o la emprenderá a golpes con la computadora.

Pero no hace ni una cosa ni otra.

Busca en el sobre (¿quién carajo habrá mandado?) algún disco más. Pero no hay nada. Y entonces le pide a Cangrejo que ponga en marcha otra vez el video de su hija. Inmediatamente. Es como si quisiera lastimarse. Ir más allá de donde podía viajar su dolor, allá donde desaparecen todos los límites.

Se saltó un par de semáforos en rojo. Manejaba el Mustang como un autómata. Como si otra persona fuera la que apretaba el acelerador o engranara las marchas. No podía apartar de su mente la imagen de su propia hija en los brazos del Chivo. ¿Cómo es posible que fueran tan largos los tentáculos del narcotráfico? ¿Cómo es que la droga lo empapaba todo, lo manchaba todo, hasta llegar a su hija? Él siempre había querido estar lejos del Chivo. Por eso no se complicaba la vida. Vive y deja vivir. Ese era su lema. Allá cada uno con sus negocios. Ni Jesucristo cambió el mundo. No lo iba a hacer un pobre policía que se estaba quedando calvo. Pero ni siquiera eso, la decisión de mantenerse alejado del Chivo le había servido para evitar que el narcotráfico se hubiera infiltrado en su propia familia, en su propia sangre.

Y luego estaba lo del sobre. ¿Quién lo había mandado? Alguien con muchos huevos, de eso estaba seguro. Sin duda que era alguien del entorno del Chivo. Alguien capaz de participar en una de sus fiestas. Padura pensó en Chaparrito. Claro ¿cómo no había caído antes? Por alguna razón, el Chivo no le había cumplido. Quizá le prometió pegarle un chingo de lana por uno de los videos, y no lo había hecho. O Chaparrito le reclamó la deuda. Hasta que se cansó de esperar. Se le hincharon las bolas e hizo lo peor. Traicionar al Chivo, enseñándole a un policía cómo eran sus orgías, con tequila, cocaína y películas. Por eso el Chivo se lo había escabechado. Alguien le había robado la cinta en la que aparecía la niña con la que un día compartió algo más que rayas de cocaína. Y ese alguien no podía ser otro que el mismo que la grabó, utilizando el zoom de la cámara con cuidado, con profesionalidad. Al comisario Padura le sorprendió la agilidad con que actuaba su mente, teniendo en cuenta el golpe que acababa de recibir.

Lo notó extraño. Desde el primer momento que lo vio entrar en el Havanna. Desde la tarima observó sus movimientos. Eran lentos. Tenía la mirada perdida. No la podía fijar en ningún sitio.

Cuando entró con él en la pensión, los hombros hundidos, los brazos como descolgados del cuerpo, Cora confirmó todos los síntomas. Al comisario Padura se le notaba más viejo que nunca. Siempre había sido una pareja muy extraña. El policía y la teibolera. Y mucho más que nunca, esa noche. Era como ver pasear a un abuelo con su nieta.

Ella comenzó a desnudarse, como siempre hacía cada vez que se quedaba a solas con él, todos los jueves. Pero el comisario la frenó en seco.

—No es necesario. Hoy solo hablaremos.

Cora puso cara de decir como si no hubiéramos hecho otra cosa todo este tiempo.

Lo vio rebuscar en los pantalones. Sacó algo del bolsillo trasero. Era un sobre marrón. El mismo que había llegado a la comisaría sin remitente.

—¿Tú conocías lo de mi hija y el Chivo, verdad?

—¿A qué se refiere?

Pero una vez más Cora lo estaba engañando. Una vez más jugaba al juego de las verdades y las mentiras. Alguna vez le había agarrado con fuerza las muñecas, exigiéndole la verdad. Pero esta vez bastaba ver sus ojos para darse cuenta de que estaba allí. Se leía en esos ojos que se mantenían clavados en el rostro de Padura.

—¿Por qué no me lo dijiste?

—Nunca me meto en la vida de nadie. La mía ya me ocupa demasiado tiempo.

—Sí, pero tú yo somos amigos ¿no?

El comisario miró a Cora de igual manera que hace un perro que acaban de abandonar los dueños en una cuneta el día en el que empiezan las vacaciones de verano. La bailarina había conocido a muchos hombres. Pero a ninguno lo sintió tan desvalido.

—¿Cuántas veces fue mi hija al rancho del Chivo?

Cora no demoró la respuesta, como si la trajera preparada desde casa, o desde hacía mucho tiempo.

—Muchas.

Es verdad. Cora la había visto repetidas ocasiones. Entraba dando saltitos joviales y se quedaba mirando el juego de luces que hacía el agua siempre limpia de la alberca. Y allí, embobada, la descubría el Chivo, que la recibía con una reverencia. Has traído el traje de baño ¿no?, le preguntaba.

Y ella afirmaba con la cabeza. Bueno, vamos a prepararnos. Y para hacerlo no se despojaban de la ropa que ya empezaba a estorbarles, sino que tomaban. Él, Sauza. Ella, cerveza Miller. La fiesta no había hecho más que comenzar. La blanquita llegaba enseguida, envuelta en papel albal. Purita blanquita. Cora, dejándose sobetear por uno de los hombres del Chivo al que le iba a prestar el servicio, la veía aspirar con fuerza, como si la vida se acabara mañana. Nunca cruzaron una palabra. Ella miraba a Cora con recelo, como si supiera que era amiga de su papá, y que un día le iría con el cuento. Pero nada le importaba, salvo la frialdad metálica de la blanquita y el agua de la alberca.

—¿Tú crees que llegó a sentir algo por el Chivo?

—Solo asco.

Pero una vez más, quizá la última, Cora le estaba engañando. La frase, solo asco, era tan verdadera como sus orgasmos. Pero esta vez no mentía por juego, sino por piedad. Por lástima. La que sentía por un pobre policía. El comisario recordó las imágenes que había visto con Cangrejo en la Jefatura. Su hija entregada al Chivo, riéndole algún chiste. Feliz como pocas veces la había visto él. Miró a la mesilla. Encima había un celular. Cora lo había dejado allí nada más entrar en la habitación. El comisario lo abrió. Era de última generación. Con cámara incorporada. La bailarina descubrió inmediatamente lo que pensaba Padura. Así que fuiste tú quien grabaste las imágenes.

—Debiste mandarlas antes.

—Lo siento.

Es cierto. Las tenía almacenadas mucho tiempo en su celular, pero nunca pensó que se atrevería a remitírselas. Pero Cora conocía muy bien al comisario, quizá mejor que su propia mujer. De él no solo sabía que era impotente. También sabía que sería incapaz de detener al Chivo, por mucho que el desierto se estuviera llenando de muertas. Necesitaba otra razón mucho más fuerte para actuar. Y no hay nada más poderoso que el odio. El Chivo había abusado de su hija, apenas una adolescente, y seguro que había tenido mucho que ver con su muerte. Por eso Cora le mandó las imágenes del Chivo invitando a cocaína a su hija. Las otras, las de la muchacha en el desierto, no salieron del rancho del Chivo. Se las robó a Chaparrito. Había ido a su casa. El calvo estaba cachondo. Quería cogérsela. Tarde o temprano la convencería para hacer el film, pero de momento se la iba a chingar. Lo que pasa es que después de acabar, la cosa no duró más de diez minutos, le dio sueño. Cora lo dejó roncando en la habitación. Hurgó entre los archivos informáticos que guardaba el fulano. No le costó encontrar una copia de las películas que pagaba a precio de oro el Chivo.

Durante varios días la guardó en su departamento que tenía rentado, sin saber qué hacer con ella. Hasta que apareció la cuarta mujer. Cora estaba convencida de que la quinta sería ella. Chaparrito le había echado el ojo y no pararía hasta conseguirla. El comisario Padura investigaba, pero sin muchos resultados. Además, aunque los consiguiera, no tendría huevos para plantarse en el rancho del Chivo y arrestarlo.

Entonces acudió muy temprano a un cibercafé, a apenas dos calles de su departamento y muy lejos de las músicas del Havanna. Un chavo con granos en la cara que siempre la miraba como si fuera la primera mujer que veía, le ayudó. Colgó las imágenes en Internet. Para que todo el mundo supiera lo que estaba ocurriendo en Perros Muertos. Que a las mujeres les arrancaban el pezón izquierdo y luego las mataban y las dejaban tiradas en el desierto. El Chivo tardó poco en enterarse de que las imágenes que debían corresponderle a él en exclusiva, andaban a disposición de todo el mundo. Estaba claro, pensó, Chaparrito lo había engañado. Por eso mandó a Toti a su casa, para que aprendiera. Toti cumplió el trabajo. A la perfección.

El comisario Padura se acercó a Cora. Le acarició las mejillas. Igual de suaves que siempre, como si los acontecimientos, fueran las difuntitas de Perros Muertos o el fin del mundo, no pudieran afectarle. Las besó.

—Muchas gracias.

Faltaban veinte minutos para las diez. Ese día el comisario Padura no había agotado la hora que siempre le dedicaba a la teibolera.

Tenía demasiadas cosas pendientes.

El camarero se estaba riendo con ganas. Casi se le cae encima la taza de café que llevaba en la mano. El Chivo le acaba de contar un chiste muy bueno. Sobre mujeres y chochos peludos. Al fondo se oía el rumor de la televisión. En la imagen aparecía López Obrador luciendo orgulloso la banda presidencial. El perredismo ha triunfado a la derecha mentirosa, haré de México un país tan moderno como hoy es el DF, proclamaba, justo en el momento en el que se abrió la puerta del Delicias.

Al Chivo le había gustado tanto su propio chiste que tenía los ojos llenos de lágrimas, y por eso tardó en reconocer al tipo que acababa de entrar. Además, el Delicias era el último sitio en el que esperaba encontrarlo.

—Trae mala cara. Le dije que le diera una patada en el culo a su mujer. ¿Sigue roncando?

El comisario Padura asintió, con desgana. Se pidió un tequila. Sentía la boca muy seca.

—¿Le cuento un chiste sobre chochos peludos?

—Es demasiado temprano.

—Pero no para el tequila ¿eh? Luego dirá que el fiscal Mendoza.

Padura no le respondió. Simplemente le dio un sorbo. Dirigió una mirada valorativa al bar. No estaba mal. La escasa clientela solo estaba pendiente de lo que decía López Obrador en la televisión, como si no les importara, o les importara demasiado, que a unos metros andaban compartiendo la misma barra el narco más conocido de Perros Muertos y el jefe de la Policía Federal.

El comisario Padura vio en una mesa la portada del *Excélsior*. La agarró. Pasó las hojas con rapidez.

Nada de lo que traía hoy parecía interesarle. Maturana seguía siendo el entrenador de los Tigres. Eso en deportes. Y en local, ni una línea de las muertas. Por fin parecía que el director del *Excélsior* había cumplido su palabra y le había dado unas buenas vacaciones a Freddy Ramírez. Lo hacía en viaje turístico, por ahí perdido, por Cancún, o incluso más lejos, tomando el sol en una playa paradisíaca, bebiendo un mojito detrás de otro. Pero Freddy Ramírez andaba más cerca. A unos pocos metros de él, a punto de entrar en el Delicias. Esta mañana se había levantado con un hambre de perros, y quería que le sirvieran un desayuno bien fuerte. Entró y vio a dos tipos que conocía perfectamente. Pero se hizo el loco. Se sentó en una mesa y le hizo un gesto al camarero. Luego se quedó con los ojos pendientes de la televisión. Una señora, con su hijo en los brazos, se quejaba de la subida del precio de la tortilla.

—¿Cómo van sus muertas? —le preguntó el Chivo a Padura, pegando un bocado a un croissant que se le pegaba en los dedos.

—Ya las tengo a todas. Me faltaba una, pero ya la he encontrado.

—¿Y eso? Yo no me he enterado —y le arrebató el *Excélsior* al comisario, buscando en sus páginas el reflejo de esa información que acababa de transmitirle.

—El fiscal Mendoza me dijo hace unas semanas que las difuntitas que aparecían en el desierto iban componiendo la imagen del pentagrama, o sea, la estrella del diablo, o una cosa así.

El Chivo soltó una carcajada, pero la abortó enseguida. Tenía curiosidad por saber cómo continuaba la historia disparatada de Padura.

—Me faltaba una muerta para completar la estrella. Y ya la tengo.

—¿Dónde ha aparecido?

—En su alberca.

El Chivo lo miró con la misma sorpresa que cuando había oído la milonga esa del pentagrama del diablo. Pero esta vez no hubo carcajada. El semblante se le puso serio. Como nunca se lo había visto el comisario.

—Déjese de chingaderas. Usted dice tantas tonterías como Mendoza. Lo del fiscal lo entiendo, con esos libros raros que lee. Pero lo de usted…

—Sí, en su propia alberca. Nunca pensó que la encontraría. Pero allí estaba. Mi hija. Mi propia hija. La quinta mujer.

Al Chivo le costó trabajo tragar el trozo de croissant que llevaba en la boca. Miró a los ojos del comisario. Eran ojos de alucinado. Pero no de un loco que acababa de inventar una historia. Eran ojos llenos de odio. Nunca había visto tanto odio concentrado en una mirada.

Freddy Ramírez, desde su mesa, ya ajeno por completo a las imágenes de López Obrador en la televisión, vio como Padura apuraba el vaso de tequila. Como el Chivo hacía un gesto con las manos, como hacen los entrenadores de baloncesto cuando piden tiempo muerto.

—¿Cómo se le ocurre esa mamada?

—¿Mamada? La autopsia que le hicieron a mi hija reveló que, además de dos litros de agua en los pulmones, llevaba una dosis elevada de cocaína en el cuerpo. La cocaína que tú le ofrecías. La mejor cocaína del mundo ¿no?

El dedo índice del comisario apuntaba al Chivo. Freddy Ramírez no sabía si había sido una buena idea o no madrugar para desayunar en el Delicias. Antes estaba de parte de la verdad. Ahora, del Chivo. O eso debía aparentar. Y aquel tipo que había comprado su silencio parecía en apuros.

Su hija apareció en un riachuelo de aguas fecales. Todo el mundo lo sabe.

Si. Freddy Ramírez recuerda perfectamente cómo fue la cosa. El reportaje de nota roja que hizo le valió una felicitación de su director. Ahogada en la inmundicia, había titulado.

—Así es. Pero primero estuvo en tu rancho. Allí le metiste en el cuerpo toda la cocaína que pudiste.

Después te metiste con ella en la alberca, con pocas ganas. Porque empezaba a ser una carga para ti. La querías para un rato, como a todas. Como si fuera una más del Havanna. Pero se te enganchó. Por eso se me escapaba todas las tardes, yo pensando que andaría con sus amigas. Y venía a buscarte. Siempre quería que llegara el verano para bañarse en una alberca. Y en la tuya tú dejaste que se ahogara. Así te quitabas el problema de encima. Un simple accidente. Pero ni siquiera estabas dispuesto a dar explicaciones por él. Hace unas semanas me dijiste que ni se me ocurriera colocar a las muertas a tu lado. ¿Debe ser muy incómodo eso de tener una muerta en tu propia alberca, no? Por eso te la llevaste.

Y la tiraste en ese riachuelo de aguas negras. Nadie se puede ahogar en un sitio así, pero sí en una alberca. Pero tú pensabas lo contrario. Que no había alberca más limpia que la tuya. Nadie tenía derecho a ahogarse en ella. Pero otra cosa son las aguas negras. Ahí puede caer cualquiera, hasta mi propia hija. La mierda frente a la limpieza. Y tú nunca te has manchado las manos.

El Chivo, que había detectado la presencia de Freddy Ramírez, le hizo un gesto. Está loco, le quiso decir al periodista. Al comisario Padura le costaba hablar. Sentía en el pecho una opresión demasiado fuerte como para superarla. El aire no le entraba en los pulmones.

—Yo sentí mucho la muerte de tu hija. Para mí no era un capricho. Había sentimientos. Por eso le llevo rosas al cementerio. Todos los meses. ¿O quién creías que le llevaba ese ramo tan grande?

—Ni siquiera las rosas te van a librar de la cárcel.

—La voz del comisario sonó sorprendentemente autoritaria, imperativa. Le hubiera gustado que Morgana entrara en ese momento por la puerta del Delicias.

—Ni las rosas —insistió.

Al Chivo todo aquello le parecía una broma. Y empezó a pensar que estaba equivocado cuando notó en la boca del estómago la frialdad de un cubito de hielo. Freddy Ramírez lo había visto avanzar desde el bolsillo de la chamarra que llevaba el comisario. Pudo pegar un grito. Avisar al Chivo. Pero algo le decía que eso era apostar a caballo perdedor.

—Vamos a hablar con tranquilidad, Padura. Sin ponernos nerviosos. Si quieres, échame encima las muertas del desierto. A fin de cuentas, eran solo teiboleras. Un divertimento. Una cosa inocente, de sábado por la noche. El que está detrás de todo eso era Chaparrito. Pero lo acepto. Pero no me cargues lo de tu hija, porque sería muy injusto para mí.

El comisario, por toda respuesta, le clavó la Beretta en el estómago.

—¿Por qué pintábais a las pobres muchachas en la Tabla Negra?

—Ya sabes cómo son los chicos. Les da por hacer travesuras. Son como niños. Y cuando se les va la mano con la cerveza o el tequila, se agarran a hacer tonterías. Lo de la tabla fue eso, una tontería. Se les ocurrió sobre la marcha, igual que se les podía haber ocurrido pinchar llantas de cualquier auto.

—No —gritó el comisario—. Todo estaba preparado. ¿O acaso Toti no compró unos botes de pintura y pinceles en una tienda que hay en la calle Xochimilco?

—Toti está medio loco. No puedo saber qué hace en cada momento —dijo, intentando recuperar algo de aplomo. A todas estas, ¿ónde carajo se había metido aquel diablillo?, se preguntó el Chivo. De momento, a la espera de que apareciera, lo único que podía hacer ante Padura, era ganar tiempo. Intentar llegar a un arreglo con él.

—Comisario, vale que lo de las muertas quizá fuera una metedura de pata. Toti y Ladilla son mensos. No conviene tener hijos, porque luego te complican. Les dije que dejaran de jugar con las chavas. Que se las cogieran, y ya. Pero no me hicieron caso. Eligieron esa diversión. Sí, es verdad que era cosa suya lo de las muertas. Pero lo de su hija es falso. Yo también lloré su muerte.

—Estás detenido —le anunció Padura.

El Chivo no dijo nada. Solo miró a la puerta del Delicias, aún confiando en la aparición de Toti, que seguro pondría las cosas en su sitio. Pero lo único que vio fue la figura estrambótica de Cangrejo entrar, apuntando a todo el mundo, como tantas veces había visto en los telefilmes norteamericanos.

—Se te acabó el corrido, Chivo, se te acabó.

El otro quiso meterse las manos en un bolsillo para pagar el croissant. Pero el comisario Padura no lo dejó. El Chivo, el hombre que había destruido a su hija, iba camino del reclusorio. Desde ese día el mundo no iba a ser ni más perfecto ni más redondo, porque Dios no lo hizo así, pero al menos tendría un hijo de puta menos en libertad.

No pidió una botella de vino chileno, porque no estaba para celebraciones. Pero sí al menos un café para él y un jugo de naranja para Morgana, además de unas tostadas acompañadas de mantequilla. La pintora quiso pagarlo todo. Se sentía un poco avergonzada. Había sido muy dura con Padura, y sin embargo, el comisario había resuelto todo, incluido la muerte de su propia hija. Examinó su rostro. Le habían caído encima diez años. Miró la taza de café. Le dio un primer sorbo que le quemó la lengua.

—Enhorabuena, señor comisario.

—Es la primera vez que me llama señor ¿no?

—Se lo merece.

Padura hizo un gesto como de quitarse méritos. Como si ya nada importara, una vez que se había enterado de la historia de su hija.

Morgana notó que el comisario Padura no tenía muchas ganas de hablar. Se quedaba con la mirada extraviada, los ojos fijos en la estantería llena de licores que tenía detrás el camarero. Pero no podía guardarse alguna pregunta que le quemaba dentro de la boca.

—El Chivo estaba detrás de todas las muertas. Pero ¿quién mató a cada una? Desde la primera, hasta la última.

Morgana se dio cuenta de que había metido la pata. La última era su hija. Pero el comisario no lo tuvo en cuenta, tomó aire y se dispuso a responderle. Estaba cansado y sintió que tenía que hacer un gran esfuerzo para explicar todos los detalles.

—Martha Rodríguez, en efecto, fue la primera. La vieron bailar en el Havanna, pero no sobre una tarima, como le dijimos a su mamá. Ella simplemente fue a divertirse, a escuchar música y a conocer algún chavo en el Havanna. Pero no fue allí donde la captaron, sino en la maquila. Ladilla tenía dentro un infiltrado, un tipo que conocía de los tiempos en que trabajaba de policía. Le dicen el Bola y tenía un carguito en la maquila. Ahora está guardado ya entre rejas. Pero cuando estaba dentro, accedía a un libro en el que aparecen registrada todas las muchachas. Edad, procedencia, altura... y hasta tres fotos. El tipo le daba el book, por así decirlo a Ladilla, y este se lo llevaba corriendo al Chivo. Y era el Chivo el que elegía a la chava que quería ver morir en medio de torturas, tranquilamente frente al televisor de plasma de su salón. Le encantaban esas películas. Un psiquiatra podrá hacer un informe de eso. Quizá diga, para que le rebajen la pena, que después de ver morirse a mi hija en su alberca, no podía soportar que otras muchachas siguieran vivas. Para mí, el diagnóstico no tiene dudas: es un hijo de puta. Mataron a otra maquiladora, y le pusieron las ropas de la primera, para intentar confundirnos, para reírse de nosotros, para que viéramos que hacían lo que querían con las muertas, que lo mismo podían dejarlas en medio del desierto, que en el salón de nuestra propia casa. Ladilla hacía el trabajo. Él le arrancaba el pezón izquierdo. Él las mataba. Chaparrito lo grababa. Por las manos de Ladilla pasaban todas las fotos de las maquiladoras. Por eso un día lo agarré masturbándose con una de ellas. Era apenas una niña. Metió la pata. Pero el Chivo no se molestó demasiado por eso.

Pero cualquier pendejada es mejorable con una pendejada mayor. Y Ladilla le invitó a usted a tomar en el Havanna.

Estuvieron hablando mucho tiempo, y alguien los estuvo espiando. Poco después apareció en el periódico lo de la Tabla Negra. Y el Chivo tuvo claro quién se había ido de la lengua. Por eso eliminó a Ladilla. Pudo haber matado a más maquiladoras, pero había perdido el contacto que les sacaba las fotos de las niñas. Así que no se complicó la vida. Tenía ganas de sangre, y no le importaba de dónde salieran las muertas. Chaparrito le ofreció la solución, a cambio de más lana: teiboleras del Havanna. Las conocía como si fueran sus hijas, y sabía que por cuatro pesos eran capaces de cualquier cosa. Menos Cora. Mató a dos muchachas más. Dos teiboleras. Estas dos fueron cosa de Toti, que hacía ese trabajo cuando no se ocupaba de vigilarla a usted, de nuevo Chaparrito grabando, el Chivo gozando de las imágenes en la más estricta intimidad de su rancho. Chaparrito quiso más lana y empezó a hacer cosas raras. Eso estuvo mal enfocado por su parte, teniendo en cuenta que tenía delante al Chivo, que no tardó en escabechárselo. Y todos, absolutamente todos los crímenes eran preparados. Muertes a la carta. Se elegía a las muchachas, luego se las pintaba en la Tabla Negra y se las ejecutaba. Había premeditación. Y mucha mala leche.

La explicación había sido larga. Tanto que le había dado tiempo al café a enfriarse.

—¿Quién pintó la tabla?

—Creo que era Chaparrito el que hacía también ese trabajo, porque vieron a Toti entregándole las pinturas que había comprado en una tienda que usted conoce bien, la de la calle Gracia. Además, era el artista del grupo. Eran pinturas como prehistóricas. Se dibujaba a la presa, luego, se la cazaba. Curioso, pero la última chica a la que pintó Chaparrito en la Tabla Negra juraría que era usted. Pero afortunadamente, no la cazaron.

Morgana se sintió en la obligación de ofrecerle al comisario un secreto.

—Le voy a contar algo de Freddy Ramírez. ¿Sabe por qué no publicó las fotos de la Tabla Negra?

—Usted me dijo que el director no le dejó, y que a cambio le mandó putas y alcohol para correrse una juerga.

—Es cierto. Pero ayer me llamó y me contó las verdaderas razones. Me dijo que el director le había obligado a publicarlas, porque ese era el golpe definitivo contra el Chivo. Que hiciera lo que le exigía, porque las publicara o no, le iba a echar a la calle, que estaba cansado de soportarlo en la redacción, de sus informaciones llenas de erratas, de su olor a sobaco, puto gordo del carajo, lo llamó varias veces, dándose tirones a la corbata llena de delfines que siempre lleva puesta. Puto gordo del carajo, le gritaba. Y que él vería, que si no le daba las fotos para publicarlas, no solo iba a ser expulsado del Excélsior, sino de la vida. Y de eso ya se encargaría el Loco Vargas en nombre del Chapo Méndez. Y en ese momento, me confesó, viéndose con una patada en el culo como si fuera un perro callejero después de lo que había hecho por ese periódico, se dio cuenta de que no era un periodista de renombre y poder, sino solo un instrumento, un objeto que podía utilizar hoy el Chapo Méndez, mañana el Chivo y pasado mañana quién sabe. Por eso no perdió tiempo en recoger sus cosas ni en contestar a los insultos de su director y echó mano de todos sus ahorros y se los gastó en putas y en alcohol, no fuera a ser que mañana ya no le amaneciera. Eso me contó.

—¿Y usted se lo cree?

—¿Por qué no?

—Porque es un periodista.

—A mí me parece una buena historia.

—Lo es —concedió el comisario—. Solo le falta ser real.

Morgana se quedó pensativa. Algunos hombres pasaban por detrás del comisario, pero no se atrevían a darle la enhorabuena por la detención del Chivo. El miedo había escarbado tan hondo que Perros Muertos tardaría mucho tiempo en arrancárselo, se dijo la pintora, bebiendo un sorbo de jugo de naranja.

—Hay otra cosa que no entiendo.¿Por qué Chaparrito engañó al Chivo? A fin de cuentas, el narco le daba buena lana por hacer su trabajo —le preguntó.

—Simplemente le fue infiel. Le puso los cuernos. A la cárcel al Chapo Méndez le llegó un rumor que hablaba de que las muertas estaban siendo filmadas. Que el Chivo tenia un tipo dedicado a esa faena.

Por eso apareció por aquí el Loco Vargas, no para fogonear a nadie, sino para hincharse a panteras rosas y para ofrecerle a Chaparrito más lana de la que le daba el Chivo. El Chapo Méndez quería a toda costa esas imágenes. Una vez colgadas en Internet, el Chivo estaría más muerto que vivo.

Es verdad que Johanna le había contado que había sido ella la que había colocado las imágenes de las muertas en la red, a cambio de unos pocos pesos que le pagó a un tipo en un cibercafé. Pero a estas alturas de la película el comisario Padura sabía que lo que le decía Johanna podía ser tan verdad como mentira, exactamente igual que sus orgasmos.

—¿Quién le ha dado el empujón para tirársele encima al Chivo?

Al comisario Padura le hubiera encantado decir que ella, desde el mismo momento que entró en su despacho y se quedo mirando el afiche de Marilyn Monroe. Pero le preparó otra respuesta.

—Una teibolera.

Ella fingió mostrarse sorprendida.

—Igual es la mujer de mi vida —añadió Padura.

—Quien sabe.

Pero la pintora no lo creyó. No sabía si la mujer de su vida estaba viva o muerta, si era su propia hija, o quizá ella misma, que siempre se había dado cuenta de las miradas que le lanzaba el policía. Pero era igual. Ya nada tenía remedio.

Morgana levantó su vaso de jugo para brindar con el comisario.

—Por la verdad —propuso ella.

—No, no, por la vida.

Y bebieron, mirándose fijamente a los ojos.

Empuja la puerta con desgana, sin pensar que está haciendo eso, porque lleva una hora sin poder pensar en nada. Han ocurrido muchas cosas en muy poco tiempo. Está abrumado por todas las explicaciones que le ha dado el comisario Padura, por la realidad increíble de que el Chivo esté entre rejas. Todo le parece irreal, como aquel día lluvioso en Parque Hundido en el que se le fue la mano con el whisky, y pasó lo que pasó.

Le da dos vueltas a la llave de la puerta y enciende la luz de la entrada.

La recibe un carraspeo que no le cuesta trabajo reconocer.

Arturo ha cruzado los brazos sobre el pecho. Con la mano derecha se pinza la barbilla.

Morgana no piensa, pero esta vez sabe que no le va a decir el sol vive en tu pelo, o quiero beber tu aliento. Morgana no espera esas frases ingeniosas o poéticas, pero tampoco lo que escucha.

—Eres mala. Mala como vómito de iguana.

Lo dice así. Sin virarse. Sin mirarle, sus ojos entretenidos en estudiar el cuadro, el dedo índice y pulgar afilando la barbilla, consciente del gesto de estupor o miedo de

Morgana, eres mala, como vómito de iguana, le repite, y Morgana preferiría que apagara todo ese rencor de años dándole madrazos al cuadro, pero es consciente de que no lo va a hacer.

—La policía del DF estaba detrás de tu historia. Estaban con ganas de reabrir tu expediente, porque había algo que les chirriaba. No es tan fácil hacer pasar un homicidio con resultado de muerte por un accidente. El problema era encontrarse. En este país hay cien millones de agujeros para cien millones de mexicanos que somos, y nadie sabía cuál habías elegido tú. Hasta que empezaste a chingar con lo de las muertas, a hacer ruido. Y gracias a eso tu nombre volvió a circular por los despachos de la Procuraduría General de la República. Menos mal que yo siempre he tenido buenas relaciones con ellos, y los calmé. No quería dejarles, ni al fiscal Mendoza, ni al policía ese con el que andas, el trabajo de aplicar la justicia. Para eso me basto yo. Y aquí me tienes.

—Entiendo —comenta ella, con voz resignada.

Arturo carraspea de nuevo. Hay algo que no entiende del cuadro, o no entiende absolutamente nada, eres vómito de iguana, dice eso, pero sin mirar a Morgana, desentendido de ella, como si se encarara con el cuadro.

Cuando se voltea, con un movimiento lento que parece que nunca va a terminar, a Morgana le parece eterno, ella sabe que poco puede hacer. Ni corriendo mil kilómetros, ni todos los kilómetros que el Coyote llevaba detrás del Correcaminos, podrá salvarse, porque nadie puede esconderse del pasado, y mucho menos ella, que es vómito de iguana, como le insiste Arturo, rebuscando en los bolsillos algo que parece molestarle, un peso metálico en el que se le concentran los rencores de todos los días y todas las noches esperando soltarle a Morgana la frasecita, eres mala, mala como vómito de iguana, y ya no mira el cuadro, le importa un carajo el cuadrito de mierda, igual que a ella, que sabe que muy pronto todo va a importar nada.

Suena una detonación.

Un trueno parece que ha partido el cielo en dos.

El hombre del tiempo ha dicho en la televisión que se pasará tres días lloviendo.

OTROS TÍTULOS

DE TODO CORAZÓN

Santiago Moltó tenía un plan. Iba a volver por todo lo alto. Más hábil y sagaz que nunca. Políticos, ricos, artistas y famosos tendrían que aceptar nuevamente su poder. Estaba dispuesto a todo. La fama era un tenebroso aunque muy ansiado recuerdo que no podía desechar. Su nombre había desaparecido de los periódicos, de las revistas, de la televisión, sin glamour, sin el resplandor efímero de los flashes. Y de él, el gran maestro del periodismo, solo quedó una sombra obesa, tan ebria como miserable. Jamás le perdonaron que pusiese al descubierto el gran fraude de Finansa, donde estuvieron implicados Gobierno, oposición e Iglesia. Le quitaron todo hasta dejarlo en el olvido. Pero esta vez nada podía fallar. Iba a volver. Tenía un plan.

Jamás llegó a concretarlo, su cadáver apareció descompuesto, con el rostro putrefacto junto al palo de golf que terminó de cerrar su destino.

En *De todo corazón*, Andreu Martín, maestro de la novela negra, construye una historia vertiginosa y veloz, donde nada queda suelto y donde el final se presenta tan sorprendente como extraordinario.

Autor: Andreu Martín
ISBN: 978-84-9763-562-2

HABANA FLASH

Hace unos años, Xavier Alcalá partió hacia La Habana pasando por Lisboa. De aquel viaje necesario surgió este libro. Uno en donde aquella ciudad cobra vida —o la recupera de alguna manera—, cargada de voces zumbonas, de calor, de autos viejos, de calles con la alegría decrépita de la revolución… Allí se sumerge Xavier Alcalá para re-encontrar el pasado, rememorando las huellas de su abuelo Remigio, quien como otros tantos gallegos, dejó su país con la esperanza de encontrar en Cuba aquel horizonte que le mezquinaba su tierra. El espíritu de este abuelo Remigio nos acompaña durante todo el viaje, en las conversaciones con los gallegos que jamás regresaron, en los paisajes, y, sobre todo en Peixiño, aquel sitio donde el mar todavía retiene el acento.

Xavier Alcalá es un narrador orgánico, vital, que explora, escucha —tal vez más de lo que espera—, recuerda, contextualiza, relaciona y concluye. Pero concluye para empezar de nuevo, para escribir contra el pesar del regreso o, quizá, sobre todo, contra la falta de tiempo, porque sabe que si él "pudiera juntar tanta vivencia, escribiría tanto y tanto podría dar a saber al mundo sobre la aventura de existir…".

Autor: Xavier Alcalá
ISBN: 978-84-9763-726-8